只为那偶然的一遇

许冬林/著

路过心上的经典散文
邂逅一生的悦读，愿你翻过每一页

天津出版传媒集团
百花文艺出版社

图书在版编目（CIP）数据

只为那偶然的一遇 / 许冬林著. -- 天津 : 百花文艺出版社, 2021.1

ISBN 978-7-5306-7981-4

Ⅰ. ①只… Ⅱ. ①许… Ⅲ. ①散文集 – 中国 – 当代
Ⅳ. ①I267

中国版本图书馆 CIP 数据核字(2020)第 207039 号

只为那偶然的一遇

ZHIWEI NA OURAN DE YI YU

许冬林 著

出 版 人:薛印胜

责任编辑:魏　青

装帧设计:宋双成

出版发行:百花文艺出版社

地址:天津市和平区西康路 35 号　**邮编**: 300051

电话传真: + 86-22-23332651（发行部）
+ 86-22-23332656（总编室）
+ 86-22-23332478（邮购部）

网址: http:// www.baihuawenyi.com

印刷: 唐山富达印务有限公司

开本: 640mm×910mm　1/16

字数: 260 千字

印张: 19

版次: 2021 年 1 月第 1 版

印次: 2021 年 1 月第 1 次印刷

定价: 49.80 元

如有印装质量问题，请与唐山富达印务有限公司联系调换

地址：唐山市芦台经济开发区农业总公司三社区

电话：(022)69383810　　邮编：301505

在阅读中优雅老去

二十岁时，第一次去凤凰，不为古镇美景，只为能与偶居夺翠楼的黄永玉先生见上一面。

时逢雨季，沱江奔啸，烟波微茫信难求。苦待数日，仍没能等到想见之人。

在清冷的雨丝中独自徘徊，满心失落。无意走进一家书店，里面尽是沈从文先生的文本作品。无处可去，只好在僻幽的角落里翻阅旧籍。而后，一发不可收拾。

回程当日，总觉有重要东西遗落城中，寻思许久，才跑去那条巷子的书店里买了本周身泛黄的《边城》。这本有着深蓝小印戳的《边城》，至今仍安躺于我的书柜里——它不仅使我在未果的行程中找到些许补偿，更让我在之后的时光无比怀念二十岁的自己。

再后来，兴许命中所定，真与书结下了不解之缘。不但自己看书写书，更领着诸多热爱文学的人走上了自己想走的路。

我经常跟学生们说，阅读是写作的命脉，只有不断阅读，才能保持创作角度的新颖和思维的敏捷。然而，阅读所赐予的，又何止是这些？

不管在何时何地，只要手中捧着一本书，心里便会觉得安然。书不但能排遣无聊的寂寞，将岁月的伤痛逐一缝补，还能把心灵淬炼成一块玲珑美玉。

一个爱书之人，必是睿智且沉稳的。遇事不惊，处之泰然。古人所说的“腹有诗书气自华”，便是这意思。

生命本就是一次有限的跋涉。一个经常看书和一个经常沉迷在网游世界的人，心灵绝对是不一样的。前者，往往更能体悟一叶一菩提的真谛。

书本所给予心灵的力量，是不可言喻的。十年寒窗，说的并不是读书人的艰辛，而是意在表述读书人的坚忍和不懈。试问，有多少人可以在寒窗下十年如一日地重复做同一件事情？

正如北大教授曹文轩所说：世间最优雅的姿态，就是阅读。不论静坐还是倾卧，甚至在厕所里，它都是最美的姿态。因为这样的人，通常都会从骨子里散发出一种极具亲和力的书卷气。

阅读人物，通晓历史，可以他人鉴知自己得失；阅读杂文，百味世事，可在辛言辣语中澡雪精神；阅读情感，温热肺腑，可居书香浓情里滋养心灵；阅读故事，体会人生，可于静谧岁月中倾情流泪……

每一种书，都是风景；每一本书，都是亟待窥破的秘密。

宋朝诗人黄山谷有一句名言：“三日不读书，便觉语言无味，面目可憎。”这其中说的，就是每日读书的重要性。

本套系列图书，所遵循的就是这个简单的理论。通过遴选当下不同类型的精华文章，给读者送去不同的心灵养分——成长卷让你懂得如何珍惜青春，成功卷让你明白如何把握自己的人生，真情卷让你寻回本真的感动，感悟卷让你看到世界别样的美好……

为了能找到年度最精华的文章，为了给读者省去寻找的繁琐，我们几乎把本年度的期刊翻了个遍，邀请了二十四位中学生喜爱的作家，目的就是为了去其糟粕，取其精华。

这些作家的名字，不仅经常出现在全国各大刊物，还经常出现在各省市的中高考语文阅读理解试题中——我们的宗旨只有一个，就是为这个时代的读者，奉献好书。

但愿我们可以放慢匆乱的步伐，一起在欢愉的阅读中，优雅老去。

一路开花

二〇一八年十二月书于云南曲靖

目录

第一辑 看　花

第二辑 悟　己

第三辑 说　事

第一辑

看　花

痴想有一天，能拥有一座带庭院的房子，四围草木葱茏。院子里，种花种菜种草，一畦一畦的。清晨起来，临窗赏览，看一畦一畦的露水，都是我养的。养一畦露水。在露水里养一个清凉的自己。生命短暂渺小，唯求澄澈晶莹，无尘无染。让美好持续，一如少年时。

月亮堂堂

月到中秋，分外的清白而圆润，挂在蓝汪汪的远天上，像豆芽缸里刚捞上来一样，又白又胖。

记忆中，每每这时候，我奶奶站在门旁，对着浩瀚的天空里那一轮皓月，很抒情地叹道："月亮——堂堂哦！"于是拽条长凳放在门前的场地上，她坐在一片奶白色的月光里，周身晕染一层绒绒的白光，像莲花上的观音。

我喜欢我奶奶那"月亮堂堂"四个字，多年后再在嘴边咀嚼，只觉得有一片浩茫而澄澈的月光，那样广大无边地覆下来，人世乾坤，堂堂中正。就连月色里夜游的飞蛾与蚂蚁，都能在这蛋青样的月夜里，觉出尘世的清明与平和，还有悄悄的说不出的欢欣与满足。

月亮堂堂的夜晚，奶奶喜欢坐在门前的石阶上剥豆。豆是种在田埂上的豆，或者无人耕种的河畈上，个个豆荚长得肚大腰圆，得意满满。黄昏时，奶奶从河畈或田埂上背一大捆豆秆回家，堆在场地上或者屋檐下。晚饭吃过，吹了油灯，只见月光无限慷慨地洒下来，粉粉地铺在门前的石阶上。奶奶坐在那月色里剥起豆来，安静无声的。只是过那么一会儿，会扔了一棵已剥完的豆秆，再抽出另一棵，如此往复，不缓不急。没有什么会惊扰得她停下，也没有什么会催着她赶紧，剥豆的奶奶和月光一起构成一幅人间的画儿，安详而明朗——是月光，把一个乡间老妪最普通的劳动，注解成人间美丽的图画。

有一年仲秋时节的夜里，是下半夜，口渴了，爬起来到厨房找水喝。趿着一双凉软的布鞋，朦朦胧胧到得厨房，立时惊呆了——好一片月色！那一片仲秋后半夜的月光，透过厨房窗子上的玻璃纸，满满覆在锅灶上，满得要溢出来，分外的明净与纯正。厨房也仿佛被这一大块月光清洗了一样，锅铲子亮得灼眼，平日里黑黝黝的松木锅盖，这一刻显得那样洁净与沉静，横躺在锅沿上，竟像入了禅。厨房里，没有月光的地方，还是一片潮润润的幽暗，幽暗的水缸底下，蛐蛐儿叫得正欢，那唧唧虫声虽在暗处，却也有月光的清明与澄澈。我提起瓢子舀了半瓢水，水里也晃动着一小块光亮，我欢喜地把水喝下，连同那一小块晃动的光亮，只觉得自己也通体透明而洁净。月亮的光明与美好，那一个后半夜里，我也有了，我身体的这个小宇宙，角角落落，都得了月光朗照，白日里的不快，人前藏不住的那慌乱与卑微，都在这月光里消融不见。

我忍不住开了门，走到屋外去，四隅一片沉静，我走在一片清凉的月色与清亮的虫声里，只觉得如步莲花上。隔壁人家的房顶，远处黛色的田野，都笼在一片纷纷扬扬的乳白色里，月如霜啊，千里万里，无边无际。抬头看中天，星辰如贝壳现在沙滩上，银河浩荡，伴同西边那皎皎一轮，十万光明就这样洒下人间处处，却又这样无声无息，无有惊扰。我心里有无边的欢喜和宁静，可是说不出来，仿佛置身在一个充满爱与安宁的美好世界里，一个幸福可以绵延到地老天荒的童话里。

月亮堂堂的夜晚，生活与尘世，在一个女子的眼里和心里，是这样一点点美好安稳起来，以至可亲可信。

与竹为邻

竹为邻，日子一定清凉有古意。

童年时，大伯家屋子西边有一丛竹子。竹林旁边还有一大丛野生的忍冬。夏日暮晚，忍冬开花，一阵阵清香鼓荡着，穿过竿竿翠竹，殷勤招引路人。那时，大堂哥常常捧着书本，在竹阴下读书，后来才知道那读书叫备战高考。

他捧着书，围绕那丛竹子，一圈又一圈地转，头也不抬，脸贴着书本。我觉得堂哥也是绿色的了，像一竿瘦竹。堂哥考走之后，竹阴下很有些寂然。只有黄昏时，夕阳的金光映照湖面，连湖边的那丛竹子也在夕阳的金光里，蒙上了一层灿灿的喜气。

我很羡慕大伯家，无端觉得过日子要有竹为邻才好，那日子才有些含蓄蕴藉的深意。所以，每日黄昏，放学后的我走到那丛竹阴下，总要故意收住步子。有时是手摇竹竿，逗枝上的鸟。有时踮着脚，在那里攀折竹枝。下雨天，路过竹阴下，有时故意移开伞，等竹叶上的雨滴落下来，落进脖子里，落在眉眼间，落在手臂掌心，一身的葳葳凉意。觉得自己就要凉了，就要凝结了，凝结成一块古玉，透明无瑕。

村子里有一位老先生，饱读诗书，为人耿介，但据说他是地主的儿子，从前挨过批斗。他家屋前屋后全是竹子，三间破旧的房子卧在竹林深处，真像一个多缝的蝉蜕。可是，不知道为什么，我竟就喜欢那样的人家，白墙黑瓦，翠竹环绕。每天上学，总是喜欢绕路经过他们家的竹林。秋天的晨晓，透过一竿竿的竹子，会看见老先生穿着米白色的褂子，端然坐在门前吃早餐，像位老中医。我轻悄悄地走过，只觉得那是不一样的人家。鸟在竹林里鸣叫，声音回荡震颤，越发清脆干净。露水掉下来，湿了我的刘海，还有我的书包，以及我的裙子，我想长大后定要种一篱修竹。

时光荏苒，人是长大了，那样直插青空的竹子却没种成，因为住进了楼房，没有自己的土地，像私房钱一样珍贵的土地。可是，种竹的梦还在，月光一样夜夜覆盖心上。后来，买郑板桥的画册赏览，看他画的竹，三五根，或一两丛，疏影横斜，枝叶婆娑，湿淋淋的墨意，将一颗心也漫漶得潮软生了苍苔。在那幅《墨竹》里，他题句子：

茅屋一间，新篁数干，雪白纸窗，微侵绿色。此时独坐其中，一盏雨前茶，一方端砚石，一张宣州纸，几笔折枝花，朋友来至，风声竹响，愈喧愈静；家僮扫地，侍女焚香，往来竹阴中，清光映于面上，绝可怜爱。何必十二金钗，梨园百辈，须置身于清风静响中也。

看墨色游走宣纸，读散淡清奇的句子，真恨自己，恨不能生在板桥那样的年代。若能与板桥为邻，多好。浣过衣，弄好炊，然后装作去散步，隔墙看他在竹阴下喝茶，看他在纸窗边研墨画竹，院子里，竹声飒飒，秋蝉鸣噪。做他的家僮和侍女也好啊，扫完地，来焚香，竹阴下来去悠然，闻墨香，萧淡度光阴。

板桥与竹为邻，我与板桥为邻。我把板桥的画册置于案头床边，即使不翻，即使只是闻着那纸墨散发的细细幽香，已觉得日子芬芳。

到桂林旅游，坐筏子从桂林到阳朔，在漓江漂荡，看两岸青山嵯峨层叠，看河滩上竹子婆娑，美得呀，觉得我们是乘船往天河去，那青山上住着神仙，那竹林里住着仙女。桂林多的是凤尾竹，一丛一丛地长，好像一个个的竹子部落，都有自己的姓氏。凤尾竹是很柔美的一种竹子，我就想，在这样的凤尾竹下，多适合和姐妹们一起团团簇簇地坐下来，聚在一处做做女红，说说女儿家的小心思，那时都还未嫁，都还是阿爸阿妈乖巧的小女儿呀。然后，与情人相会也在凤尾竹下，恋情就像这翠竹，一辈子团在一起，一辈子心意不变。

无土可种竹，只能以水养竹。清水养竹，养富贵竹，看那一小丛幽幽绿意停泊在斗室里，就觉得日子也清幽起来。想要与竹为邻，想要遇一个竹一样的人，清洁又野逸，与我在水边在林下，一起话话这清凉自得。

养一畦露水

露水是下在乡村的。只有古老的山野乡村，才养得活精灵一样的露水。

童年时，在露水里泡大，以为露水是入不得诗文的，直到读《诗经》里的《蒹葭》才开了心窗。“蒹葭苍苍，白露为霜。所谓伊人，在水一方。”古老的风情画呈现于眼前：雾色迷蒙，芦苇郁郁苍苍，美丽的女子在露水的清凉气息里如远如近……

我的童年里也有睡在苇叶上的露水，但那是另一种风情。生产队里养着一条褐色水牛，农忙时节，孩子们大清早起来割牛草。我和远房堂姐相约着，去村西河边的芦苇荡里割草。卷起裤管下去，脚下的软泥滑腻清凉，芦苇一碰，露水珠子簌簌洒一身。从脖子到后脊，到前胸，露水的凉意在皮肤上蔓延，还似乎带着微甜的味道。苇丛里的青草又长又嫩，几刀便可割一大把，有时还顺便割一把细嫩的水芹，算作中饭菜。出了芦苇荡，几个大青草把子拎在手上，一路滴着露水。我们的头发和衣服，也被露水打得湿透。仿佛洗了个露水浴，脸上，身上，眉毛上，眼睛里，皆是露水。白露未晞。白露未已。

那时候过暑假，晚上不爱在家里睡觉，而是在平房顶上露宿。堂姐堂哥堂弟叽叽喳喳的一大群，自带凉席，都来我家的平房顶上睡觉。我们简直成了原始部落，月光为帐，星星为灯，感觉自己就那么睡在天地之间，也像草叶子上的一滴露水。到后半夜，露水重重地下来，裹身的毯子又凉又软，翻个身，贴着堂姐的后背，听她说断断续续的梦话，窃窃想笑。星星在耳边，垂垂欲落，虫声蛙声都已歇了，四下阒寂。满世界只剩下了露水的清凉气息在流散、漫溢。露水里睡着，露水里醒来。清晨下房顶，常看见邻家的瓦楞上结着蛛网，蛛网上也悬挂着露珠，亮晶晶的，在晨风里摇摇欲坠。

暑假一过，初秋早晨上学，穿过弯弯曲曲的田埂，也是一路蹚着露水去学校。到学校，一双小脚泡得好白，又白又凉，嫩藕一般，脚丫里有草屑和碎小的野花。那时候，常提着凉鞋上学，到了学校后，才下到校前的池塘边，洗掉脚上的草屑和野花，将一双被露水洗得格外好看的小脚插进凉鞋里。有时不舍得插：是露水让一个乡下小姑娘拥有了一双不为外人知晓的好看的脚。

成年之后，庸庸碌碌，在家和单位之间来回折返，过着千篇一律的两点一线式生活。有一日，读《枕草子》里写露水的几句，才想起自己似乎好多年没看见露水了。忙时只顾着抬头往前赶路，快！快！闲时只想饱饱地睡会儿懒觉，起床时，草木上的露水已经遁形。以至以为：露水，是只下在童年的！

当然不是。露水一直在下，下在童年，下在乡村，下在有闲情闲趣的人那里。

《枕草子》里写露水的笔墨多而有情趣，而我最爱玩味的是这一句："我注意到皇后御前的草长得挺高又茂密，遂建议：'怎么任它长得这么高呀，不会叫人来芟除吗？’没想到，却听见宰相之君的声音答说：‘故意留着，让它们沾上露，好让皇后娘娘赏览的。’真有意思。”读到这里，我恍然觉得游离多年的一片小魂儿给招回来了。养花种草，不是目的，是为了给一个闲淡的女人去看清晨的露。烽火戏诸侯，裂帛博取美人笑，都不及人家种草来养露水的风雅。

我读着《枕草子》，不觉痴想起来。痴想有一天，能拥有一座带庭院的房子，四围草木葱茏。院子里，种花种菜种草，一畦一畦的。清晨起来，临窗赏览，看一畦一畦的露水，都是我养的。

养一畦露水。在露水里养一个清凉的自己。生命短暂渺小，唯求澄澈晶莹，无尘无染。让美好持续，一如少年时。

沙家浜的芦苇

《诗经》里写芦苇，写得风雅婉约。

“蒹葭苍苍，白露为霜，所谓伊人，在水一方。”想象着那画面：满河满溪的芦苇，青碧茫茫，绿叶上的露水已经凝成了薄霜，秋色渐深，晨气微凉得叫人忧伤。那个美好的女子，还在秋水的那一边呀，一春一夏的时光悠悠过去，都还未能抵达她的身旁，唯有一片浩瀚的深秋芦苇渲染成了一场相思的薄凉底色。

其实，不是芦苇有那么风雅，那么儿女情长，而是我们的先民风雅。他们的生活和情感，浪漫得让后人嫉恨，即使忧伤，也忧伤得那么婆娑有姿。即便是一段幽暗的情怀，也能被那些草木衬得生出明丽的韶光来。来到了沙家浜，来到了阿庆嫂的茶馆里，隔窗看那些芦苇，就全然是另一种气象了。

沙家浜的芦苇，大气磅礴，苍苍莽莽，是大手笔、大写意，是千军万马奔腾的绿。

芦苇在水里，芦苇在岸上，芦苇在湖中的岛上，芦苇在林荫小道的两旁。凭依木桥，放眼望，湖水泱泱，满目是五月的浓碧，不知道是芦苇将湖水揽在了臂弯里,还是湖水依偎着芦苇。这便是芦苇的家乡!

正是初夏。看春花已落,酝酿着秋的殷实,这样的落花时节,却是芦苇最好的时候。在沙家浜,在芦苇最好的年华里赶来与它相遇,这是美丽的邂逅。只见它们亭亭如修竹,俊逸如世外雅士。微微摇曳的叶子像绿色修长的手臂,轻轻抚摩白色的飞鸟、狭长的流云和青灰的天空。它们又和飞鸟流云以及天空融在一起,融成了水底琥珀一般的倒影。在芦苇丛里穿越,和芦苇迎风飞舞,和鱼鸟共同呼吸,夹杂着浓郁草本植物气息的空气,一时间忘了路途失了方向,却也是旅途中最美丽的点缀。沙家浜半日,怎么想,都觉着过得奢侈。

帕斯卡尔说,人只不过是一根芦苇,是自然界最脆弱的东西……既然以芦苇为喻,突出人之脆弱,可见芦苇也是脆弱的。我想,从芦苇本身来说,确乎脆弱,即便长到竹木的高度,可触摸天空,到底还是一根苇草,逃不掉草本植物的难禁风霜的命运。

但沙家浜的芦苇又是顽强的。千万根芦苇在水泊,那就是敢于改天换地的英雄好汉啊!狂风经过,芦苇在水面掀起汹涌绿浪;风雨之后,芦苇们又一根根挺起笔直的脊梁。即使被砍伐,被火烧,来年春风一唤,一根根又从泥土之下举起尖尖的绿戟。

京剧《沙家浜》里,那位敏锐机智又勇敢的阿庆嫂,就是借一片茂盛的芦苇荡掩护了新四军。谁会想到,这样清水绿芦的好地方,竟是与敌斗智斗勇的战场!那些临水生长的一根根苇草,在血雨腥风的年代,都生了胆气与豪气,成了一个个杀敌除寇守卫家园的战士。是啊,一根芦苇是渺小脆弱的,千万根芦苇站在一起,就形成了阵势,就有了战斗的力量。千万根芦苇密密生长,就长成了芦苇的海,就见出了蓬勃的生命大气象,就显示出永摧不折的民族大精神。沙家浜的芦苇,书写的不是《诗经》里儿女情长的小情调，而是一种关乎民族大义的大境界。

个体融入群体，水珠融入大海，才会焕发永不消亡的生命力。在面对着眼前那一片苍茫无边的芦苇之海时，我想，生命短促如朝露，也许唯有将倏忽之间的生命融入一桩热爱的事业中去，孜孜不倦，全力以赴，生命才会呈现一种恒久而辽阔的魅力。

在沙家浜，真想做一根葱碧无花的五月芦苇，亭亭而立，静静生长。至于此后的荣枯与浮沉，就交给江面上的风雨和日月来评价吧。

山有桂子

桂花细细碎碎地开，最日常，最民间。像日子，无惊无澜的日子。

一年一见。见时花开纷纷，小朵小朵，絮絮叨叨的样子。挤着，花梗处，叶子阴下，一点不张扬。老老实实过日子的姿态。

《诗经》里有男女互赠香草，赠芍药，赠白茅，赠红管草，但没见人家赠桂花。我觉得桂花真值得一赠啊，在那样的草木年代，赠一支，一个村子都沉在香气袅绕中了。现在的那些送花时节，送玫瑰，送百合，也不送桂花。

桂花似乎太烟火，最适合被爱情遗忘的中年女人。院子里栽一棵，没有妖娆的颜色，但是香气熏染日子，熏得有一种很结实的甜蜜。

每年桂花盛开时节，我都会小病缠绵一场。但，即使病中，也会去采桂花，回来制桂花糖。

一手托一只小篮，一手从枝梗上捋，小半天才收获半篮。小半天的花就够了，看它们卧在篮子里，软软的，凉凉的，像恋爱过后有些寂然的心。回来清水里漂几趟，滤掉生水，拌糖。一层一层的白糖，白白的水润的花瓣，渐渐失了颜色，皱了。一钵的桂花糖啊，花已经成了食物，换了身份，被实实装进密封的坛子里。

隆冬煮鱼，开了坛子，舀出一勺桂花糖，白气迷蒙中，转身插进突突冒泡的鱼锅里。中午，一盘红汪汪的红烧鱼端上来，筷子蘸汤，舔上一口，桂花的香，都在。这是桂花呀，想想，觉得太隆重，太奢侈。可是，桂花浮在鱼汤里，不言不语。

诸花之中，大约只有桂花，和吃贴得这样近，和烟火贴得这样近。除了桂花糖，还有桂花糕、桂花饼。中秋吃月饼，最喜那饼馅里一粒一粒的桂花，尘芥一般，丫鬟一般。

还有桂花茶，沸水冲泡，一粒一粒的小花在水里乱纷纷地逃逸，然后浮上来，在水面上铺成一片，眉头紧锁似的不情不愿。可是，半个时辰后，揭杯盖窥一眼，它们一粒一粒，相继缓缓沉下去，禅坐在杯底。好像一群怀抱理想的女子，在茫然与不甘之后，在对抗与疼痛之后，最后与生活达成和解，平和下来，淡然下来。理想还在，化作了一脉袅袅的茶香，各自咀嚼，各自回味了。

冰糖桂花藕，是冬日里的最爱。想想就觉得温暖，仿佛外婆的怀抱，装着绵长旧事的怀抱。冬日进城，路过东门，总会在那条巷子口买一截桂花藕，枣红枣红的，还拖着细长的糯米汁。寒风里，趁热啃上一两口，香香的，甜甜的，面面的，倏然觉得尘世仁厚可亲。

可是，桂花骨子里到底是有远意的。山中桂子，在我们看不见的僻静清幽处，兀自情怀落落。

读王维的《鸟鸣涧》：人闲桂花落，夜静春山空。月出惊山鸟，时鸣春涧中。每读一回，心上便起了雾似的空茫一片。月色素白，朗照深山，在那重重叠叠的深山里，有桂子在寥落地开，寥落地败。

那多像一个寂寞的灵魂。或者是那些在烟火深处打滚的桂花的灵魂，在午夜时分，在晚风经过的刹那，逸出了自己的身体，清凉地开落在山间，开落在露水里。我想，那更像是一个女子，有着古典的情结，她一边三头六臂地应付世俗日常，过着跟所有寻常主妇一样的烟火日子。她是桂花糖、桂花饼、桂花藕。一边，她隐藏自己，躲在书页笔墨之后，躲在清风明月淡花之后，过自己清凉的灵魂生活。在浑浊滞重的世俗对面，她是清凉落寞的山中桂子，遗世独立，独自花落，独自享受这无边的浩茫与静谧。

允许有这样一类女子存在。她们陷身烟火深处，又时时在内心举行庄严的仪式，供奉灵魂。她们时常放纵自己去悲喜交集，放纵另一个自己，去做山中月色里一树零落的桂子，枝叶萧疏，香气淡远。

日子繁茂，内心有一角，秋风萧萧。我知道，远方的月下，远方的山里，有桂子，静静，静静地，零落。

春迟迟

龙年的春天,实在矜持。

是一个长袖长裙的女子,在楼上的木窗边,冷坐了小半日,对楼下巷陌间翘首的面孔,始终未肯抛出两朵粉艳的微笑来。

下午我坐在办公室的玻璃窗边,目光穿过窗外的红叶李褐色枝干,便见着空阔渺茫的远处沉着一片青灰的天。天空也是一张严父的脸,立在森森然的高高条几旁。我心里隐约有委屈的恨意,翻出“九九歌”来念:五九六九,隔河看柳;七九河开,八九雁来;九九加一九,耕牛遍地走。掐指头一算,都已经快出九了;只是柳还看不得,耕牛也只能到记忆里牵去。办公桌上的精致台历,我翻开,一笔指下去,已经是“雨水”节气。

雨下得又长又愁,朝朝夕夕。心思也被这满世界的雨水濡湿得冷冷落落,终日只愿默坐寡欢。

早先这大院里倒还有两棵开白花的玉兰花树,每年东风一柔,它便像个热情的嫂子笑哈哈来报春信。只是前年被挖走了,另侍新主,不知道那新主里可否有一个像我这样对它默怀惦念的人。这之后,我只能靠桃李来把握春讯了。奈何朝暮纷飞的雨线里，掺夹的清寒之气像一本翻不完的艰涩古籍，叫人左一页怨恨右一页皱眉，桃李们默默不言。

今日下班路过李树边，特意斜了伞，瞧嫁妆一般去探看李树的新蕾。还是紧紧包裹的小蕾，不及黄豆大，颜色青褐。一树李蕾，静悄悄，重门深锁的冷清模样。我家里也养了点花，水仙的青白色花蕾在细茎上一天天爬高，可就是个冷美人，不笑。去年腊月买了一盆紫的风信子，养得看见叶怀里的紫蕾了，一时激动，又跑到花市里寻来一盆白的风信子。我想看它们在春天和暖的风日里，相互对望着，陪着开，少年夫妻一样的热闹。没想到这一对，竟也羞答答，始终没大声地开出或紫或白的瓣儿朵儿来。

只有等了。没有哪一年的春天像龙年的春天这样，让人在无着无落的雨水里悠悠恨恨地等。

春衣嫌薄不能上身。冬衣穿得已有了倦意。人儿孤清尴尬在时节的交替里。

每日晨起，总要呵着一手冷气，在衣架边踟蹰不定。一件中式小夹袄，蟹青色底子上浮着繁复的桃红色花，洋红的一字布扣依在襟边，有柴扉小开静待来客的恬淡。一条樱桃红的丝巾，我喜欢用它在春天里搭配一衣斜格子的百褶短裙。葱绿与湖蓝还夹着一线胭脂红交织成的斜格子裙，我喜欢它的端庄雅致。这一橱一架的姹紫嫣红啊，怎舍得它们在漫漶雨天里黯然落寞！那一条月光蓝的麻质长裙上，藤藤蔓蔓的绣着嵌了金色丝的莲红花朵。到底一咬牙，掀掉了日日包裹自己的黑色羊绒大衣，取下这裙子，就拿它来一试春风的温凉了。

江南有一友，我在网上跟他抱怨说，今年春天起码比往年要迟一个月。他告诉我说，今年有三百八十天，阴历的。我不知道是真是假，也不知道怎么算的。不过一想到陡然长出来的二十天，忽然害怕起来，人生已经漫长而清寂，长那么一截时光出来，安放什么呢？只觉得又添了一份寂寥与空荡，像少年时候心怀酸涩穿妈妈的旧衣服，一双细瘦的胳膊在两只薄薄的大袖子里晃。

北方的朋友在QQ里，不无欢喜地告诉我她淘得的新衣，只是北方风大春冷，想必那华衣也是寂寞在她的衣橱里了。可是，并不是没有法子的。一如排解寂寞，只需找到一个跟自己心灵契合的那一个人，一个说，一个听，便是终朝语不息的圆满了。我们约定，清明到杭州见面，一起看花看湖，穿彼此新置的春衣。毕竟南方的春天还是长的，长得可以来得及换洗几套裙子，群袂翻飞于西湖的柔风中。

春天端着架子，虽迟迟未来，但总还要来的。我期盼着：花在来的路上，欢喜也在来的路上……

村有杏花

杏花的气质，很像是邻家小妹。

隔着幽凉的二十多年光阴回眸看去，她疏淡，清美。

每年春天，去山里看桃花，桃花烂漫到放肆。回程的路上，总会在心底想一想杏花，像怀着越轨的相思。杏花不曾看。杏花似乎太远了，远到隐居在中国画里，在唐诗里。

想起曾经看过一个画家的作品，是水墨。淡墨扫几笔过去，扫出三五重远山，远山推挤着，拱出一座略微湿重的近山。山脚下，卧一村庄，赭墙墨顶，至简至朴。难忘的是墙角斜倚一树杏花，浅粉色的花朵点点簇簇，乱纷纷，似乎好轻，风一起就能抹去。风未起，那杏花还开在宣纸上，透着少年的清凉和江南的湿意。

那是杏花。

我固执地认为，画家以水兑就的曙红，极淡极淡，染出的，一定是杏花。是的，不是桃花。桃花太冶艳，太热烈，太容易骚动。桃花缺少淡雅，缺少内敛，缺少一种静气和远意。缺少一种少年岁月所特有的凉意和萧淡。

台湾女作家朱天文的小说《柴师父》，难忘里面一句："如果他不是等待那个年龄可以做他孙子的女孩，像料峭春寒里等待一树颤抖泣开的杏花，他不会知道已经四十年过去。"是啊，杏花就是这样一个清凉的少女，等待，她如远如近。等待这样的女孩，如同等待一块绿洲，如同等待悦耳的乡音。然而，青春到底是远了，等待中，青春到底不能复活。女孩去了比利时，说是下个月回来，回来后她会再来吗？杏花已经开落，青春已经远走，只剩下这暮年岁月的寂寥和杂乱。

到池州去，去杏花村，去唐人杜牧喝酒的那个杏花村。秋日晴和，烟树满晴川，立在杏花村公园里，一阵恍惚。眼前的砖墙，杏树，未凋的绿草，未浅的池塘……一切皆陌生，陡然间，又觉得如此熟悉。果真是一个杏花的村，植了那么多杏树！仿佛唐代的一滴墨，落进了宣纸里，洇开来，又漫漶又生动，便成了眼前这"杏花春雨江南"的园子。

遥想千百年前的那个清明，草木萋萋，山花绽放，诗人杜牧一身青衫来踏青，想想谪居生涯，离家千里，自是惆怅几分。恰此时，春雨纷纷而下，路上行人，或冒雨，或撑伞，相携赶路。瞧瞧自己，无伴，无伞，青衫半已软软地湿了，怎么办？喝酒吧！消愁，也取暖。酒家在哪里呀？问吧。

"清明时节雨纷纷，路上行人欲断魂。借问酒家何处有，牧童遥指杏花村。"是遥指啊，远，可是也能看见，冒雨走一截就到。杏花村，不远不近。

要感谢这青山林泉之间，有一座盛开杏花的村子，感谢黄家的酒店，收留一个内心微凉的诗人，在清明，在酒后，由他散发着灵魂的芬芳。这芬芳的诗句，也像是杏花，萧淡又圆满，凄迷又清凉。

时间之河里，杜牧已驾舟杳然，但《清明》诗还在，杏花村，所幸也在。秋阳融融，沐浴其中，身在杏花村，觉得自己也仿佛被杏花的气息濡染，虽然杏花早已开过。我觉得自己也成了一株摇曳在唐诗里的植物，是草本植物吧。又绿又柔软，又轻又透明，颤颤地，像少女在晚风里，素白裙子轻轻摆动。与杏花为邻。

可是还不够，还想在来年春天，去一趟杜牧的池州。看水波潋滟，看照水的杏花，在春风里婆娑盛开。

如果一个人的魂魄可以像裙子一样脱下又穿起，我多么想，让魂魄游离，穿在一朵杏花上。我多想在一个露水微凉的晨晓，在一个古意尚存的村子，做一朵旧年的杏花。多年之后的你呀，看没看见，我都盛开。风来不来，芬芳和清凉都在。

杜仲那么疼

到山中去，遇见杜仲。

杜仲是树。一种怀有药性的树。

在气候湿润的长江北岸，在含山县镜内的太湖山上，一片青葱茂盛的林子铺展在一片向阳的缓坡上。引路的向导手轻轻一挥，道：喏，那就是杜仲。转身看去，我的心上仿佛有露珠在草叶上欢喜颤动，只觉得如遇故人。

一直觉得“杜仲”这两个字是一个人的名字，一个男人的名字。这个男人生在民国，穿着洗得发白的长衫，教书为业，兼以养花种草为乐。五四的狂热与激情慢慢在他身上平息，他像一条河流已经走到中下游，宽阔，平静，澹泊。杜仲应该是一个很平民的男人，有烟火气，有书卷气，浑身散发温暖的气息，适合做相伴一生的人。两个人一起做完家务，围着桌子同饮一壶暖暖的下午茶，看着日头从花架子上缓缓掉下去……

我在太湖山的林子间小伫一会儿，端详杜仲。它们该有两三层楼那么高了吧，椭圆形的叶子层层叠叠，高高撑起一团浓阴。布满锯齿的叶片在阳光下被风轻轻掀动,似与来客默默颔首示意。彼时已经春暮,没有看见杜仲开花,想来花是早已经谢落。年节已过,红装收起,素衫上身来持家。不知道那么高的乔木,若是簪上花朵,会是什么样子。回家上网查阅,杜仲竟然还有雌雄之别,雄花开得灿烂,白白粉粉的一簇,如同热闹的蝴蝶会;雌花开得素洁雅静,矜持如小门小户的女儿,青衫绿袄包叠得紧紧。

直到有一日,在一本关于中药的书上读到“杜仲”名字的来历,心才疼起来,原来杜仲真的是一个男人的名字。只是远不是我想象中那样的男人。传说自然是遥远的从前,洞庭湖上有个拉纤的纤夫,名叫杜仲。因为长年弯腰拉纤,他的同伴们都患了腰疼的顽症。为了给同伴们治病,心地善良的他揣了干粮上山寻药,吃尽苦头,经老翁指点,才寻到了他要找的那种树。他采集满筐满篮的树皮,却因为饥饿和疲劳而昏倒,然后被山水冲进了八百里洞庭湖中。待同伴发现他,他已经死了。同伴们吃了他怀中抱着的树皮,腰疼病去,于是给这树皮取了名字,就叫“杜仲”。

这故事实在让人心疼。一味药对一味病,每一味药的寻找都是不易,如同一个女人要找生命里与自己刚好对应契合的那个男人,也是不易的,需要多少机缘与上下求索来成就啊!

不只叫杜仲的这个男人让人心疼,叫杜仲的这种高大清俊的乔木,因为身体的药性,它的命运也令人疼惜不尽。杜仲作为药材,提供的主要不是花果叶枝,而是皮。是它的树皮。幼时常听长辈一句话:人活一张脸,树活一张皮。记忆里,我的父亲很少去伤及那些树的外皮。而我幼时,曾经好奇用小刀去按向门前一棵楮树的树皮时,竟见奶白色的树汁汩汩流出,自刀面上斜淌下来,一滴滴砸在脚尖处。那是树的眼泪吗？我想。自此不忍再伤害它们。可是，杜仲的一生，却是遭受千刀万剐的一生。

初冬来临，楼下有人在修剪香樟，好接阳光入室，空气里流溢着树木特有的体香。我闻着这些潮湿而奇异的木香，忍不住遥想山中的杜仲们，不知道这个时候它们是怎样的境遇。也许，在一个薄阴的天气里，采集药材的人进山来了，在一棵棵名叫杜仲的乔木面前站定，取出明亮的刀来，在树干上环切一刀，再环切一刀，再补上纵切的一刀。剥取树皮……背篓提筐地出山。留下那些疼痛的树木，自己独自收敛伤口，慢慢生长，重新复原，直至两三年后的采集刀再次从它身上经过。

这样一想，心下不觉生起寒意。杜仲如果还是一个男人，他一定不是篱笆内的那个养花种草的幸福男人。这一世，一定有那么一个或几个人，被我们一次又一次地伤害，如同杜仲。只是，他静立在时光之后，默然无语。

初 妆

是少年时候。十二岁,青荷出水的年纪。

一切清明澄澈空寂,只有微微的风,和浅浅的涟漪。

夏日黄昏沐浴后,一木盆的清水里掺有香皂和花露水的香味,被啪地泼在院子前。水像一件石青色的裙子在地面铺开,潮湿的水印子渐渐蔓延到凤仙花边。凤仙花也好像是十二三岁的年纪,粉嫩多汁。嫩豆绿的茎干一掐,指甲缝里便濡上一层湿润。狭长瘦削的叶子背后罩着一朵朵蝴蝶似的花,玫瑰红,海棠红,樱桃红,浅莲红,白色,粉色,紫色……朵朵簇簇,密匝匝,笑呵呵。一树盛开的凤仙花,就是一场热闹的蝴蝶会。

那一年,我们家简朴的院子前,就被我那样密密栽种了一排各色的凤仙花。沐浴后的我,穿白色的确良短袖上衣,下面是海水蓝的确良裙子,裙摆处镶了两道白杠。我端竹椅坐在凤仙花边,安安静静,等花开,等天黑白月亮浮上来,等到夜露软软湿了脖颈上的痱子粉。不知道是凤仙花装点了我的裙子,还是我和凤仙花一起装点了乡下清寂的小院。只知道,花是香的,我也是香的。

邻村有两个男孩子，放暑假日日调皮，晒得精黑。有一日黄昏，他们走到我的竹椅边，磨蹭半天，说要摘几朵我的凤仙花，我摇头不答应。方脸的男孩子温温软软地说只要一朵，我一笑，他就蹲身挑了一朵。另一个长脸的男孩子不甘落后，也挤过来要，我怕两个人一前一后要下去会摘尽我的花儿，再说我觉得男孩子摘花实在没有什么道理，就拒绝了。“给他不给我，养个儿子没屁股！”长脸的男孩子嬉皮笑脸胡诌起来。我羞愤得要哭，刚沐浴过的身体，出了薄薄一层汗意。我还只是一个小女孩呀，长大还那么遥远，怎么能提什么儿子呢！我这样想着，那边他们已经探身摘掉一大捧的凤仙花，嬉笑着飞跑了。多年以后，当我已成年，经历了粉红情事，知晓了凤仙花的花语是“别碰我”，再忆及从前那两个男孩子，只觉得他们像两只初次出巢笨拙采蜜的小蜜蜂。

十八岁初恋，深深浅浅的情，像月亮下的一面湖水，兀自幽深无言。

黄梅天，江北的天空日日蒙在蟹灰色的幕布里，雨下得朝朝夕夕。他打着伞来我家，看我，和我说话。我坐在窗子前，背对着他，望着镜子里的自己梳长长的发，心思又潮又软又艳。彼时，窗外的凤仙花在雨里乱乱地开，浓浓淡淡一片湿红和湿绿。他坐在木床边沿，后来又站起来，说我家院子里有这样多的凤仙花，问我从前有没有用它染过指甲。当然染过。我还说这些凤仙花都是我从前亲手栽的，后来种子落下来，代代繁衍，好多年了。说这些的时候，心底忽然掠过两个墨色的影子：那两个小花盗，如今已经中学毕业，出门谋事去了。

恋人心动起来，笑着抢过我手里的梳子，替我梳起来。枣木梳子从发根捋到发梢，一梳一梳，轻轻浅浅地按下去。梳发的动作是慢的，黄梅天的檐下雨滴是慢的，雨里的凤仙花开放是慢的，时光是慢的，幸福是慢的。甜美的人生，我以为，也是慢的。他默默梳发，我默默欢喜，彼此都无言。

多年之后的这个春天，日日听雨，听得郁郁寡欢，觉得远隔少年的成年岁月是这样冷冷澹澹。一日兴起，翻箱倒柜，寻出从前的毛笔和一小沓泛黄宣纸。黛青色的茎干两边，是片片黄绿翠绿的修长叶子，当中一坨朱砂红。墨色的青砖院墙虚虚而模糊在宣纸一角。一幅凤仙花的中国画在我笔底婆娑生出来。

画画的时候，漫漶雨水已经在薄阳里暂时收了性子，楼下人家的院子外草丛里，野生的凤仙花苗已经出土，我又想起从前。在老家的院子外河畈上，几个女孩子摘了凤仙花堆在小青石上，她们在轻揉花瓣，取汁染指，一个个都成了俏佳人。在不远处的柳阴下，有两个皮肤精黑的男孩子在探头缩腰地偷看她们。其中一个穿蓝色裙子的女孩子站起来，对着河水照照，又对着同伴炫耀她戴在发间的凤仙花环，那是用狗尾巴草串起来的凤仙花环。她不染指甲，她要与众不同。她知道他们在看她，她也故意站起来，让他们看。

水墨春雨天

一过立春，这江南江北，便阴进了多情多愁多雨天。

九后初醒的大地，是一张古旧宣纸，从老先生的橱顶上抽出来，柔柔铺展开。绵绵春雨缤纷下着，不知朝暮。

天幕浅灰低垂，隔江的江南丘陵在视野之末，云气雾气的，仿佛一团重重叠叠的淡墨在宣纸上初初洇开。远山，远树，远的街市与村落，都汪在一片朦胧隐约的水汽里。

是啊，春雨的腰身这样细，脚尖子擢得这样轻。只听见那霏霏簌簌的雨声，絮语一般，又如何能一眼捉住雨的形迹？

一带长江在雨里。昏黄的江水，被千万条雨丝罩着，色泽层层浅下去，近于国画里意蕴深长的留白了。一条淡赭石色染出来的渔船，泊在深赭石色的江岸边，刚放学的孩子扛着一把杏黄色的布伞，轻捷踏上一条长长的木跳板。跳板在雨里轻轻颤动，送孩子回到渔船上。船舱里一个女人，在舱口对着天光补网，她一定是那个孩子的阿妈了。阿爸在哪里呢？春雨不紧不慢，依旧那么织渔网一般细针密线地飘着，江水苍茫。将目光送远些，在白水长天之间，会看见浓重的一点墨影，上面隐约摇着一点朱红的旗子,想必就是他了。阿爸在江上捕鱼,阿妈在船上补网,孩子在岸上上学……天黑,他们就团聚在这条长年泊在岸边的船做的家里。辛劳抑或轻盈,灰暗抑或清新,一切都在春雨天里。

迷蒙的江天之间,七八点淡黑鸟影浮在雨气里,或疏或密地排列,翩翩过江来。柳树林里或许有他们的巢,天已灰沉沉地进入暮晚。柳树正抽青,抽得起了烟,在微雨里婆娑恍惚。江滩上芦芽已出土,在雨里身姿挺拔,当头一截石青色的梢子,有剑气。但春雨这管细密羊毫当空里下来,斜斜抹了又抹,芦芽们就朦胧在漫漶水汽里了,成了毛茸茸的细乱线条。

江堤之内,是喜乐悲愁茂盛生长的人间。

高高低低的房子错杂在潮湿的空气里,色淡的是新式的平顶水泥制楼房,色浓的是老式的青砖黑瓦的房子。房前围着院墙低矮的院子,房后立着高大的桑树或榆树。那些树野着性子生长,枝干粗黑横斜,无章无法;而叶子们还只是薄薄一层浅的柳黄,还没来得及泼染头顶那小半块天空。院子里杏花在开,蓬勃的一树湿冷的清芬,蜜蜂未扰。雨在下,花在开,新蕾叠着旧红,湿漉漉分不出层次。花都开糊了。星星点点的胭脂红在雨水里化开,成了一大团的粉色,修饰着粉墙斑驳的人家,烘托这色调疏淡水墨氤氲的江北春雨天。

写雨的诗词里,我只偏爱两首。一首是小晏的《临江仙》。“落花人独立,微雨燕双飞。”想着那情景:庭中落红纷纷,窗里人伶仃空寂;湿了翅膀的燕子双双飞到屋檐下,叽叽喳喳交流着雨的温凉,不解人的落寞……再怎样热闹的桃花天,也要在这样的寂寞中凉下来了吧,凉成一帧黑白的老照片:落花,微雨,双燕,独人。浅灰的天空下,一地碎碎白白的落花,几条疏朗线条里,淡墨晕开一个低眉的人,头顶上是墨色的一双喜喳喳的燕子。落花天，在一双燕翼下，越发叫人惆怅了。

南宋词人蒋捷的《虞美人·听雨》，也是少年时喜读的一首词。“少年听雨歌楼上，红烛昏罗帐。壮年听雨客舟中，江阔云低，断雁叫西风。而今听雨僧庐下，鬓已星星也。悲欢离合总无情，一任阶前，点滴到天明。”年少时，读这首词，单偏爱“少年听雨歌楼上，红烛昏罗帐”这一句。觉得那雨应是一场旖旎的春雨了，少年多才又多情，放荡不羁，人在歌楼，帘外雨潺潺，眼前红烛昏沉，罗帐内佳人慵懒迷离。人生年少，是这样的轻狂与得意！直到多年以后，直到自己也经历悲苦与辛酸之后，才终于掂量出后面那几句的沉重。壮年听雨客舟中，这雨是饱经离乱黄叶纷飞的秋雨了；而今听雨僧庐下，这雨是心志湮灭的枯寂冬雨吧。人生，在这听雨里，就这样由色彩繁丽，走向了凛然萧瑟的黑白。到最后，走成了一幅水墨世界：一切都瘦了，淡了，空了，只剩下寒山远寺，云水茫茫。

窸窣雨声里，我翻着旧书里读过的旧词，心上淋淋漓漓，觉得自己也融化成了一滴潮凉的液体。我是什么呢？是羊毫尖子上一滴将落未落的墨？还是雨过春晓落花上盈盈晃动的一滴未干的雨珠子？

旧时菖蒲

菖蒲临水而居,幽幽寂寂。

在旧年月里,在我青砖灰瓦的旧宅之后,生长着一大丛菖蒲。寒冬才尽,菖蒲便已出水。那么早,像是先候在路口等人。等谁呢?荷,还是菱?这么紧张!怕误了佳期。

细细青青的茎叶如同出鞘的一柄柄绿剑,却无凛凛剑气。端午前后的菖蒲最为茂盛,远看河边像是浮着一片暗青色的云,将雨未雨的样子。那菖蒲香味扑人,风起时更甚,小坐河畔,弄得满怀满袖都是菖蒲的味了。

我父亲叫它“水剑草”,我也这样随着叫了多年,直到多年后的今天,才这样郑重呼它菖蒲。这郑重里似乎已经有了远意,时空隔出来的远意。是啊,水剑草,菖蒲的身份只是草。它的身躯不伟岸,气质不高贵。它只有那一身平民的青碧,在初秋开紫色的花,是忧伤浅浅的紫。

去苏州游览园林,看那些园子里小桥流水,看红鲤嬉戏莲叶之间,看清水里倒映着八角小亭的影子,心里忽然空了一下。菖蒲呢?

菖蒲在民间,在僻静的乡下水塘边,在寂寞的沼泽深处。菖蒲的家世不显赫，姿态担不起奢华的场面，自然处境冷落。

幸而，夏秋之间的乡下河塘里，有着喜事一般的热闹。菖蒲在近岸处绿叶摇曳如波如帐，菱角的碎小白花已经谢成了一弯弯红色的果实。菖蒲和菱角相伴在乡间的水塘里，俨然欢喜的情侣。

但，聚过是散，喜后余悲。菖蒲风里采红菱，一捧捧，鲜艳可人。菱角出水离岸后，很快被送上了街市，直至它们端庄坐进了一个个白瓷的盘子里，像青涩少女焕然一新作了大户人家的少妇。而菖蒲，还在远水边，在守着一片白水日渐寒凉，直到叶残冬尽。

这是菖蒲的命运。它只能演绎成红菱的旧情。红菱的隆重后来里没有菖蒲。我替菖蒲感到悲辛。《本草秘录》里也有关于菖蒲的文字，是说石菖蒲的："味辛而苦，气温，无毒……然止可为佐使，而不可为君药。"中药方剂的组成原则有四个字，叫"君、臣、佐、使。"君药是主药，臣药是辅药，佐药的意义在于或协助君药臣药以加强治疗作用，或用以消除、减缓君药臣药的毒性与烈性，使药则是充当了引经药或调和药性的药物。《本草秘录》里的这一句，便是说石菖蒲的命数了罢，石菖蒲不是主药。物和人都在命里走着：这一辈子，注定做她命里的配角了，辛兮苦兮自己知。

我们这一生里大约都遇上了一个菖蒲罢。

是同住在一条河堤上的两个人，十几岁时背着书包上学，日日自他家门前经过，他躲在窗子后面看她，将她的背影长长送到芦苇那边。她一毕业他就央父母托了媒，中间折折转转的欢喜和悲伤，以及琐屑的世俗和势利，她到底没有成为家世平平的他的新娘。又或者，是青梅竹马的一对小人儿，住在小镇上的一条街巷里，一道上学一道回家，只是，玲珑秀丽的她终于考进大学，然后落户繁华都市，而老实清贫的他中学毕业就接替祖业，一辈子守在粉墙斑驳的老街。许多年后，她回娘家，穿着三寸高的高跟鞋经过他家门前，恨不得脱了鞋子摞着一双空脚来走，轻轻复轻轻，只恐踩疼了他门前的暮色或露珠。她知道，她是他最深最重的疼。

他是她命里最初的人，她在他怀里遗了初吻、失过小魂。她长成了凤凰，远栖都市梧桐枝，挣着不低的薪水，过着体面的生活，巧妙应付丈夫试图追问她少女时代的情感履历。他在旧地方小地方，娶了一个不爱的普通女人，生下一双儿女，日子就那么远远淡淡地过。他过得简单而清贫，唯一的财富只在内心：和她从前在一起的那些流光碎影。她想起他时，会去听忧伤的歌；她听忧伤的歌时，总会想起他。他是她终身不愈的暗疾。

"滴答滴答滴答滴答，小雨它拍打着水花。滴答滴答滴答滴答，是不是还会牵挂他？"

是啊是啊，年华都滴答滴答地碎掉了，还在牵挂。但，芒草都已白了青山头，一切都变了老了，回不去了……

在一方白纸上写上他的名字，轻轻念出来，眼里水雾漫漶，仿佛回到旧时故乡，面前河水荡荡。隔着河喊他：

菖——蒲——

菖——蒲——

前世慈姑花

我相信，人是有着前世的罢。而我的前世，一定是一棵植物，开着淡紫以至青蓝的花儿。

我总是有意无意地寻找着这样的一棵植物，试图通过一朵花，目光踩着一片薄薄的花瓣，踏上回家的曲径。

蝴蝶兰，紫薇花……直到遇见慈姑花，心下轰然，泪水涌出。

微雨的仲秋，坐在疾驰的车上，去看望年近八十的我的外婆。忽然在一处河滩边就看见了那样的一丛植物，浅水像含着烟愁的眸，水上面有浓厚的树阴，一丛绿色的慈姑立在水中央，翡翠岛一般，中间的几根绿茎杆顶上，擎着玲珑的淡蓝淡蓝的小花。我一直以为，蓝或紫，都是一种极其忧伤而深情的色彩。这秋水上的匆匆一瞥，于那几簇淡蓝淡紫的花上，我仿佛忽然看见了那一个忧伤而多情的自己，一直隐在时间的裂缝里。

它有剪刀样的叶，它心思细细地在水边，裁剪阳光，裁剪风雨，裁剪年华，裁剪日子。那些淡蓝的淡白的小花，像浅的碟，三枝，两枝，从杆底一截一截摆到杆顶，是怎样一场不舍得散去的筵席啊！白的花，绿的叶，尘世有它一场清白干净又牵扯不歇的浓情！

后来，又走了一些地方，看见了更多的慈姑花。有的在乡间荒芜的田角，形影单薄；有的夹在茂密的蒲草丛里，艰难地获取阳光和斜风细雨；更有的，尴尬地挤在满池的莲花莲叶里，兀自为红莲的明艳华美作底子。有多少荒僻的角落，就有多少慈姑花；有多少慈姑花，就有多少平凡和孤独者的影子。慈姑的花是碎小的，小到常常忽视在眼角，像睡衣上的纽扣，不绮丽，不招眼。浓艳不是它，娇媚不是它，甚至梅菊的烈性也不是它。它所有的，只是这清白的一小朵儿一小朵儿的花，以及花心里杏黄的蕊。它的花盛开的阵势，不是辞藻堆砌的鸿篇，是流水日记，细细碎碎，在幽静处低回吟唱。

它身份低微，难入雅室。在乡土中国，很少有人将它养在青花瓷盆里，日日清水细灌，作观赏植物侍弄。即便偶有几个士大夫类的秀着闲趣的人，在砌了瓷砖的大大小小的池子里养，那茎叶间常缠着的也是藤藤蔓蔓的菱菜，和有着极细极细腰身的水草。无非，是要把一点乡野之趣秀出七八分的怡人来。在中国、日本、朝鲜、印度等一些亚洲国家，它的身份，归根结底是农民。在欧洲，有人养它，蓝的白的花和剪刀样的叶，以及它挺拔疏朗的姿态，都是可赏可流连的。在我们，是拿它淤泥里的球茎——形似芋头一样的东西，用于蔬菜。《本草纲目》里说它“达肾气、健脾胃、止泻痢、化痰、润皮毛”。中医认为它性味甘平，可用于生津润肺、补中益气，治疗劳伤、咳喘等疾。除了做寻常蔬菜，在民间，它还会做这样一味药的，俯身在瓦罐里。是啊，在中国，它不是金屋藏娇，不是红袖夜添香，富贵和风雅都离它遥远。它的价值是，在幽暗阴冷的淤泥里不声不响地生长，待冬后捧一盆晶莹似雪润白如玉的果实，慰人间冷暖。

素淡，寂寞，直抵人间烟火。我想，这就是慈姑。

其实，慈姑还有着另一个动听的名字：茨菰。但是，我喜的是此慈姑而非彼茨菰，只因为，它名字里的那个“慈”。能慰人间冷暖的，想必一定有着一颗慈悲的心。植物里，它一定是一个忍着寂寞忧伤、行走在民间、关怀众生疾苦的慈悲的女子。

我呢？我想，我的前世一定是这样的一棵慈姑，来世还是。这辈子，我是一个慈姑一样清淡的女子，是前世的慈姑花开在这辈子庸常琐碎的光阴里。于万人如海中独守一分寂寞，在岁月的茎上盛开一个平凡女子的小小的悲欢，不惊艳，不扰人。我只愿，我的文字，它是从深深浅浅的地底下捧出的果实，盛着爱和慈悲，慰尘世间薄凉悲苦的心。

鸟 喧

露水的清凉气息里听一声鸟喧，便觉得一脚滑回到少年，洁净清美的少年。扑蝶追萤，明眸皓齿的人在眼前，在同样青嫩的时光里，还没旧，还没老。

如今，丽人皆成旧人。旧人也杳然，只剩了一颗鸟喧声里碎碎怀想的心。

“竹喧归浣女，莲动下渔舟。”是王维的句子，极有风情美，像我的少女年代。这竹喧里有穿林的风声，更多是鸟声吧。每每春夏之间，薄雨过后，独自坐在清寂的香樟树阴下，读王维的诗，恍惚中整个人儿羽化了，悠悠漾在绿意和凉意里。想想，夏日的清晨，溪边草木上的露水将干未干，一位山村人家的女儿，着红襦青裙，迤逦地，从林荫小道深处走来。她提着一筐浣洗过后的纱衣，纱衣洁白，身后的林荫路细细。竹林上下，鸟喧四起，一滴露水掉下来，滴在眉尖上。一个姑娘，纯洁得如新浣过的纱衣，就这样在唐代的鸟喧声里，兀自生动起来。

我曾经也是那样的浣衣女啊，十几岁，暑假里，担下家务。和堂姐一起在长宁河边，在长长的青条石上洗一家人的衣服，河对岸有少年在那里吹口哨，像一只茅檐下的留鸟，终年唧唧不休。假装没听到，低头洗衣，鹧鸪一声声长鸣，掠过湖面和柳梢，心在那样的鸟喧声里悠悠荡荡，如涟漪晕开。

我现在住的房子很旧，快二十年了。老房子有老房子的好，前后高树成荫，鸟们也住进了树丛里，与我久住成邻。清晨，阳光薄薄地筛进了枝叶里，团团片片，躲闪蹦跳，鸟羽一般。一树的鸟，几十只，在里面唧唧复唧唧。不知道是忙着复习考试，还是在吹吹打打忙着嫁娶。又忙又乱，充满喜气，充满平民生活的烟火气。

我常站在窗边，偷窥他们的生活。这么多年，芳邻没换，还是喜鹊和麻雀。我跟朋友说，我的房子是老版本的，老公是老版本的，一树的鸟邻，也是老版本的。这老版本的雀儿们，日日年年在窗外，像老友。人生总要有那么几个老友来垫垫底：少年时认识，交往至今，彼此在一起消闲，喝茶，嗑瓜子，胡侃。不觉时光流逝，不觉老之将至。

初夏时分，常听到布谷鸟的叫声。尤其是夜晚，彼时，明月已升人已静，慵懒卧于灯下，灯光低迷，人渐蒙胧入睡。忽然间，听见远远传来清寂的鸟声，在空旷的田野上，心儿像被冷露濡湿，倏然忧伤起来；像有一副春犁在心里翻，翻出乡情和相思。布谷布谷——布谷布谷——，极有韵律，是旧人在诗文里咏叹。深夜听布谷的叫声，这叫声是旧恋重逢时，他隔座低声轻问：你还好吗，你还好吗。心就这样从身体里漏出来，水一般漏出来，成溪成河，泠泠澹澹地到了远方，不能回来。于是，大半夜无眠，在布谷鸟声唱起的夜晚。

“人闲桂花落，夜静春山空。月出惊山鸟，时鸣春涧中。”也是王维的诗句。窗外的山，还是春天时的那个山，鸟鸣也一如春涧里的鸟鸣，只是时光已经不是，不是春天的了。在中年的闲寂和凄清里，嗅桂子的清芬，听秋鸟的夜鸣，心就这么一点一点沉静下来，觉得世界也在这静寂里变得古意而空寂起来。觉得万物都那么远，那么静，只有从前，是近的，近在心底。

人是一只鸟。有时是麻雀，和众鸟齐鸣，那么热闹，那么烟火生动。有时是半夜月下的一只布谷，独自唱起饶有平仄的句子，清凉的句子。

鸟喧声里，忆新新旧旧堆叠的年华，一个声音在轻问：你是谁不变的版本？是谁在露水瀼瀼的清凉之夜，远远想起的少年旧人？

菊花禅

曾经，常去庵里。去庵的路上，会路过一丛菊花。

那时候，人陷在一段情感沼泽里，左右奔突，寻找出口，日子乱得如一堆挂满枯树枝的渔网。于是，无着无落时便去庵里走走，也偶尔，烧香，叩头，面对高堂上一张张佛的脸，问来去的路。

夏天去庵里，会穿过一条细细的巷子，柳条一样细。在巷子的墙根下，卧着一大丛绿色植物，有的长在水泥路面边裸露的石子里，有的长在墙根下的砖缝里……想那些根，也一定是一只只苦闷的脚，在泥土和砖石间艰难地寻找方向吧。来来去去，这一丛绿色便蔓延进了心底，但依然以为是野蒿，我的心里何尝不是挤着一丛乱纷纷的野蒿呢？

秋天的时候，天空似乎被陡然撑起来，格外高远，阳光如同新擦去陈垢的瓷器，心里也一点点亮堂。依然去庵里，已经成了习惯。路过小巷的墙根下，远远看去，明艳艳的一片，近处细辨，原来是菊花。想来应该是茶菊一类的，花朵儿纽扣一般大小，叶子也比花市里的菊花要小，要瘦，要薄，难怪不曾把它认作菊花。整整两个季节，这一丛植物就在这一处背阴的墙根下生长，以野蒿的身份，清寂地生长，此刻，这千万朵黄色的小花是它们新睁开的眼睛，它们，曾经一叶一叶地探着走过春夏，如今，终于可以看见一个空阔清明的秋空。

不知为什么，心里像照见了光似的，仿佛一袭发了霉的黑幕布拉开，前方的舞台上，灯光人影，依稀可辨。我知道，自己向佛问了一季的困惑，终于在一朵朵黄色的小菊花上得到释然。蹲下身，摘一朵小菊花，凑过去嗅，清香，清幽的香，香里有恬静而内敛的心思。总觉得，这一丛离庵不远的菊花，也得到磬音浸染，于是里里外外，一花一叶间，都有了禅意。

那么多求佛问路的人，路过小巷，路过菊花，匆匆来去，没想过为一丛绿叶停一停，没想过去过问它们是否是一丛菊。菊花无言——生命中难免有一些暂时的错认吧，所以，它不急，它该长叶时长叶，该开花时开花，哪怕凌霜而开。而人生的许多疑惑，原来是不须急于求解，急于追问一个明朗的确定的，时间流逝里，是泥，总会一层层沉淀下去，是水，终会清得能映出一轮皓洁的月来。只待一个适当的时机到来，彼时，哪怕是一缕风，一朵花，一根草，都可以让一个遭受熬煎的心灵恍然顿悟。如茧，无处不可以成蝶。

周敦颐说：菊，花之隐逸者也。我想，诸花之中，菊大概是最有一分禅心了。因淡定而归隐，因归隐而愈发淡定与宁静，一步步，修出禅心。一个人的情感，也该是这样，隐在时光之后，一点点褪彩褪垢，慢慢将内心走得冲淡宁和。

冬枯春发，春天的时候，再去庵里，路过小巷，拔了几棵小菊苗放进包里，回家栽进精致的花盆里，早晚浇水，叶子还是萎谢。到底没栽活，它有自己习惯的土壤，习惯的并不稠厚的阳光，它有自己的场，它懂得坚守与摒弃。它坚守淡处见真的土壤、空气、阳光与水，它摒弃种花人的浓情厚意的小庭院侍弄。

多少年后，坐在简朴的书桌边，泡一杯菊花茶。闲闲地翻书，等与不等之间，小半个时辰过去，揭开盖子，看见三五朵指甲一般大小的小白菊悬在清水里，淡淡地漾，宛如清秋午后西墙头上经过的几片浮云，轻盈，闲淡，通透。菊香隐约中，想起当年的庵，似乎又听见梵音自远方传来，传来……人淡如菊。

秋之美

露水已经重了,还隐隐透着霜气。

早晨,苍寒的石阶上一块块走下来,就跌进了秋色里。晓来谁染霜林醉,太湖山的枫林一定红了。漫山遍野,黝黑的枝干上是层层叠叠的红,吸足了阳光,像喝了酒的武松上山来,那醉红一浪浪往脖子上涌。不只在太湖山,在北纬三十一度的江淮丘陵地区,在巢湖,草木皆于醇厚的色调和疏朗遒劲的骨骼间,凛然有了英雄气。

夜来,一弯银月醒在天边,像清澈明净的眸,人也不寐。倚灯夜读时,常有唧唧虫声自院墙根下穿庭入户而来,那虫声清亮,露珠一般,有破静为动之妙。细碎,悠扬,轻柔,像风过桂花落,覆盖一秋的夜枕。惯来人们形容它的叫声是“唧唧,唧唧”,其实不是这样断句的。它的每一个句子里恐怕有十来个“唧”字,不紧不缓地连成一气,最后一个“唧”尾音悠长,像两个省略号后面还接了一个破折号。那虫声自墙根下传来,浸染着秋的夜气的潮凉和湿润,仿佛一粒粒的露珠,滚落在青石铺就的光滑路面上。《诗经·七月》里说“七月在野,八月在宇,九月在户,十月蟋蟀入我床下。”却原来,这蛐蛐儿是这样一路婉转轻吟着自己长长短短的句子，于幕后走向台前，去抚摸烟火尘民的听觉。蛐蛐的叫声是小美。虫声里，可作万里秋思了，或者，纸上怀古，回到《诗经》的年代。

胡雁哀鸣夜夜飞，胡儿眼泪双双落。断雁孤鸣，于听觉里，是透着一股凛冽寒气的。沿着古诗词寻去，仿佛看见长空寥廓，墨点一样的雁影在“伊呵——伊呵——”的叫声里一点点远去，天底下，断茎霜草上，沙场肃杀，征人未还。这雁鸣在这样浩瀚磅礴的底子上，浓墨似的洇出来，不觉间有了苍凉凝重的大美。躺在黄昏的江堤上，不看流水，不看帆影似的云，只拿耳朵去寻找一个声音。在我听来，那“伊呵——伊呵——”的鸟语译过来大约是：“你啊？你啊？”一年里，南北奔波，要遭受多少流离之苦，于是总在路上追问：你在哪里啊？你在哪里啊？怕散了，怕丢了。

宋嘉祐四年秋，某夜，欧阳修在灯下看书，忽听得窗外有风雨以至江河之声，继之是金石以至沙场疾走之声，甚是凄冷幽凉。问童子是什么声音，童子出来看过回答说：“星月皎洁，明河在天，四无人声，声在树间。”喜极了这童子的十六个字。像丰子恺的漫画《人散后，一钩新月天如水》，勾线简洁，却意境深美，寥寥几笔里印现出一个隐在图画背后的恬静智慧的灵魂。

同样的秋声，在童子，是明朗的；在欧阳修，是令人忧惊的。万物的形色和声貌上，从来都附着生命个体的灵魂温度。

秋游巢湖，人间雅事。千顷的湖水，宣纸一样地展开，姥山碧峰倒映，是淡墨落纸，随微波颤动。水色澄澈，可比蓝天。坐木船去，水花在木桨上开落，像环佩入盘，铿然作碎玉声。船头迎风立，正好，一点浩然气，千里快哉风，回来，文章干净畅达。

…………

怎么看,秋都是极盛。是抛物线的顶点,色彩调到最浓烈的点上,情感蕴藉到最饱满的点上,文章做到最通达的点上……人生所求的极致,不就是这秋的境界吗?

水　声

自来水入池，有人在池边洗碟子，是瓷的碟子。听那水声，水声是碎的，一定是落在碟子里跌碎了，大珠小珠滚落。碎碎的水声，若无事扰心，听起来也悦耳。碟子和碟子在被叠放时，那声音也清脆，如玉相鸣。如果没有碟子，水龙头又大开，那水声不好听。无遮无挡，声音太鲁莽；无器皿相碰之音掺夹，水声苍白。

春日早晨，又逢周末，赖在床上千里万里地遐想。这时，听邻家院里的洗衣声别样美妙，仿佛乘风远去的人重回人间，顿觉万物可亲。不是洗衣机的声音，是手洗。一阵漫长的搓衣声结束后，能听到水龙头打开后的哗哗水声，水声入盆实在铿锵，擂军鼓一般。声音渐由粗犷响亮转为低沉单调，你就能猜出那盆快满了。水声止，搓衣声又起，是邻家的女主人在给衣服清水。清毕，再次放水……即便在洗衣上，你都能听出劳动的节奏。是四二拍，一洗一清，循环四次。每一滴水都是一个音符了。

秋冬之际的夜雨落在香樟叶上，那声音听起来充满柔情。细细切切，像有人在窗外私会，情话绵绵，终夜不息。水衫叶子上的雨声没有这样的兴味,大约叶子太细太小,不能共振形成回音,所以雨声渺远到模糊。我疑心泡桐叶上的雨声也不大动听,叶面太大,那声音缺少节制含蓄之美。比如,有一滴雨落下来,砸到了硕大的泡桐叶上,“啪”——响了。“啪啪啪……”又在所有的大叶子上制造一片回声。一惊一乍的,像个长相平庸又心浮的女子第一回收到男人的情书,逢人就说,到处招摇。

少年时,住在覆有瓦片的老房子里,上半夜下雨,到凌晨听屋檐下的雨滴,别有情趣。只是那时人小阅历浅,不懂思乡,也不懂相思,点点滴滴到天明,那样的雨声白听了十几年。如今情怀有了,那样的闲寂幽独的雨声听不到了。

不仅听不到,且每到急雨之时,楼顶的水落在楼上楼下人家的遮阳棚上,不忍卒闻。是铁皮制的遮阳棚,一滴雨落下来,“砰——”像有人在叩门质问;一阵雨落下来,“砰嗒嗒——”那是一群人在砸门了。铁制遮阳棚上的雨声听了多年,觉得像悍妇一样可怖。是什么样的悍妇呢?就是像虎妞那样的悍妇,而你,刚好偷了她家的祥子,现在她带了一帮人和武器在窗外叫嚣。这样的雨水声里,忧惧满腹,余生要往哪里躲呢?

山中泉水之声是最耐听的。春暮,一人进山,坐在溪边的大石头上,听水声,淙淙的,泠泠的,哗哗的,一路清唱,经过肥圆卵石和细长青草。水声里,嗅草木勃发的气息,看山坡上的杜鹃花开欲燃,那一刻,天地洁净如处子的明眸。水声渐近渐远,如同雏鸟的叫声,从林子里悠悠荡出来,细亮而清新,又萌动着一股生命的活力在里面。水洗身,水声洗心,一年进山洗一次,是厚待自己。进山听水声,万不可人多,人多就只有人声喧杂了,水声遁隐又哪里可闻!

五月，五月

五月，是一个清明的季节。大地清明，人心清明。

红的桃花，粉的杏花，金灿灿的迎春花，都从枝头上悄然退下。一夜的雨，一朝的风，搭一个软梯子，一瓣一瓣地接她们回归尘土，回归流水。五月，是初夏，花事已了，叶在枝头上潜滋暗长，很静。于春，它像一个人，从繁华的高处转身下来，丢了纷扰，安身于低处，懂得内敛，懂得换个方式抵达。于夏，它像一页白稿纸，动笔了，尚在第一行，但结构和主题已成竹于胸。

窗外，香樟开花，一粒粒淡黄的花朵儿撒在枝叶的面上，香气缠进风的骨头里。花不起眼，香味惊人。像某类人，才情出众，是不屑于修饰外表的。院墙上的金银花也来了消息，一根根蔓上，举着小棒槌样的细蕾，淡白的，浅绿的。当年出嫁，娘家的陪嫁里也有一根棒槌的。敲一敲，花儿打开了生命，我打开了生活，殊途同归。

枇杷在枝头是青的，也还没起毛，成熟还有个把月，此刻是攒了劲地长，心无旁骛。六月桃小小的，像婴儿攥紧的小拳头，藏在枝叶底下，还不知道用心思招人。我的孩子和他的伙伴站在楼下的葡萄架下，对着架上的一串串小葡萄，指指点点，看样子有点馋。站在楼上看，结了伴的这一群小子，我当他们也是一串葡萄，圆乎乎的脑袋瓜儿，到哪都是三五七八一阵儿。哪用得着盼，只要有耐心，一眨眼，就大了。叶绿的时候，子小；子成的时候，叶老。结构跌宕，主题永恒。

马兰头已经吃过了，芦笋也已经高过了额头，需要仰视了，餐桌上，野味渐少。田野上，小麦已抽穗，油菜已结角，但还是青的，一场农事还在铺垫，还在造势。这个时候，婆婆是闲的，她会去街上捉几只小鸡小鸭回家伺候。天不冷了，气温没有大幅的波动，小东西们长得快。只是，赶上星期天，她的小孙子们常常去抢她的这些宝贝当鸟来玩。弄得她常常站在胖乎乎的孙子和胖乎乎的小鸡之间，左右为难，不知道疼谁好。小鸡唧唧地叫，她求孙子放了；孙子哭了，她又笨拙地去抓小鸡。

去年冬天，跑来一只野猫，夜夜在楼底下叫春，婴啼一般，爱情是痛苦的吧。今晨，四只小猫刚出生，花白，蜷在一起。五月，阳光好，野猫也做了妈妈。好善的楼下伯伯将四只小猫安顿在一个纸盒里，遇人就招呼说，谁家剩了好吃的，要送过去，小猫等猫妈妈的奶水呢。几个年轻的妈妈在一起商量，说千万不能让几个小子知道了，怕他们不知道怎样爱小猫，抱了到处跑，结果弄疼了那四只小猫。哪里瞒得住呢？

目光指向低处的爱和关怀，是纯净的，无杂质的。

上午，坐窗台边，穿碎花的薄裙子。弃了冬装，又弃了春装，很轻松。风穿过香樟的叶，从发丝和肌肤之间经过，不冷也不凉。修了多少时日，也有了此刻的恬淡不烈，我说的是风。曾经，这风，盛夏的时候是热的，隆冬的时候是寒的；但是现在，是收了棱角锋芒的。

得闲的时候，也偶尔去庙里，不分初一和十五，不挑日子。烧香，拜佛，石阶上坐坐，听禅音。不为所求，只是护持内心的宁静。五月，我的生活和植物一样素淡，和天空一样清明，在万物的低处，抵达繁盛的夏。

素色夜来香

夜来香是寂寞的。

在未识夜来香之前，想象中，觉得夜来香是妖艳媚人的，浓情蜜意的媚。是一株怎样的植物呢？它开出的花朵，该是血色罗裙一样吧，灼灼的，令男人们的目光纷纷跪拜下来。

我一直以为，那个在十里洋场的上海滩演戏唱歌的周璇，就是一枝夜来香。“夜上海，夜上海，你是个不夜城。华灯起，车声响，歌舞升平……”蚕茧一样紧紧包裹着长旗袍的她，在华灯与掌声之间，对着麦克风轻轻摇曳着袅娜腰身。她是晚霞映照的湖面下曼妙水草，五陵少年绅士贵族们，那目光游鱼一样围绕着她在来回穿梭。直到美酒污红裙，夜色阑珊，长街灯火暧昧如酒后情人的眼神，方才曲终人散。黄浦江畔的一座城市都为她夜夜魂销，她是一枝神奇的夜来香。

多年之前，在学校的文学社里混，结识一女友，她被多才而多情的男同学赠一别名“夜来香”，那时，我看她也是媚的。一袭不羁的红衣翻飞在身，笑起来，陷出两个深深的酒窝，像辽阔的湖，能栽进男人。周末，她跟男同学们在一起大碗喝酒，称兄道弟。我实在欣赏她，觉得她的人生，汪洋恣肆。

我想，那种名为夜来香的植物，一定也像她们一样吧，乱红缤纷，墙里墙外，香绕古老村落。

有一年夏天，舅舅来我家，闲聊中扫视我花草半零落的阳台，道：明天我送你一盆夜来香吧！舅舅爱侍弄花草，第二日，果然送来了，只是，实在令我大失所望。所谓夜来香，竟是这样貌不惊人！枝和叶，都近似于桃树，绿色的花骨朵，简直是一簇燃过已灭的火柴棒，何曾有桃花的娇羞妩媚。

与这样一株平凡的植物相对的时候，便又想起多年之前的那位女友。想起的时候，已经与她无往来有好几年了，这原因似乎不全在我。她忽然就很少出来与大家喝茶喝酒了，电话短信更是寥寥，她号码换了，地址换了。她像闲云野鹤一样，仿佛一下子就逸出了红尘。她有博客，偶尔打理，对外人不回复，不关注。她似乎连投稿的心意也早就没了，看她的文字，除非上她的博客。而去她的博客，似乎一年一两次就可以，比过节的次数还要少。原来，她真的就是一株夜来香，有着这样素淡安静的内核。

夏天的夜晚，夜来香如约花开，花香如沸。一朵朵淡绿的小花朵，挤着打开小小的花冠，像一卧刚出壳的鸟儿张开嫩喙来，千言万语的样子。那浓烈的花香似乎就是它们续续想要道来的情意，只是，这样的浓情厚意似乎找不到一对愿意倾听的耳朵。

听人说夜来香的花香是有毒的，因此，不敢将它放在室内。我把它放在阳台外，回头关上玻璃窗子，然后隔着窗子端详那一簇簇怒放的花朵，嗅着游进来的几丝花香，怀着贪婪又忧惧的心。

戒心重重又不无欣赏地隔窗看它，想着夜来香的花朵这小小的身体，在夜色下，竟爆发出这样气场强大的芳香。然后在露水初干的清晨，又倏然收拢花瓣，芳香隐逸。大开，开过，大合，收场冷峻决绝。热闹给别人看，不忘形；寂寞独自担，无怨艾。

有一日，偶然翻中药书，才知夜来香也是一味中药。它的叶、花、果，都可入药，有清肝、明目、去翳、拔毒生肌的功效。中医里认为它性味甘、淡、平。读书至此，不禁为阳台外的那盆夜来香感到委屈。我那样害怕它的芳香，像害怕一个冶艳风骚的女人走进自己的生活，以至遭遇颠覆或不洁。我把它远远置于阳台之外，还要关紧窗子，却不懂这散发醉人香气的夜来香却有着清淡平和的内在。

开在黑夜里，难有人眷顾回眸，夜来香是寂寞的；有着浓烈花香却境遇冷清的夜来香，是寂寞的。那个隐在文字之后、几乎很少露面的旧友，想必也是寂寞的。而唱着《夜上海》的周璇虽然周身璀璨，却也不过是想要一桩普通安稳的婚姻来安放浮萍样的身心，然而三次婚恋都是善始不能善终，最后竟是病死于三十九岁。她辉煌而短促的一生，那寂寞的基调，怕也只能用阿炳的那把二胡才能嘶哑着拉出来吧。

夜来香是素色的。寂寞是素色的。

春未央

踮着脚尖等，像等经过我的村庄的新娘，春天终于等来了。

冬天总是灰扑扑的，如同日历纸晒在门旁的木柱上，晒了一年，最后的色彩便是一坨苍灰。所以，我喜欢春天。

这些日子里，总会时不时就成了槛外的看花人。

到菜园里去掐菜薹，已有一朵两朵的白菜花开了，四个瓣儿围着团团坐，嫩生生像入托的小姑娘，在微风里躲躲闪闪，含着娇羞。我站在菜畦边，含着笑，不舍得掐它们。隔墙隔院，依然看见院墙那边的白玉兰开花了，白玉兰开得早，比墙根下的一溜儿迎春还要早。玉兰开得最假，假得不像花，我每推窗，看见那赭石色的光光的枝干上一团团的白，总狐疑是一群鸟落在上面，晾开白翅晒春阳。哪有鸟儿只恋着一棵秃树呢，早早晚晚地看，就知道当真是花了。好东西好到极致，常常要遭被误解的委屈，花也是。

黄昏，散步，沿着长宁河，看见农家门前的桃树上打满了红苞苞，结绳记事年代哪一个多情的姑娘在指间结下的一个个粉红心事，将解未解？那就不要心急好了，慢些来，慢些来，桃花且让它一朵一朵来开，结儿一个一个来解。春天实在太奢侈了，把那么多的花儿凑到一块儿来开，我实在舍不得，只想着要点小气的伎俩，私自克扣一些，留着慢慢开，这样，春天就长了。可是，哪里克扣得了！梨花那一树青玉一样的花苞也鼓着腮帮子在挤呢，还有杏，还有江堤上的蒲公英，还有芦苇丛边那些无名氏，一样端端正正已经装扮停当就要出来见客。

春天是流传在民间的美丽的传说，口耳相传，白玉兰传给桃花，传给梨花和杏花……可是，最先传来消息的又是谁呢？是乍暖的风和日，一路浩荡如大军过境，于是万木响应而从之，跟着摇旗？还是温湿的泥土，一把逮住了花草的根脉，嘱它们把春天的讯息写在绿叶和花朵上，带给大地？总之，春天是在人间这么驻下了！它们还要接着将传说流传下去，流传开去，将会在燕子的细雨呢喃里，在青蛙的青草咏叹里……

人在春天，每个日子似乎都是风雅的。陌上看柳，是的，陌上，看野生的柳。被花香发酵过的风穿过粗细长短任性而为的柳枝，一夜春风一层绿，这个时候的柳借着风势长得勤快。趁着最后的几天假日，趁着好风日，日日黄昏去河边私会它们，两相对视，有无限柔情绿意生起。它们在这寂寞的河边好自在啊，绿帘子卷了收收，想想，又卷卷，都是随着性子，所谓闲适，不过是处于野生状态。我从河边回来，总喜欢掐一两截柳枝在手心里举回来，但我不是洒甘露的观音，我是心上涂满绿意的处于野生状态的女子。这真好！春天纵容我！

气温连着攀升几日，犹疑着，又停下了步子。元宵节，没看灯，听雷。轰隆隆的声音在耳膜上滚，像住在我楼上的一对老夫妻借着雨天的清闲在挪动笨重的老家具，“轰——轰——”听出来有时光的厚重感夹杂其中。是啊，雷声里，你听到的竟然仿佛是翻箱倒柜的声音。啊，找什么呢？找到了，又是一年的好时光！一层层打开，在掌心上端详：

立春雨水——惊蛰春分——古老的节气如一柄传家的如意，在炎黄人的日子里传了一趟又一趟。

落雨的天气，我喜欢做些针线活，时光散散淡淡，像枇杷叶下不循节奏落着的雨珠子。我穿的针线和天地间的雨线一样的长，一样的细，一样的软。雨线在大地上织花织草，添红添绿；我的，是用旧裙子缝两个娃娃枕，留待他日春光阑珊午后怏怏小寐时用。这两个娃娃枕，一时兴起，给它们取了名字，一个叫桃红，一个叫柳绿。

独 活

独活这味中药，早早就喜欢上它的名字——该是植物里一个绝情的女子，穿着黑色的风衣穿过飘着梧桐叶的空旷街道，一个人孤绝地生活，独活。冰冷的女子，坚硬的内心，她爱过，青枝绿叶红花灼灼地爱过，但是，此后不再爱了。抱着肩膀，抱紧姿态，独对西风残阳。

我想到了张爱玲，张爱玲是一个具有独活气质和独活勇气的女子。当年她与胡兰成分手时，她说：我想过，我倘使不得不离开你，也不至寻短见，也不能够再爱别人，我将只是萎谢了。话尽凄凉。聪明如她，已经预见自己此后岁月将难再有采茶扑蝶一般的热闹了，红尘于她，便是一条幽深的暗道吧，那头凉风阵阵灌来，她孑然一人向萧瑟处走去。

事隔多年，张爱玲来到美国，在文艺营里结识落魄作家赖雅，一个大她近三十岁的老头，彼此相爱，但我总是疑心这爱里，最初是掺杂了太多奔走异乡时，于仓皇无着间抓住一根精神稻草所折射出来的落魄与可怜。这个嫁了男人的女人生活依然艰难，丈夫多病，需要钱治，于是她只好别夫奔赴于台湾和香港，挣钱养家，给丈夫治病。那些奔走的长路上，她孤身一人，不知心里可揣着多少难言的辛酸。我想到中药独活，它性味辛、苦，微温，它可以祛风除湿，通痹止痛。春二三月，独活发芽长叶时人们采集其根，回来晾干切片；另一个采集时间是秋天，叶落果成时也挖其根，洗掉泥沙晾制成药。张爱玲原也是这样的一棵植物，少年时父母离婚，人生最稚嫩无邪的时光里也是寡欢；中年以后，为了丈夫为了家，为了人世间的那一点儿情爱与暖气，辛苦写作，频频遭遇退稿，饱受生活的熬煎。“人生，是在追求一种满足，虽然往往是乐不抵苦的。”单从张爱玲的这句话里，我们已经掂出了她身苦心苦的分量来。是的，她身上的根根叶叶，是苦的，悠悠长长的苦，缠她一世，这个独活的女子。

独活，应是人世间极稀有又姿态极艳丽的奇女子吧，人世却以一副晚娘的心肠对她，于是，她们只有选择独自生存，无依无傍。

我于是找独活这种植物的图片来看，叶子疏朗，没心没肺朝阳光一层一层搭起绿檐来，只是生着一副细细长长的紫色的茎秆，忧郁的紫色，像含着怨气一般。还有一种软毛独活，怕冷似的，周身覆着一层短短细细的柔毛。它绿叶绿茎，开着白色的花朵，碎碎的一朵朵，像小蜜蜂凑成一群，展开翅膀搭成碗口大的白篷子，撑开在夏秋的风日里。这就是独活！我惊了。太平常太普通，我房子前的香樟树下，我日日散步的马路边，长在砖石泥土间，长在河沟边幽暗的草丛里，一株两株，一片两片，各自生长，各摇各的风。它们的身影不艳，不是我一厢情愿想象出来的张爱玲那样的植物，不是生在悬崖绝顶。

它近在咫尺，近在寻常烟火边，普通得像那些淹没于碌碌琐事里的平民女子，无惊世的才华，也无足以乱世的容貌。它兴许就是那个住在姐姐家隔壁的女子，丈夫已经不爱她，也没离婚，却住回到娘家，像棵老青菜一样日日在工厂的白班与夜班之间来回炒，无油无水地炒，炒干了，炒黄了，偶尔招来叹息，更多时候被人遗忘。在灰尘飞扬的下午五点钟时的马路边，偶尔能看见一个清瘦的女子，穿着蓝色的工厂制服，黄着头发黄着脸，回去，赶着到弟媳的锅里掏口饭吃。她多像一棵素淡的软毛独活，在晚风里独自摇曳。

独活其实是那些孤独而坚强地行走在生活边沿处的寻常女子，太多，太多，她们不适合拿来写进戏里，因为虽然太寂寞太辛苦，但是太卑微，人生的故事松散得凑不成一个完美的情节。

不管有没有气质，有没有勇气，总得活下去，这就是独活。

一架扁豆，一架秋风

秋风中，与一架累累扁豆相遇，觉得秋色丰饶，寻常巷陌间也有繁华。仿佛那扁豆架是一座紫色的草庐，里面住着淳朴洁净的妇人，她的微笑里有着温暖丰厚的情意。

平常的日月，无惊无艳，但自有一种沉实和动人，就像一架扁豆在秋风里。

每日出门和回家，会路过巷子口的一户人家，那家院子里种有扁豆。夏天的时候，那扁豆只是在勤快地生长叶子，枝枝蔓蔓，层层叠叠，大江涨潮一般地汹涌堆绿。紫梗绿叶，我知道秋天一定会结紫色的扁豆，因此每每路过那扁豆架，心里也悄悄怀着一种甜蜜等待的心情。

暮色微浓时，会看见女主人在扁豆架边浇水，整理乱爬的茎蔓。中年的女主人梳着短发，着白底蓝花的棉质家居服，看起来是一个素淡的女子。半开的窗户里轻轻飘出细细的女音，细听是黄梅戏。我不知道这个素淡的女子有没有过崎岖的内心，但我知道，在这个暮色下的小庭院里，她是安然而恬静的。提壶浇水的她，和她的院子一起，美得像一幅风俗画。小庭院，老戏曲，秋风年年吹，时光尽管滔滔地逝去，日子敦实又静谧，这是尘世大美。

植物里，扁豆生长很神奇。我以为它很有母性，春天一棵秧苗，到秋天已经蔓延得满墙满院都是，简直像母系氏族的部落。从前也种过一架扁豆，在单位院墙边。起初只是孱弱的一根茎蔓沿细竹子往上爬，哪知道一两个月之后，竟肆意葱茏成一片，娘子军一般，兵临城下，向着院墙头攀登。秋阳下，一串串的紫耳朵竖起来，像在招手听风，又泛着灼灼的光。我常站在扁豆架边，看它们开出一穗穗的紫花，看那些萎谢花朵里探出弯弯的小扁豆，看那些小扁豆渐渐就拱圆了小肚皮。在秋风微凉里，在暮色灿灿里，看这些成群结队的紫扁豆，会由衷地觉得日子殷实，觉得时光温厚可亲。

吃不完的扁豆我会放开水里焯一下，然后滤掉水，秋阳下摊开晒干，成为扁豆干。黄昏去阳台收，竟都变成米黄色了，也皱了，好像满面皱纹的老者，阅尽沧桑却又沉静淡然。冬天，和家人一起分享一道佳肴——肉焖扁豆干。相互给对方拣一些卧在碗头，低头深闻，好香！想起秋天的那扁豆架，觉得秋阳的暖、秋风的浩荡都在这一脉菜香里了。在大雪深冬，关门闭户，与家人分享自己亲手种下亲手采摘又亲手烹饪的一道肉焖扁豆干，自觉这日子朴实里又透着隆重。希望来年还种扁豆，还这样度着深冬严寒天气。显赫富贵其实没那么重要，没那么迫切，暖老温贫在秋风里，这日子也自有静美和深意。

据说郑板桥当年流落到苏北小镇时，在自己的厢房门上写有一副对联：一庭春雨瓢儿菜，满架秋风扁豆花。想想，在一个偏僻的小镇，茅檐低矮，过的是清苦的乡居生活，可是板桥先生不以为意，他总能在寻常物事中看出一些动人的美来。画竹的间隙，抬眉看自己这小庭院，菜蔬青碧茂盛，春有青嫩的瓢儿菜，秋有肥硕饱满的弯扁豆，半是为着吃，半是为着赏了吧。物质上简单些，精神上就能走得高远些，宁静澹泊地生活，彰显的是一种风神潇洒的姿态。

清秋出游，去乡间，桂花的袅绕香气里，诗行般的田畦篱落间，总能遇见那些素朴却也蓬勃的菜蔬和水果。而我最喜欢看的，还是秋风里那满架摇动的扁豆。那么寻常，又那么绚丽。那么偏僻寂寞，却又那么欢喜自适。

优雅的女子

已经过了立秋，早凉晚凉，蝉声稀落。夜晚，颇为闲适地在枕上听院墙根下的虫声，有小散文的美，清越，婉转，悠扬。然后，想起记忆中那些优雅的女子。

一次在芜湖，临江的长街，一个卖花的中年女人，多少年不能忘却她。她推着自行车，后座上是一只红色的塑料桶，很干净，里面满满的花。“香雪兰！香雪兰！”她吆喝着，不像生意人，倒像小院子的主妇在唤别人欣赏她种的花。那花有筷子粗的秆，秆上附有浓眉形的绿叶，顶端的穗上擎着一朵朵粉蝶一样的花。那花瓣是疏淡的四瓣，单薄，白，像小家碧玉，放学回来，白裙子在晚风里。有人还价，她不卖。她说，自己下了岗，白天在家里做家务，照顾老人和孩子，只黄昏才出来卖一次花，赚个家里的伙食开支。那花进来八毛一支，卖出一块，她每天卖完两百支香雪兰就回家。我打量她，她穿洗得发白的棉布褂子，款式简单；梳齐耳短发，发很贴，不是我们时常想象的下岗女工的沧桑与不堪。这样的夏日黄昏，这样清淡的女子在长长的石街上，那样娴静地拨弄着淡雅的花儿，叫人记得。

那一个秋天，坐在开往小镇的班车上，窗外的白桦树上掀动着碎金样的夕阳余晖。一个女孩子，穿碎花的裙子，靠在窗边，静静地翻着手中的书，晚风吹动她的刘海，留给外人的是一个安静的侧影。周遭的喧嚣，于她，仿佛皆已化作尘埃，安静地落在低处，只有风过书页的声响，仙乐一般，叫人细细地心动。心里惊叹，真是一个优雅的女子，如同浮世里一支安静的莲。还有一幅画，至今记得。是冬天，窗外积雪，一个满面皱纹的老太太，低头在窗台下剪窗花。整幅的画，晕染着老玉米黄的暖调子，叫人仿佛看见她炉火映红的脸，层层展开的笑颜，以及新年的玻璃窗上象征吉祥的红窗花。那真是一个优雅的老者，以一个无华的姿势诠释着：岁月如此安详！我同样想起我的《初心》里的她，人近中年，一个人喝茶，忆旧事，坦然咀嚼生命里那些过往的甜蜜和遗憾。

尘世间匆匆行走，名利场里上下转悠，常常，会惊艳于一些“十大女性”“四大才女”的光芒。如今，回头看这些寻常生活里清淡却也不失优雅的女子，便觉得，她们也有一种小散文的美。她们像秋虫，没有高枝上蝉的高调、张扬、沸腾，她们的姿态在低处，恬静，从容，是另类的优雅。像小散文，隽永，绵长，值得回味。

枣林·雨

视野之外,万亩的油菜花,躬身在院墙外,且做这百亩枣林的衬底。在巢湖之滨,雨是日暮才飘下来的,落在肩上,更多的是落在横斜的枣枝上。抑不住心底的喜,迎面,就呼它枣林雨了,入乡随俗吧。

远天,浅灰,是眸底往事的色调。高压线杆瘦塔一般,牵起的弧形电线,极其浅淡,隐隐沉落在枣林之后的天边,仿佛一只燕尾掠一掠,就能剪断。潇潇暮雨天,这样的背景下,那枣林就尤为显眼了。

我以为,植物里,枣树是极有耐心、极能沉住气的大有为者。梨花开白了春晓天,桃花烧红了半天的霞,只有它,芽还没发,仿佛还在酝酿,还在等待一个时机。只拿瘦而嶙峋的深褐色枝干直刺入来访者的视线里。对面看它,那枝,竖的像利剑,直指天空;横的似斜刺里插进来的干戟,嗖嗖间一股英雄气。甚至,枝上那些没长成气候的小枝节和枣刺,也是一截尖锐的线条,好似守城的衙役,手执利器,纵然小角色,也威武得很。枣林里走,简直是看武士舞弄兵器,步步紧逼……出来了,回头再看那枣林,一行行的枣树间,是新翻的泥土,浅浅的赭黄。这画面,是狂草走在旧宣纸上,墨是铁黑的墨,是一看就叫人陡添了一截硬骨的墨。

雨落在枣林,不甚喧哗,只见枣枝的褐色更深了,更重了。人在屋里,推窗,仿佛就可嗅到一阵阵浓浓的水墨味了。这巢湖边的雨也是极有耐心的,且又温厚,它走近一株枣树,走进一片枣林,幽暗的天光下,雨和树似在不动声色地酝酿一个别样的世界……

忍不住想,这一夕的雨,枣芽儿在枣树的身躯里翻身了吧,并且摩拳擦掌,有了破城的雄心,有了凌霄的壮志。明朝,众芳零落,在枣林,千万片绿的小手在枝上相互招呼。然后摇旗呐喊,快长,快长。雨流在千万片枣叶的叶脉里、千万根新发的嫩枝里。绿色磅礴,那一树横斜而不循章法的褐的枝和干隐在绿海里,好似英雄,到后来,把烈性收在骨子里,不屑于张扬。

暮色渐浓,一园的枣树渐渐退向了宋人的书法册页里,渐次模糊。屋内人声喧哗,酒香四溢。起坐间偶一回眸,再不见了枣林,是在春雨里化开了吧,捞不起了。

近处的路灯已经亮起来,中秋月一般圆满。淡白的灯光低眉顺眼地洒下来,落在被雨濡湿的青色地砖上。凸的一面映着光,白亮,似顾盼的眼;凹的一面,依然深一块浅一块地盛着夜色。一路潮凉,一路斑驳。这情景,好似蹲在一口封了土的酒坛外,等坛里乾坤无声流转,看阳光,数落叶,内心安静。窗台边的茶花,红骨朵儿静静地在雨里立着,俨然一位静候在窗外的谁的红袖,举一把绿伞等她薄醉的良人。茶花的叶,在灯光下,新而洁净。那上面流泻的,几分是雨水,几分是灯光,分不清。抬头,檐下的灯笼不知几时也亮起来了,光色红得慵懒,有几分醉意昏沉。朝外的那一面湿了,雨水一绺绺从红绸布上淌下来,在末端的黄穗子上又分成了一粒一粒的珠子,滴着,滴着,甜糯似的透着酒香。

抚窗漫想:枣花开了吧！一朵朵,细小的,碎碎的,白色,暗香袅袅。不大招人！它的浓艳和繁盛在秋天,它选择在秋天隆重登场。大红大红的枣子累累地堆在枝头上,有春花的香,有秋实的甜。砸头上,极有分量。吃到后来，一不小心，舌尖还会被细而尖的枣核弄疼。这就是枣！便是子实,也不曾丢了它尖锐刚硬的秉性,只是小心地藏在了香甜的表象之下。再一筐筐,一箩箩,被人搬进酒坊里,那是巢湖人用大红甜枣酷佳酿。

转身,已是一桌狼藉,一圈红面人。今夕把盏的是“枣为媒”中的枣王酒,这酒,入口甜软醇香,情思绵连,到后来,就在五脏六腑里横冲直撞,有了烈性。它不肯屈身低眉,不被驯服,自始至终。也难怪,这酒,一半是雨做的身,一半是枣做的骨,是枣的筋骨气神融化在一壶又一壶的春雨里了！

我这江北的雪

雪,天和地共做的梦。

醒了的人,走在天地的梦里。那一刻,我举着伞,走在去看梅花的路上,像个女道士。

雪在舞,花在开,一把小花伞于无人处收起来。仰面,抬一抬睫毛,拈几朵雪花,江北平原上,此刻,我是一朵盛开的梅。

从哪里忆起呢?前半夜,还是后半夜?

前半夜,我在等。一盏灯下,百无聊赖,读欧阳修的《玉楼春》:别后不知君远近,触目凄凉多少闷。渐行渐远渐无书,水阔鱼沉何处问。那时,玻璃窗外,是一片湿漉漉的夜,像幽深的古井,远近的灯火是沉落在井底的点点寒星。天气预报早把雁书传,七岁顽儿在脚边跳,嚷嚷着雪中的那些把戏。我假装不急,将手中的宋词又翻过一页。楼外的夜雨,点点滴滴,像个省略号般意犹未尽地痴情。经年未见的雪,想来还远吧?

后半夜,人已静。簌簌的,翻身,是枕上的梦碎了。还是簌簌的,在窗外,在千万片的香樟叶上,在肥硕的广玉兰叶和掌形的棕榈叶上,在枯草的断茎上，在水泥院墙的裂缝里……落雪了！我醒了。是落雪了！在灯熄人静的夜，雪自我的听觉里来到了江北平原。像舞台上的戏，黑而重的幕布还没启开，水袖也未见抛甩，一截清而雅的唱腔自帘后迢迢地绕到头顶来。想见吧，一睹芳颜？头侧了侧，赌气，不开窗，不见。就由它在窗外抒情到天亮吧，我曾等了那么久！窗外的雪依然柔柔地落，那声音是轻的，轻如宫娥的舞步乱在丝帛的毯子上。心满意足，再翻个身，睡去。各自做梦吧！各不惊扰。

早上起来，开窗，白的了。也不全白，院墙那一角，老白菜的大叶子还露了些青绿色的边边，菜畦沟还是国画里晕染的浅赭石色。如果天地真的在做一个迷离的梦，在江北平原，这梦是微醺的。是的，不是一塌糊涂的深度的醉，不是忘了前世今生的长梦大眠。

落雪的江北平原是秀美的，只敷了层淡粉，依然唇红齿白，眉清目秀。

雪在微风里漫天舞着，伴着的轻音乐只萦回在大地的胸间，慢拍子自己踩，自己踏，怕扰了人。雪落在葱绿的香樟叶上，风摇落了些，又添补了些，似谁在摆弄一副祖传的磨盘，只磨得香樟的叶更翠了。雪醉卧在一树梅花淡黄的蕊里，温柔乡里不愿醒，醒了，就是蟒袍玉带的富贵春。

乘兴，上无为大堤，走成这幅江北国画里的风雪问路人。堤畔上的雪只半个指头深，刚刚盖住了草根，只剩下枯草细弱的半截身子在风里伶仃晃动。堤顶上的雪，在来往的车轮下早花了，独余下青灰干净的柏油路面。却嫌脂粉污颜色，蜿蜒的一道长堤清新得如大唐虢国夫人的细眉，袅袅地往远处去了。堤脚下，沿堤镶着的一大片杨树林，也落光了叶子，剩下浅褐色的枝丫在半空里横竖撇捺，象形字一般。堤顶上俯瞰那一片整齐的人工植的杨树林，立在落满白雪的沙滩上，似一首七律，雪是韵脚。远处，覆了雪的田野越发空旷而平坦，大地是卷在书柜里的一叠上好宣纸，这一刻，拿出来，辽阔地摊开了，只待落墨。凝眸处，油菜的绿浅了，朦胧成一片淡白了；遗在地头的棉花秆稀落落的，远看更黝黑了。或疏或密的水村安静地窝在天底下，红房子，白屋顶，高高低低地错落着，国画大师皴擦出了层次。小河也让这雪哄得安静了，盈盈一带白水，映着两岸细瘦树木的淡影。似书页间夹着的一张黑白照片，抽出来了，摆在暗淡的天光下，一丝时光的凉。

至黄昏，回去顺路二度访梅。梅的枝又添了几分横斜，晚风拂面，一阵阵冷香袭人。人在梅边，绕阶徘徊。想幼时观过那么多的寒梅图，没有一幅对得上眼前的这一树冷香。那画里的枝干是黝黑盘曲而嶙峋的，是稀落的几朵红梅花，孤零零地艳着。即使多了，多到一丛一簇，那笔法便显潦草。人在画边，只有领受那生硬的傲骨和逼人的寒气。可是，在江北，在庭院，雪是有那么三分薄的，梅便少了几分凛冽逼人的刚硬和尖锐，而添了几分俏丽。江北的雪中梅，干不甚盘曲，枝繁密也有几分细弱，迎着雪伞似的撑开了一树的香。叫人想起七十年代生的一些握笔人，年轮里没有浸染烽火屈辱和荒唐的口号，在相对安静而贫瘠的环境里成长，文字自有一分平和清逸之气。念此，忍不住又抬眉细看微风里的这一束枝丫，看一枚枚淡黄的瓣围起了一朵花碗，雪就浅浅地盛在里面了。由此，相互成就，梅有了雪的白，雪有了梅的香。

江北的雪，在一朵朵腊梅花的玉盏里浅斟低唱，便越发秀气了。

叶落满城

印象里，合肥两个字，总是敷了一层薄薄的霜意。

好像每次去合肥，都那么巧地赶在了深秋或初冬，从水汽漫漶的长江之滨出发，一路北上，三个小时的车程，便到了合肥。下车，出站，汹涌人流和薄寒而干燥的空气劈面扑来：这就是合肥。

深秋去合肥，一定要到芜湖路去走一走，只为了那长路两侧的老梧桐。那些老梧桐，我猜起码也应该有父亲一样的年纪了，伸手去搂抱它们，我这样的怀抱，自是抱不过来。往上，是伸向空中的斑驳的枝干，白色，矫健有力。金黄的叶子层层叠叠，贴在云朵之下。

若是赶上风日晴和的天气，在霜色消失的午后时分，一个人走在芜湖路的树阴下，像一片落叶在微风中那样悠然地走，真是件美妙的事情。金黄乃至泛出霜红的叶子，将穿过枝叶播撒下来的秋光也晕染成了玉米糊糊，那样稠厚而有质感，有一种暖老的妥帖安稳。可是横穿马路时，不经意往远处投上一眸，只觉得时空错乱，仿佛倏然间走进欧洲的古堡里——马路两边高大的梧桐枝丫相互牵手交叠，搭建起来的金色浓荫简直是欧洲文艺复兴时期油画里的一道长廊。这长廊的用色比梵高的向日葵黄还要饱满，还要沉着。

原来岁月并非永远是一道无情的魔咒。岁月流转里，梧桐终于从当初的单薄新绿换作此刻这磅礴大气的金黄。就像有时候，你坐在一个略显风霜的中年男人的对面，默默欣赏他的沉稳睿智与风雅博学，心下忍不住也要感谢时间馈赠予他的一切。在合肥，在芜湖路，走在深秋的梧桐树下，就像经过一个极品男人的人生。

在合肥，还有一条路，也是因为树才记住了它的名字：红星路。那是一次去朋友家，也是秋天，在他们家后阳台一站，迎面撞见了一棵老乌桕。黑瘦嶙峋的枝干上还点缀着寥寥几片醉红的叶子，有些冷清。树下那一条红星路也是细瘦的，路两边的房子有种小庭小院的古朴与苍老。这一块是老城区，朋友说。在红星路的人家阳台上，暮晚时分，很适合吟上几句马致远的《秋思》：枯藤老树昏鸦……有一种凄凄然的诗意美。是低温的诗意。跟芜湖路的梧桐相比，芜湖路的秋天是一场盛大的节日，这里是小民的低眉顺眼的烟火小日子。

有意思的是，在长江之滨的芜湖，也有一处可以入诗入画的地方，好像叫九华山路。那路两旁，皆是银杏。秋天我坐车经过那里，满目是杏黄色的树，叶子还没凋，葱茏一片，风姿绰约。也许是滨江的原因，也许是芜湖这座城市本身就极具一种雍容华贵的脂粉气，九华山路的秋日银杏，那些黄叶肌理间似乎还含足水分和香气，它们实在像一个个丰腴的江南少妇。晚风经过，有几片叶子摇曳着娇小身姿，落下来，落在行人肩头——很有一种风情美。我很想做一桩大媒，将九华山路的银杏配给芜湖路的梧桐，如果它们真的懂得风情的话。

我有个想法，到了深秋天，应该将合肥芜湖路的环卫工人统统放假回家——满街的落叶就留在那里最最好了。是啊，待霜色渐浓西风早早晚晚刮起，去芜湖路看那些金色的叶子从高高的云头上落下来，一片片，一阵阵，多好。在这条深深浅浅的铺满落叶的路上，与可意的人儿相约牵手，踩着簌簌作响的落叶，一起描画未来，多好。或者在这条路上，跟相伴了大半辈的那个人一起散步，一起回忆早年的时光，多好……

因了这条植满梧桐的芜湖路，我喜欢这霜意浅浅的合肥。在秋天已经过去的时候，在这距离合肥三个小时车程的长江边，我在电脑上敲出“合肥”两个字时，眼前忽地展开一幅画来：月落的后半夜，包公祠的亭台石阶上满铺了一层毛茸茸的白霜，四隅寂然。芜湖路上，夜风把一些梧桐叶从枝头送到人家的房顶上，送到窗台边，送到马路上。甚至，在风那长长的手臂之间，这些落叶又被送到了另外的一些街道、一些楼顶、庭院……早上，有一个风雅的男人打开门，叹道：呀，叶落满城！

紫苏——爱情还没到来的时光

荏苒，说的是时光不知不觉渐渐流逝。可我总疑心这个词最初的意思肯定与植物有关。直到想写写紫苏的时候，终于确定。

紫苏有好多个名字，白苏，青苏，赤苏……但，古名叫荏。想起许多年前，在梅雨过后的沙地上，涨潮似的摇曳着紫苏长有锯齿的卵形叶子，那么茂盛，苒苒齐芳草。那时的我，还是一个孩童，未谙世事。更不懂，一种叫荏的植物，在土质疏松温软的长江冲积沙洲上，苒苒生长，一年时光慢慢就短掉了。

我只知道，我是一个孩子，我在成长。欢喜成长。像一株草本植物那样成长。

沿着攀满牵牛花的竹篱笆，穿过一截细细的小沙路，就能到达嵌在外婆家屋西边的那一口池塘。池塘小而浅，夏夜月下，它像一枚青白色的鸭蛋丢在青草丛里。岸旁有泡桐、桑树，粗壮高大，威武撑起夏日的天空。我就在那树下寻蝉蜕，或者跟着高举竹竿的舅舅套嘶鸣的蝉。外婆和姨娘立在篱笆边，远远看着我们。彼时，外婆守寡多年，姨娘还未找婆家，我们在一起，生活得像古老的母系部落。那树下，也有一个植物的部落——紫苏，一丛丛的紫苏，长得没过了我的膝盖。紫叶子绿叶子，挤着挨着，茂盛得不仅填塞了彼此间的空隙，而且还勾肩搭背撑起浓荫，吃掉了更低处野草们的阳光。许多年后回忆童年，似乎就是暑天里的桑树、泡桐树下，满地齐刷刷的紫苏跟我比赛着生长。

紫苏是一年生草本植物，春生秋谢。时光匆匆，生命短促，那时我也不觉悲哀。转头过个年，又可以举着竹竿踩着紫苏去套鸣蝉。直到舅舅们结婚，直到我上了小学上中学，直到我在夏日的浓荫下抱着胳膊看着别人家的小孩子在树底下寻蝉蜕，我才知道，从前在长满紫苏的沙地上奔跑嬉戏的时光，叫作童年。知道的时候，童年已经一去不返，永远不返。

不知道自己是怎样就忽然长大了。只知道，当年的舅舅在他的房间里齐齐贴了一排的“朱明瑛”“苏小明”们，如今舅舅已经中年沧桑，为一家人衣食奔走早不穿喇叭裤了；只知道，外婆当年还皮肤白皙清瘦明净，如今已经腰身佝偻皱缩，坐在椅子上晒太阳像一块陈年树根。只知道，在紫苏叶边奔跑的我，脚踝与小腿上，沾满了紫苏的芳香。那时候的我，未历艰辛，未解风情。

是啊是啊，那时的我，还没有爱过这个世界上任何一个男人。除了亲人。我像一株植物一样，散发自己最原始本真的气息在时间里，陌生人的脚印还未抵达我的心，未抵达这丛生紫苏的荒僻小园。负人与被负，都还没有演绎，我的心透亮纯净，如开春初醒的湖，未起波澜，未曾浑浊。我素朴得像一味正生长的草药，素朴得像一个简洁的名词，形容词们还没有前缀或后缀地来修饰或纠缠。

紫苏似乎是不开花的，粗枝大叶的模样像极未涉情事的乡下姑娘。但其实它是开花的，结的果实叫苏子，貌不惊人，可榨油。夏秋之间，紫苏的花开得碎，色淡。它在浓荫下那样无声无息地开，似乎就没把开花当成它生命里的正经事对待。像小孩子过家家，只是个形式，并无实质，更与爱情遥遥无关。

紫苏性温，有治感冒风寒、恶寒发热、咳嗽气喘等病症的功用。紫苏叶也可食用，开水焯一下，然后挤掉水分，切碎，佐油盐等来凉拌。但我以为紫苏的温性，是未解世事艰难、未识人心深浅的少年的明亮的温性。不是老温，不是峥嵘坎坷历尽，到最后磨出来一颗温老圆融的心，像一钵冒热气的骨头汤。

在未识爱人之前，在未历相思与苦痛之前，我们都还像一拨拨叫茬的植物一样，简单而明媚地生长。时光荏苒，不知不觉到了中年，繁华与萧瑟都在肩头，才知道，这一辈子的幽情微恨，都是自爱上一个男人之后开始的罢。

踩露珠，闲斗草，扑流萤，那时光拙朴如一丛素叶淡花的紫苏，宁静如一盏夜灯下的素描。它与爱情无关。它在远方，在身后消失的地平线上……

栀子花，旧庭院

喜欢一些开白花的灌木类花树，像茉莉、木槿、栀子……开起花来，一朵朵都是心思简静，悠然芬芳。

在南方，在乡下，一个女孩子，几乎都有一棵栀子花树伴她长大。五六月的初夏天气，乡村沉陷在疯长的绿色里，是一朵朵淡雅的栀子花来打捞乡村了。女孩子的日月过得都有仙气，是开门见花，闭户则花香缭绕。依花长大的女孩，长得也像栀子花一样素洁婉丽。

童年时，我家有一棵单瓣栀子，大伯家是一棵重瓣栀子，都是姑姑在出嫁前栽的。花树大了，开花了，我和堂姐刚好到了戴花的年龄。

那时候，还没起床，母亲已经将带露盛开的栀子花掐回来，就等我起床给梳辫子戴花。我坐在窗台边的椅子上，闻着花香，觉得晨晓潮凉的空气都有殷勤待我的情意。我戴着洁白的栀子花，穿着杏黄色的连衣裙，背着小书包，走在乡村的小路上，觉得整个世界都好美。觉得自己是一只白色的蝴蝶，幻作了人形，来人间游览，处处都有新奇和感动。多少年过去，我一直觉得那一段时光最有人间的美意。

后来，母亲一时贪念，将家中的那棵栀子花卖给了村干部，移栽在新建的村办公楼的大院里，令我号啕。好在，南方水乡的女孩子，天生都是种花好手，我很快就从同学家里移栽了一根插枝。夏天的黄昏，一放下书包就去给花浇水，没几年，也开花了，而且是硕大的重瓣栀子。夏日，不论黄昏还是晨晓，看着一朵一朵的白花盛开，就觉得内心甜美。伴有栀子花的庭院，那才是世上一处端庄秀美的人家啊。

少年时读过一首古诗：雨里鸡鸣一两家，竹溪村路板桥斜。妇姑相唤浴蚕去，闲着中庭栀子花。读过就喜欢得要命，好像是算命，被人一桩一桩算得准，即使有过崎岖有过黯然，那一刻也是感慨欢喜。微雨的初夏，忙碌的母亲和奶奶们，还有依旧在庭院里不慌不忙吐露芬芳的栀子花，那就是我们的乡村我们的生活啊。

成家后，住公寓楼，住在楼上，养花不易。幸运的是住一楼的邻居家有个庭院，院子里栽有栀子花。我就有福气了，时常傍在阳台边，享受那摇荡蓬勃的花香，领受那饱满甜蜜的情意。后来，又贪心，终于抱回一大盆的栀子花，养在家里，一养多年。每出门，不担心家财被盗，其实也无甚家财，只是担心那栀子花无人照料。养花养到后来，就像养了一个女儿，一边欢喜，一边念念放不下。花开时节，一朵一朵的白蝴蝶落在绿叶里，或藏或现，或豪放或婉约地开。我们枕着花香入睡，浮游在花香里饮食起居，世事悠然，无哀无忧。

有一年，在北京的一处广场边，看到人卖花，其中就有栀子花。北京的栀子花是从花棚里移出来的，枝叶稀疏，花开胆怯，眉目之间甚是楚楚可怜。可能还是气候和水土的原因，养得不够丰润有神采。我彼时离家已有些日子，再见栀子花，如遇流落在此的故人，又感动又心酸。身边是一位西北长大的朋友，我问他，知道那是什么花吗？他一脸懵懂茫然。他说他们那边没有栀子花，也没有莲藕，没有芦苇，没有菱角……

我听了，替她遗憾半天。我一直以为，有家的地方，就有栀子花，有村庄的地方就有栀子花。人总要在水气和花气里长大。

在苏州，在南京，在长江中下游一带的江南江北，初夏路过人家的院子前，一路是栀子花的香气相迎相送，让人觉得，这尘世美好得每一分每一秒里都充盈着爱意。

我奶奶青年时守寡，中年时又失去了我的大伯，她自觉自己是个不幸的人，自此穿衣再不穿艳色，连从前的绣花鞋子也摁进了箱底。但是，却一辈子保持着戴栀子花的习惯。初夏的浓荫下，坐着一位身穿藏青色斜襟褂子的老人，她头发绕在脑后，绕成一个扁圆的髻，髻边斜插一朵栀子花。她颤颤走动在树荫下，一阵一阵的香气软软袭来。戴花的奶奶，有着观音一样的慈悲温和的美。

栀子花，开在南方多雨的庭院里，开在简洁庸常的平民生活里。它多像一个素色的女子，没有遗世独立，也不轻易伤感。她只以一种温婉清美的姿态，将一种小格局的生活撑得格外饱满，撑得别具情味。

第二辑

悟 己

其实，每个人的日子都平凡，都平淡，都芝麻绿豆地琐碎。可是，我们要有一种倔强的劲儿，要让每段日子都有花开一般的新。不做木炭，低烧成灰；要做木柴，在成为灰烬之前，有热量也有光芒。

花开得意

春天，坐火车，去一座相邻的城市。不为到达，不为找一个人。只为，看沿途的花开。

火车是老式的火车，绿皮，K字开头，走一城停一城，好慢。就为了这慢。

日暖暖的中午，坐在火车窗边，恹恹的。车厢里弥漫古旧的寂寞气息，大家都不说话，或伏案瞌睡，或低头沉思。那神情，像是在这趟列车里坐了三十年，不曾下来过。火车出站，穿过半个城市，楼丛隐去，城郊近了。看见田地，池塘，村庄，树林，还有嵌在其中的油菜田，大片小片。旅客渐渐从瞌睡和沉思里醒来：转过一个山坳，便全是油菜花了。

油菜花开，金黄，是干净的金黄，纯粹的金黄。远山清秀，只有油菜花在阳光照拂下大气磅礴地绵延，鲜艳，明亮，热烈，仿佛还冒着热气。列车向前，油菜花在窗外的天地之间燃烧，随丘陵起伏，奔腾向远方，吞掉了村郭，吞掉了野林，舔上了远方的天空。心里想起四个字：花开得意。

犹记前年的春天，坐动车，从北京到山西，好快，来不及在车上恍惚一会子。到太原,游晋祠,桃花杏花盛开,一树树燃烧的火。在花下合影,跟女同学合影,也跟男同学合影,勾肩搭背。花开烂漫,蛊惑人心。

只是,至今仍有憾事,未与人提。那一次,在晋祠里,看见一块牡丹的花圃。花苞已经打出来,犹现粉红色,只是未开。一朵都未开,我来得早了。花卉里,大约只有牡丹,开起来最见隆重和得意,像状元及第,打马游街。看牡丹,不看花蕾的羞涩和矜持,就要看它们大朵大朵盛开的气势,看它们花朵欺掉绿叶的得意劲儿。

跨进蛇年,自己祝福自己:花开得意。朋友看见我的QQ个性签名里有“花开得意”四字,好奇问我,有何喜事。哪有多少喜事呢?寻常生活,难有多少大红大绿的快意。更多的是一件又一件不值一提的琐事,琐事连起来,就连成了日子。可是,我不想淹没在琐事里。我希望自己还有一股劲头,像花开一样的劲头,能把每一个平凡的日子都过出情趣来,过出意思来,过出不一般的生动来,过得有一点点的响声和光芒。我不想恹恹欲睡,把一辈子就那么睡掉了。

买一段布,自己动手,将它裁成一件不听话的裙子,穿上身,过长街,心里得意。前年养一株海棠,木本的贴梗海棠,在家里过了两个冬天,今春看它们再挂新蕾,人花两得意。朋友说他的文字被人阅读之后模仿,乃至抄袭,生气之余心有得意……为看一场铁轨旁边的油菜花开,买票,一个人坐一趟火车,之后想想,自己掩饰不住得意。

其实,每个人的日子都平凡,都平淡,都芝麻绿豆地琐碎。可是,我们要有一种倔强的劲儿,要让每段日子都有花开一般的新。不做木炭,低烧成灰;要做木柴,在成为灰烬之前,有热量也有光芒。身为小女人,不仅要男人欣赏,还要自己欣赏自己,自己用成就感宠自己,哪怕这成就感极小极短。

人生，也就是坐在一辆老式火车上，到达并不陌生的远方。在这趟列车里，长的是琐碎、沉闷、无聊，还有寂寞，但在这恒久的忍耐与温情里，坐下来，记得打开自己，记得看看窗外，终能相遇一片花开的风光。有的一树，朵朵灿烂，不依附，不怯懦。有的一片，千里万里，大气辉煌。都好。花开，便得意。

渐　渐

去年买的白色吊带裙，今年拿出来，就懒懒不想再穿。何时起，它渐渐就浑了颜色，白得不那么专心和彻底。

渐渐，它的腰身就晃晃松了，上身不及新买时那么有款有型。

渐渐，那些镶在吊带上的水钻就落了，一颗一颗落，洗一水落几颗。曾经可心的裙子，渐渐，不再那么可意。

渐渐，衣橱里就攒下一堆衣老色淡的旧衣服，旧丝巾，还有旧帽旧鞋。一橱渐渐老去的青春。

夏天买的凉席，渐渐，就褪掉了它刚来时水灵灵的青绿，成为暗黄。

渐渐，凉席也步入灰暗中年，半新不旧。汗香，护肤品的香，灰尘的旧老的香，沧桑混合。到第三年，线头松动，开脱，竹席枝节突出朽脆，一碰就断。

渐渐，它尘埃满面，堆放墙角，来年夏天，在新一床凉席到来之时，被落魄弃进垃圾桶。

从前买的书，一本一本挤进书橱里，某日闲心萌发，抽出一本，呀，纸都黄掉了。还有那从前夹进书页的一枚栀子花瓣，也黄了，黄到垂垂赭褐，好像一片薄魂。

渐渐，它们都失掉了最初的颜色，连凑近一闻，也了无暗香。

时间茫茫，渐渐，那些深红浅绿，都薄了淡了远了冷了。

好喜欢的一套茶具，纯白的细瓷，朋友送的。开始不舍得用，只包在盒子里。某日终于狠心，决意要隆重过日子，取出茶具，放在茶几上。一只窈窕的白瓷壶，六个玲珑的小白杯。矮矮的小杯围壶而聚，好像玉兰花开。

用来待客。客走洗杯，哐啷碎掉一只。后来，再洗，小心翼翼，可是总躲不过再碎掉一只的命运。

渐渐，就凑不齐待客的几只杯子。

渐渐，所有的杯子都相继摔碎，一个不剩。

好像女孩子长大，一个一个嫁掉，最后只剩下空空的房间，和她们种的已经在院子里发过N茬的花儿。

渐渐，只剩下一只伶仃的壶，壶嘴也在一次清洗中磕了块豁口。

渐渐，那些用过的器物，也开始一个一个走散。

花瓶碎了被扔。花篮里的花蒙灰，扔掉布花，留下空空的花篮挂在墙上，什么也不插。金鱼双双对对死去，伤心到多年不养金鱼，剩下金鱼缸在阳台一角，盛着灰尘和空气。

两个旧沙发，送给了楼下马路边住着的一对普通的老夫妻。曾经很用心地给那一对沙发量尺寸，选布料，做沙发套。可是，渐渐，那沙发就不那么弹了，那沙发套的颜色也不娇了，那沙发就不招人喜了。

每天早晨，清水洗脸之后，看镜子里的自己，老了吗，又老了吗，迫切自问。好像没变啊，内心窃喜。可是，翻开电脑里存的那些照片，去年的不同今年的，前年的又不同去年的。那时候，穿那套紫罗兰的裙子,怎么就那么沁出脂粉香呢!渐渐,就不那么芬芳了。渐渐,就不那么轻盈了。

一日一日,原来不是复制的日子。是更新,也更旧。

渐渐,就不喜欢和一群人杂在一起疯玩。挑朋友,像挑食一样顽固。明知这样下去会营养不良,会孤芳自赏,可是依旧我行我素,孤单到底。

渐渐,就越变越懒,不爱逛商场,不爱参加朋友聚会。深居简出,像头昼伏夜出的小雌兽。网上购物。独自旅行。电话问候。

渐渐,就忘记了曾经那个热烈的自己,也忘记了曾经的恋情。是一转身,什么都忘了。旧人渐渐不见,渐渐不想,渐渐陌生。再见面,恍如隔世。

渐渐,在电视屏幕上,就甚少看到王祖贤,还有林青霞,还有孟庭苇,还有非常中性的潘美辰。那些曾经红透荧屏的男神和女神,那些曾经从我们的青春岁月里呼啸经过的明星们,渐渐就沉淀下来,隐退下来,寂静下来,过他们自己的小日子,不惊动外界。

九华山路上的那片银杏,夏天经过时绿叶葱茏,绿得能滴下翠绿的汁。可是,秋风几夜一扫,叶子渐渐就黄了,枝头渐渐就稀了。环卫工人扫地时,路过那些树下,会等一等。等等,最后的一片叶子也落了,是冬天了。

渐渐,冬天就过到了底,转身扑哧一笑,是春天。九华山路的银杏枝上,爆出一粒粒的绿豆子来。绿豆子渐渐长大,摊开来,是新一轮的春天,绿叶婆娑,在微风里哗哗歌唱。

渐渐,春天就肥起来,就华丽多彩起来。春光里,就生了出游的心,一日日鼓荡,到哪里去都好。会友喝茶,与旧恋重逢,与陌生人相遇。

春天里，学一样手艺，十字绣，编织，插花，茶艺……

到田野上去，渐渐又听到布谷的唱，听到青蛙的鸣，听到花朵啪啪打开花瓣的声音。西湖的水，渐渐就涨起来。断桥边的柳，浓阴渐渐就厚起来。许仙和白娘子，化身为时尚性感的双双对对，在人群里，在我们的摩肩接踵里……渐渐，又相信爱情的美和醉。

邻家的女儿，越长越美。不再是从前那粉粉肉肉的娃娃，她渐渐就高挑起来，渐渐就淑女起来，渐渐就安静起来。渐渐，就有了许多的男孩子来追。

街上那个店铺里的男人，听说早先跟别的女人私奔过，现在回来了。我散步，无数次路过那店铺前，好奇窥他。他渐渐就老了，不再放荡不羁了，他安心打理店铺，安静守在妻儿身边。浪子，渐渐就收了心，就回了头，认定过好日子才是王道。

手机也渐渐换了，换过N个，一个比一个炫。看看家里，电视机也换了新的，洗衣机已经换过，新的又旧了，蠢蠢欲动准备再换。车子也换掉，自行车，摩托车，轿车。渐渐，房子也换了，换了大的，换了新的。对于新房子，要求渐渐就多起来，要小区绿化丰饶，要物业服务全面周到，要安静，又要购物方便。

时光流逝，日子在这些“渐渐”中，物质的那一部分渐变渐新。

我站在阳台，放眼远望，视野已经不如从前开阔。远处，那些楼房渐渐长高，那些楼群渐渐密集。街道不断拓宽，道路不断延伸，城市渐渐越摊越大。

晚上新闻联播时间，我从不打电话给老妈。那个时段，那个黄金时段啊，她一定是和她的一帮中老年朋友在跳广场舞。星期天，还要去老年大学听课。逢节庆，还要穿红戴绿，打腰鼓，跳群舞，表演，比赛……

啊，我以为老了就只剩下空阔寂寞的时间了，原来妈妈渐渐就忙起来。

“文革”过来的这一帮老人，过群体生活向来欣欣向荣。年轻时唱样板戏，站在台上一排排，唱红歌……底子训练得牢，现在，越发花团锦簇。

渐渐，渐渐，我们渐渐老了，又好像渐渐年轻着。

那躬身的一吻

历史的风云变幻中,我们为胜出的刘邦折服,也会深深记住那位不肯渡乌江的项羽。许多时候,失败者的一个美丽的姿势,就能让世人感动许多年。面对全世界的亿万观众,躬身去亲吻杠铃的塔伊兰,又是一个让我们感动的人。

八月九日,北京奥运会举重比赛在北京航空航天大学举重馆开赛。任何一场比赛都让人充满期待,同时,任何一场比赛又是残酷的。那么多选手满心欢喜地来参赛,可是能站到领奖台上的只有那么几个,更多的,到后来都是一个一个黯然地离开。在女子四十八公斤级的举重抓举比赛中,土耳其选手塔伊兰三次试举失败。不用说,是转身离开。可是没想到,她转过身,躬下身,亲吻一下她热爱的杠铃,然后起身,离去。台下掌声雷动,此刻,电视机前的所有观众感动到无语,并且深深记住了这个穿红色运动服的土耳其姑娘,记住了这个失败者的美丽优雅。所有人都没有想到,她会选择以这样的姿势离开赛场,走进观众的心里。

躬身。亲吻。千言万语都化为这一个姿势:我来过,来过北京,来过奥运赛场;我尽力过,无愧于自己,无愧于祖国;我热爱过,热爱为之流血流汗的杠铃，热爱人类的体育事业。在中国，武侠剧里的悲情英雄在临终之际偶尔会冒出这样的一句台词：十八年后又是一条好汉！喜极了这句，英雄就该是这样拥有生生不灭的不屈筋骨。塔伊兰的躬身亲吻姿势，所包含的内涵如果还要补充，大约是：我还将热爱我的杠铃，我还会重返奥运赛场……

于个人，没有永远胜利的赛场，只有永远热爱的事业。奖牌是重要，但不是终极目的，热爱和快乐才是时时要记得拾起的。所以许多时候，当我们和荣誉与奖牌失之交臂，请咽下泪水，捧出自己的热爱和深情。

在奥运的赛场上，我们常常看见汗流浃背的篮球运动员，抱着手中的篮球，亲吻，祷告一般，然后抬头，投篮。在奥运的领奖台上，我们也常常看见荣誉集于一身的冠军，接过奖牌和鲜花，然后幸福地亲吻怀中的金牌，再亮给亿万的观众……很多时候，我们容易忘记失败者。可是，这一次，当我们为胜利者欢呼的时候，忍不住想起塔伊兰，忍不住想起她那躬身的一吻，并且忍不住心下一动，久久不能释怀。我们相信，下届奥运会，只要条件允许，她还会来的，不管胜出，还是中途早早离去，她将依然亲吻她的杠铃，以自己的方式热爱她的体育事业。

从塔伊兰躬身亲吻的姿势里，我想起自己从事的事业，想起自己的生活态度。对事业，对生活，当少些得失心，只需抱一个热爱的姿势，只需倾注一腔的深情，就是一个优雅美丽从容的人。

如果已经倾尽全力，最后的江山还是别人的，那么就选择像英雄一样抚摸他的战马和宝刀，像塔伊兰一样躬身亲吻她的杠铃，然后悲壮离去，等待下一次。

还是读书可靠

书上的一则趣闻。

说一妙龄女子在啃书准备考研,煞是辛苦。旁人不忍了,劝道:别这样苦干了,趁早找个金龟婿吧!啃书女子抬头恍惚一番,然后答曰:那条路竞争更激烈,我看我还是考研吧!

这又让我想起“苛政猛于虎”的故事。说的是孔子携弟子远游,从泰山脚下经过,见一老妇人哭得凄惨,于是差弟子上前询问原因。老妇人说,她的儿子被老虎吃掉了。孔子问,那为什么不搬离这里呢?老妇人答,因为这里没有残酷的统治,没有苛捐杂税啊。于是一代大儒感叹道:苛政猛于虎也!残酷的统治对百姓的残害远远甚于凶猛的老虎。如此推一推,婚姻的不可靠也是远甚于考场题目的诡异和阅卷大师的玉笔画押的。也难怪,虽点灯熬夜万般辛苦,妙龄女子还是选择低头啃书。

想来如今这世道也确乎如此吧。嫁个财德兼备的老公,就像在排队,你要挤掉前面的人,待你到了前面,后面人又在挤你,可谓是一场终身的战斗。极品的男人,身边副驾驶的位置绝不会空着。好不容易乘着缘分遇上一回，鸠占鹊巢了，孩子刚刚生，老公又外遇了。不离吧，受辱；离吧，谁养自己呢？于是懊悔当初，没把书念好，自己强大了，就可以捍卫家园，或者，甩男人。

我小的时候，住在长长的河堤上，同一条河堤上还住着李氏一家。李家生了三个女儿，一个赛一个的漂亮。但李家的女儿读书不多，十五六岁就歇在家里了。可也从不下地帮着干活的，再忙都不。村人说他家的女儿是当花养着看的，将来要嫁家底殷实的好人家。自然，我们这些丫头就是野草野蒿，是没了那指望。有一次，见李家的女儿下河游泳，惊讶得要命，以至奔走呼告。我以为，就像中等偏下姿色的女孩把读书当成唯一的出路一样，那下河游泳的事儿也是只我这样的丫头才可以妄为的，她们为了，就有添足之嫌了。但她们的路到底和我走得不一样。我除了下河游泳，就是一路老老实实地读书，换来工作，然后还是读书。她们织女游天河一般，上岸之后，就是早早嫁人，自然是料定中的金龟婿。

十多年之后，回娘家，都是一条河堤上嫁出去的女孩，自然要问个今夕贵贱的。话语间，提到李家三姐妹，语调已是黯然。正所谓打江山容易守江山难，金龟婿也是易嫁不易守。一个是离婚了，天天化浓妆，还是把老公给小妮子抢了。一个生了个女儿，据说那老公就不大回家了，寂寞行宫里没想到后来又补了个儿子，据说老公又常回来了，险胜。但我以为，那结尾总有半路涂改的嫌疑，真的那么快就圆满了吗？还有一个小妹妹，命运也是难卜得很，从她难得解颐的脸上能找到铺垫。我妈每每疼惜我工作忙的时候，那神情其实是欢悦的；而李家的妈妈，说起女婿时的语调牵强，说起女儿时的神情落寞。相比之下，读书人的幸福就尤为突出了。

其实，主要是，我有份通过读书换来的工作，经济独立了，精神上就少遭人欺凌了。两个人上班撑一个家，物质生活上可谓互惠互利。一旦男人私自撕毁一纸婚约，那起码的代价是我会带走一半的家庭收入。并且依然活得滋润，这大约还会让他心生妒忌。走了男人，走不了饭碗，读书可以长人底气。

而读书比婚姻可靠，还在于，读书这事基本自己一人能敲定，只要勤奋，就能升级。而婚姻，是两个人的事，搞定自己都不容易，又如何去对付一个七尺男儿？何况，有人说，婚姻像手中的沙，抓得紧就丢得多，真是抓不是，不抓也不是。处在红粉佳人频繁出没的盛世，收放拿捏，谁能把握好那个度呢？没听说读了一辈子书把书读砸了的，倒是听说做了二三十年夫妻最后还是离婚的。

所以，读书的女人，不管有没有守住婚姻，最后的人生，起码都不会输得一败涂地。

看自己的热闹

我房子前有一排松树，是常绿的。冬天里也不掉叶子不败色，季节在它们的身上，难见抑扬顿挫的生动。

有一天，我站在楼下的松树边，不经意地一抬眼，忽然同情起自己，原来我和那树一样。我的每一个今天都是昨天的翻版，做饭，洗衣，上班，应付考核，下班，睡觉，谋划第二天……平铺直叙，一天过去，一辈子也这样过去。

王小波说似水流年，“就如一个人中了邪躺在河底，眼看潺潺流水，波光粼粼，落叶，浮木，空玻璃瓶，一样一样从身上流过去。”可我不想做那个中了邪的人，我想伸出手，这热闹的河流上，也有我掀起的波纹，哪怕最后，我整个人儿都随了流水消逝。

是的，我希望我的生活，不是每一个日子间简单机械的复制，它应该有一点陌生，有一点起伏。像冬天的早晨，打开窗子，终于看见大雪盖住了一个灰褐色的田野，世界换作一片崭新的白，尽管，雪还会融化。这样的替变之间，便见出了精彩。

那一年夏天，我到了南方。是为着触摸心中的舞蹈梦去南方的！这个梦，像一件瓷器艺术品，这么多年，被锅碗瓢盆挤到桌角，蒙了灰，这一回，终于抽出来，自己擦亮。

火热的南中国,夏天的教室窗外,能看见椰子树优雅娴静地立在草坪中央,挺直的干,疏朗的叶,那姿势是树中的芭蕾。教室里的我,站在练功房的大镜子前,从古典舞到现代舞,每天面对课内八小时的紧张训练。汗水汩汩地冒,蚯蚓一样地在衣衫底下爬,跌在地板上……而我,分明听见内心有一条欢快的河流,酒一样地流淌,叫人有微醺的醉!时光原来可以这样华丽而奢侈地度过!

多少年后,回忆那年从一堆庸常俗事中挣脱出来,循着内心的召唤,去做一件自己想做而久未做成的事,依然感到振奋。这之后,又去了许多想去而一直未去成的地方,在三峡看山看水看巫山云烟,在西安与那么多沉默的兵马俑相对……生活忽然有种被拓展的开阔与浩荡。一路回头看去,我看见我手指间曾经流过的这一小截时光,它终于不再是一块荒地上漫生的蒿草。

是啊,生命如此匆匆,怎忍心这时光成为一地蒿草被野火烧掉,直至成为一摊寂灭的灰。它该是一座繁花满枝的园子啊,一些红色的花在缤纷地落,一些紫色的花正悄悄地开……

我想起家乡的长宁河,以及长宁河坂上一大丛一大丛的蔷薇花。人间四月,芳菲初谢,蔷薇花盛开。那花开得甚是热闹,起初是一枝一枝地开,后来开得急了,变成了一簇儿一簇儿地开。由深红换作粉红,再换作后来月亮一样的白了。白的,粉的,红的,错杂在绿叶丛中,一个清寂的乡野,就这样在一丛蔷薇花的照耀下,色调上明朗热闹起来。这样的花开,这样的临水照花,才当得起锦绣年华吧。

生命也该是这四月的蔷薇,哪怕在一条僻静的河流边,也能够向着阳光,不摇香已乱,无风花自飞。于一捧清水里,同时也照见了自己,热闹盛开的影儿。

流光容易把人抛

“流光容易把人抛，红了樱桃，绿了芭蕉。”从前，分外地喜欢着后面两句，脆生生的句子，水灵灵的时光。如今，红袄绿裙的时光已经过得差不多了，倒是从“流光容易把人抛”里咂巴出同是天涯的沦落况味来。

那天在超市，遇见一位我中学时候的男同学，多年未见。提起他的名字，那学生时代的青葱时光哐的一声，仿佛一箩金色的豆子，一下子从半空里倾下来。那时候，我们都是班上的尖子生，他坐我前排。叽叽喳喳，两个人在一块，话多着呢，那情感，应该是一种同是英雄间的惺惺相惜。还记得在木楼上的尖子生班里，不知道他在哪里弄来一个随身听，下课了，急急拿出来，还把另一个耳塞摘下给我，我们一起听朴树的《白桦林》，勉强地跟着忧伤。趣闻和笑话，我们也会随着零食一道，揣到学校来，分一点给对方。那时候，时光真有采茶扑蝶一样的明快和热闹。

我看见他站在超市货架边，很专注地挑东西，我激动地大声叫他名字。他看见我了，倒是很客气，起先叫我“许老师”，因为我已经在我们当年读书的学校里做老师了。后来似乎想起什么了，他又称呼起我“王夫人”来，因为我的先生姓王，且又做过他的老师。听得我甚是凄凉，当年我们可是前排后排的同道人啊，他曾那么亲切地叫我的名字，问我借过那么多的尺子橡皮，和我一起讨论过那么多的抛物线题目。再相逢，虽然未必慷慨到要拱手道“别来无恙乎”，但是也不能这样拐弯抹角地和我客气呀！客气到不肯拣起我的名字！我知道，我拿少年时的欢喜心对他，但他的心在他乡漂泊中，已经结了厚的茧了。他华发未生但皱纹是有了，嗓音也变了，粗粝了。寒暄几句，我匆匆逃走。近二十年的时光奔涌，石子都已经磨成了沙子，我和他，双双都非少年人，哪里较真的欢喜不欢喜！这就是时光的威力，下饺子一样，扑通一个，扑通一个，全抛到锅里了，直煮到不沾不腻两不相认。

前几天，参加一个宴会，遇见我少女时代偷偷崇拜过的一个人。那个人，比我大六七岁吧，住在我一个亲戚家的那个村子。我记得十八年前，他穿一套那年正流行的黑色呢子中山装，正上高中，长脸，皮肤白净，有一些胡子，很像当年的童安格，正是翩翩一少年。早春，细雨初歇，在我那个亲戚家的门前场地上，他挥舞着白色的羽毛球球拍。他打球的姿势相当优雅好看，动作轻捷，拍子轻轻一扬，白色羽毛球像只小白羊，在球拍上啪地又跳过去了。因为他，球类运动中，我从此只喜欢也几乎只会打羽毛球。虽然，和他还未说过话。

在这个宴会上，我又碰见他了。先听见他的声音，他的声音太有特点，音调高，多少年都记得。看过去，他坐在一堆亲友中，满面通红，衬在死气沉沉的米黄色夹克衫上，像秋后依然没人要的柿子，就快从枝头上跌下来。对着满桌狼藉的杯盏酒菜，他指手画脚，话题没逃过洗浴中心卖快餐的女人，众人附和着哄笑。胡子俨然更为茂盛了，像乡村马路边长的野草，蒙了一层灰的样子，也许是皮肤暗淡到苍黄的原因。

我曾经，很想和他打一场羽毛球的，两个人，都姿势漂亮。然后说说关于羽毛球的话，场地外，和风细雨，桃红柳绿。现在想想，很可笑！其实，韶光还有一截的，只是，觉得已经掺夹了一点粉尘，有点刺眼，刺得想掉下一滴泪来。那个打羽毛球的翩翩少年，从今后，怕是又要从记忆中流失了，像一片青色的风雅柳叶，遭了霜，风里转着转着，跌进臭水沟里。

流光容易把人抛，梦里不再听见郎吹箫，时光一年一年老，只落得，年轻难比芭蕉绿，情怀不如红樱桃。

不如红樱桃……呀！

和气萝卜

读“出淤泥而不染”的句子时，忽然想起萝卜。

萝卜出身于泥土，但从泥土里长出来的它，却是洁白如玉。秋霜里收萝卜，去了叶，去了茎，清水里一趟濯洗，便现出它清白而细嫩的容颜来。汉字里，那些玉字旁的字，其实也是可以用来镶嵌在它的名字旁。如琼、琚、琬……

可是萝卜又是多么寻常啊！寻常到走进任意一个菜市场，你都可以看见菜贩的案板上萝卜堆积如城墙。秋冬时候，再怎样艰难的人家，那热气腾腾的饭碗边都还可见萝卜在安静陪守。我总疑心，萝卜是汉魏甚至先秦时期的公主小姐，她长于金玉诗礼之家，却在频繁的战乱中流落民间，成为市井小民。绫罗当掉，素服上身，就这样与一个普通的男人一起来应对冷暖，繁衍子孙，从此忘记旧日身份。

萝卜，骨子里有贵气，懂风雅，却又这样不言不语地直抵烟火深处。

腊月的农家，腌菜是件盛事。记得幼时，还住在瘦长的小河边，冬日暮晚时候，年轻的母亲围着蓝色围裙在砧板上切萝卜，当当当，那声音咯嘣清脆如泉水溅落在岩石上。白生生的萝卜条上水汪汪的，像一弯弯小月牙，从湛蓝的天底生出来。腊月萝卜赛过梨，母亲挑一个最大的白萝卜，切去外周，单留一块方形的萝卜心塞到我嘴里。冬吃萝卜夏吃姜，一年四季保安康，母亲说。我嚼一口，又凉又甜，还有一丝隐约的辣味。

一大筐萝卜被母亲切成了一弯弯瘦月亮，薄薄撒上一层盐，翻拌揉压，它们就要成为佐粥的小咸菜。记得那时，我心里隐隐替萝卜叫屈，总觉得那么白润如玉的萝卜是应该成为娇贵的水果，享受礼遇的，而不是低头委身作了小咸菜。冬日早晨上学，路过一家家门前，看见那些芦席上摊开待晒的萝卜干，白花花的一片，白如瓦霜。到黄昏，看芦席上的萝卜干，已换作昏沉的米黄色，一副垂老模样。心下忍不住怅惘，为萝卜的命运。

因为萝卜，母亲在冬日成了真正的巧妇，她的厨房也因此而庄严隆重起来。萝卜烧肉，油亮亮的酱色，那时弟弟在萝卜里寻肉吃，可是常常寻错。偶尔，母亲会端出一钵排骨萝卜汤，白融融的汤啊，浓稠如奶汁，一片片萝卜沉在汤底，舀在勺子里，香气扑鼻，白如满月。什么菜都不要，只这样的汤，一碗饭便顺顺当当进了肚子。排骨的味道全被收纳进这萝卜和汤里了。午饭后，踏着泥泞和残雪去上学，田野上北风呼啸，肚子里的那个世界，乾坤安定。

待我成年，成了一个为孩子衣食筹谋的母亲时，一个人在厨房里侍弄一道鲫鱼烧萝卜的菜时，看着锅底突突翻滚的萝卜，忽然感慨不尽。萝卜怕是蔬菜里极具中和精神的一种菜了，它太舍得放下自己，太能低下身姿去成就一道美味佳肴。它不像那些煮不烂的铁豆子，桀骜不驯坚持自己不松手。红烧肉里它几乎要成为荤菜了，排骨汤里它娴静温和如年轻美丽的小母亲。它打开了自己的小宇宙，一片一片拆砖拆瓦，重新建筑，委身于其他荤的素的菜的檐下，成为另一座建筑的一部分。

《本草纲目》里说萝卜能“大下气，消谷和中，去邪热气。”说得通俗些，就是有消食，化痰定喘，清热顺气等功能。想起早年，自己为萝卜的境遇感到委屈，觉得萝卜应该胸怀郁郁不平之气才是——那么美，却那么卑微。现在看来，它不仅抚平了自己的内在，而且，它还能给有病的人去理一理腹内不平气。

冬来腌咸菜，路过菜市场门口那些小铺子前，看见有专卖制作五香萝卜干的配料：花椒粉，桂皮，茴香，明矾……但我什么也没买。我也制萝卜干，但我只用盐腌两个日夜，然后铺在竹筛上细细翻晒，吃时抓一小把用温水过两趟，滴几滴芝麻油。质本洁来还应洁去，不舍得让那些红红黑黑的配料去糟蹋萝卜。实在不舍得。

朝　颜

清晨起来，看露水瀼瀼的庭外草木，赫然开出朵朵朝颜。就觉得整个大地，都在一朵浅紫的喇叭形花瓣边沿醒来。

院墙边，篱笆上，柔柔细细的茎蔓上，翠叶叠叠，嫩花朵朵向上攀登，或顺着茎蔓在墙头上逶迤。

花开得好早！像一群十三四岁的乡下小姑娘，举着花布伞，三五成群地去上学。田野上，山道旁，路边的芒草上满是露水。晓月的淡光，粉似的，敷在薄蓝的远天上，仿佛一碰，就会被风吹落吹远的样子。

朝颜花像我们朴素的少年时代。

多年后，读书上学，实现梦想，离开乡野，融进红裙或白领的人群，混淆于红尘。外人不知，我们曾有过那样朴素干净而安恬的少年时光，在乡下的少年时光。

就像不知道朝颜，还有个极朴素极朴素的名字：牵牛花。

是啊，我曾经也是那样清美的一朵牵牛花，经过乡村的羊肠小路，经过柳阴下，经过桑榆阴下，经过开满单瓣木槿的花阴下。我是一朵桃红小花，手中牵的细长牛绳的那一头，是生产队集体养的一头憨厚褐色水牛。八十年代的中后期，十来岁的农家女孩，在星期天，在暑假，会在一根牛绳上悠悠荡荡度过一段放牛的日子。

生产队的牛，各家轮流放。有时到了星期天，还没轮到我家，母亲会借过来让我先放，怕空掉了我的假日。她真会过日子。我也不恼。吃过早饭，去竹林边的小屋里牵出水牛老人家，慢慢走，去江堤上吃草。

彼时，我喜欢牵着牛绕路去江堤，只因为那多绕的一截路边有一户人家，那家花多女儿多，花美女儿也美。那家的小花园在路边，可以一览无余地看见花们。

夏天花开得最热闹，凤仙花累累簇簇，在放牛回家的黄昏，夜来香开始发散香气，重瓣的栀子花端庄丰硕……而最难忘的，是他们家的牵牛花。

他们家的女儿给牵牛花搭了花架子，一根根细细的竹子齐齐靠在青砖的墙边，竹子之间还织网一样缠了细绳，牵牛花的细长茎蔓便从容在绳子上竹子上游走，攀登，一程又一程。一路的花开灿烂。

黄昏，那几个女儿，穿着白裙子，给花们浇水，用水壶，慢慢地喷洒。这之前，我见过牵牛花，但都是野性十足地在墙上树上乱爬，没人搭架子。我也见过人家浇水，但多半是一瓢泼过去，动作粗蛮。我心里好羡慕他们家的女儿，也羡慕他们家的花儿。

一个十来岁的女孩子，在人家的花前，忽然懂得：日子是不应该潦草粗糙地过，日子应该是精致的，每一件事，都可以用耐心和细心来做到完美，做到灿烂。

我悄悄收集牵牛花的种子。开春，雨长长地下过，在门前的梧桐阴下圈出一方地，种牵牛花。浇水，看花们发芽，在泥土里一日日挺起腰身，然后移苗。怕猪来拱，给花们围篱笆。然后，学着花多女儿美的人家，给牵牛花搭架子。

夏天，牵牛花盛开，一朵朵小喇叭，像要喊出我心里的欢喜。妈妈没太在意，她的女儿种花终于守得花开的喜悦，她忙时干活儿，闲时抹骨牌。而我，在漫长酷热的暑假，于清晨出门去放牛时，看见那一轮轮桃红的小太阳在一波波绿叶里升起，就觉得日子有了不同寻常的意味。觉得自己和那户人家的女儿一样，一样美丽，一样娴雅。甚至还有更多说不出的美好。

时光荏苒，当年种牵牛花的女孩，如今已过朝颜一般清美的年龄。某日晚凉时分，就着阳台外的薄暮天光读《枕草子》，书香氤氲里再次遇见“朝颜”，恍惚间，旧事旧人一一像遇潮的种子，在心底吐根。

遇见“朝颜”，就像在一池碧水里，遇见自己，一朵牵牛花一样的少时自己。

喜欢“朝颜”这名字，安静，莹润，暗香袅袅的样子。

喜欢朝颜，因为觉得它像我们，今天的我们，用墨香书香重新洗礼后的我们，矜持端雅。但是，在成长背后，我们就是晨风里摇曳的那朵牵牛花啊。

成长就是一个不断像美好迸发的过程，一如朝颜。

二月懒

江北二月了，人从窗子里探出头来，抬眼遥看江南的那些山，熬了一个冬，山在双眸里衣带渐宽，纷纷瘦了一圈。

院子里有两株腊梅，一株红梅，因为少了去年冬天一场盛大的飞雪，开得甚是寡欢。

午后，单位大院里看不见人影，也听不见人声，我百无聊赖，去看它们。它们还在零零碎碎地开，院墙边，仿佛一个旧时女子，依在窗台边，给一件半旧的衫子钉那些松落的纽扣，找一粒，钉一粒，意兴阑珊。

腊梅的瓣在二月的风里，旧了一点，有潦倒状，仿佛独居的妇人，不见画眉人，懒得自己修饰。红梅也没有画里的重彩，是深红的颜料里兑了水，浓度不如从前。

枝上开的，渐开渐寥落，眼看撑不了场子；地下落的，香气一日淡一日，美人迟暮。

人在花前，看见时光的步子在这些花朵上走得分外迟缓，仿佛打着瞌睡。有半个二月，大抵是这样，我什么都不愿去做，不愿去想，只愿守在几株梅树边，它懒懒地开，我懒懒地看，直看到时间的口袋翻出苍灰的底子，空空如也。

江北的二月，总像个初孕的妇人，恹恹的，有心思的样子，有一点低迷。虽然立了春，可薄凉之气还没有褪尽，像一碗中药咬牙喝尽，还残存一点药渣在碗底。

天色也不明朗，烟雨迷蒙的时候居多，人，树，桥，屋……一切都像是墨点落在隔年的旧宣纸上。这样的天气，人总有几分病态，喜欢窝在床上，喜欢对着幽暗的灯，怀里抱本书，有旧电影里鸦片榻前的迷醉。

二月无心写字，只依在灯下看张岱的《湖心亭看雪》，一篇又一篇地读：天与云与山与水，上下一白。湖上影子，唯长堤一痕，湖心亭一点，与余舟一芥，舟中人两三粒而已。这样简洁的白描文字，是懒人写的吧。好的文字要有点懒的精神，撇开层层堆砌的形容词，只玩玩名词和数词，只拿素面对人，偶尔动词来出些风头。就像人在二月，避开掉那些熙熙攘攘的喧哗，只懒在一室之内，只过着清闲冲淡的白描一样的分分秒秒。不虚饰，不强欢，简洁到没有形容词来前缀后缀。

江北的二月，迎春花没有开，玉兰花也没有开，水边的垂柳隔了岸去看，也还难见青衫新着的绿意，日子寡淡得像一块素色的手帕，只适合把一张脸埋进去，千里万里地思念。

思念是慵懒的。

这个季节，我整个的人就溺陷在一首深情低徊的歌曲里。是陈奕迅的《好久不见》：你会不会忽然的出现/在街角的咖啡店/我会带着笑脸，回首寒暄/和你坐着聊聊天/我多么想和你见一面/看看你最近改变/不再去说从前，只是说一句/好久不见。我喜欢沉浸在这样的情怀里，多少欢喜与眷念都不说了，只渴望有一次寒暄聊天的机会，只和一个人说句“好久不见”。这是素色的思念。像我在这个季节，对于姹紫嫣红的春色的惦记。

是的,薄寒的二月风里,我情怀缱绻,像思念情人一样思念红深绿浅的明媚春光。我痴想着,某日早起,站在窗台边梳妆,忽然看见院子里的桃花开了一朵两朵,人面桃花啊,我轻叹一声:好久不见!

更鼓未响

漏壶和更鼓是两种最古老的计时工具，我常想，一个女人，轻解罗衫，漫舒罗帐，躺在漏壶轻滴，最后一声更鼓还没敲响的春宵里，该是多么芬芳和温柔。

我也想过当漏壶里的水已干，夜已完，窗外已是春晓，昨夜下在梦外的一场雨溅起落红无数；或者是深秋，最后一声更鼓已经敲响，断然将黑夜撕裂，窗外晓风残月，黄花满地，一个女人，云鬓已斜，端坐镜前，看柳眉不再如黛，看罗衫不再鲜艳，看明眸已不会顾盼，看一根皱纹正悄悄横在眼稍并固执地不肯退去，那是多么无奈和凄凉啊！岁月对于女人到底还意味着多少呢？

我也看过灰姑娘的故事，音乐响起来，舞蹈跳起来，灰姑娘成了宴会中最灿烂的一朵，王子最钟情的一位，可是没人知道她心里那个关于钟声的心结，她是怎样的美丽、激动又焦灼啊，任气氛有多么热烈，任舞台有多么辉煌，任她的衣裙有多么鲜艳，可是一切都会在那个巫婆的预言里，在那可怕的钟声中化为泡影，现出原形。

这就像我和一个朋友讲起的故事：上苍给了女人太多的戏剧，自呱呱坠地后便赐她以疼她的父母，然后有美丽的青春，山盟海誓的恋人，花好月圆的婚姻和活泼伶俐的孩子，一件一件的珍宝捧给她，然后会在冥冥之中的某通更鼓敲响之后，便像《西游记》里某位仙人站在云端一般，长袖一拂，便把珍宝一件件收回去了，并说："还不快快现出原形！"于是女人们啊，送走了伴她一程的父母，望着不再依恋她的孩子寻找自己的世界远去，纵然陪在身边的仍然是他，可他还会爱她夕阳下苍老的容颜，枕畔如银的发丝吗？

所以，聪明的灰姑娘，必须在钟声敲响之前，乘着马车，一个人溜走。可是谁会想到，她无意又聪明地丢下了一只娇小玲珑的水晶鞋，永不褪色精致可爱的水晶鞋，竟会让一个王子在钟声响过之后，在热情冷却之后，依然去寻访她永远的美丽。

所有正美丽着的女人们，此刻都如我这般躺在罗纱帐里，躺在将老未老的青春里，更鼓还未敲响，你我该留下什么？

·观　音

旧文学里，写男欢女爱常会闪出一个比喻：观音，将漂亮女子当作观音。二十郎当岁的文艺男，在古旧的时代里，睹美女芳容的频率还不及在庙里睹观音菩萨，所以偶一见绝色女子，内心那个小宇宙十分震动，难免要把她惊为神仙了。

《西厢记》里张生在普救寺初遇莺莺，痴看了小半日，恋恋着又目送人家走远，“兰麝香仍在，佩环声渐远。东风摇曳垂杨线，游丝牵惹桃花片，珠帘掩映芙蓉面。你道是河中开府相公家，我道是南海水月观音现。”于是决定不往京城去了，就在寺里拾掇个房间住下，半是看书半为着看观音一样的美人。无独有偶，《牡丹亭》里，柳梦梅在道观里拾得杜丽娘的自画像，展开一端详，叹道，“呀，一幅观世音喜相……”我私下揣想，不只是这些文艺男少见多怪，错把美女当观音了，恐怕还有一层滋味在里面，那就是漂亮的女人在他们的眼里心里，是有着远意和神性的。

也许，每一段感情的起初，女人的位置都是观音一样的位置，被他膜拜与尊崇。一个拈花浅笑，被相思灼痛的他，便成为你要普度的众生。当时自然不知，有一天，菩萨会走向民间成为百姓，美女观音老了脱下罗裙就是一褶皱满身的泥人。有一天，我们也许会在佛堂里谦卑跪下，生活的小船四下里灌雨漏风，无力无望中于是去跪拜泥塑的观音。

有一朋友，人长得瘦瘦怯怯，信佛，逢闲会去各地的庙宇瞻仰观音容颜。她低声跟我说，各个寺庙里的观音是不一样的。我听了，心下轰然一惊，想起往事。

许多年前，我也是逢庙必进，进香，或者转转。有一年，心如长满青草的故国废园，又荒又乱，于是跪在观音脚下，抬头与观音的脸默然相对，祈求有一束光直达我心，从此豁然空明。观音低首垂眉，竟是一副凛然的表情。分明像一位生气的母亲，手执桑条，站在村口。而我，正是那个因贪玩或因迷途而迟归的孩子。

或许，每个人的身体里都同时住着一尊佛和一个魔，一个在高处审视，一个在低处迷惑。我不是盲目迷信的人，我喜欢到庙里去，我跪在观音脚下仰视神灵，那一刻，内心空阔宁静如晨光里初醒的湖。我知道，我仰视的不是母亲的桑条，不是一尊石膏像的观音，而是一个魔性的自己望着佛性尚在的自己，惭愧得心上发紧。佛家说，每个人身上都有佛性，每个人都可以成佛。在与观音相对的长久宁静里，蓦然懂得，菩萨不会给我光，只有我自己挥斧铲尽荆棘藤蔓打开重门，才能迎来光。光一直都在，在门外。而信佛不是双手伸向神灵要金要银要富贵和权势，而是，在岁月的那些幽暗里，让自己做一个小小的观音。让自己成为一颗小小的发光的佛珠，把光播撒出去，在照亮别人的过程中发现自己也被别人照亮。在给予他人安宁中，自己也获得安宁。

有一年春天，跟一帮朋友去山中玩，春风浩荡，野花满山。山腰卧有一庙，红瓦黄墙，巍巍几幢，颇有几分规模，只是寂寂无声。春阳倾洒在山坡上如佛光普照，我在佛殿前匆忙游览，怕惊了菩萨们的沉思。可是，一尊卧睡的观音像却挽住了我急走的心，彼时内心震动，仿佛于电闪雷鸣之中忽然瞧见另一个浑重宇宙的存在。那一尊观音，横卧在莲花上，右手腕支在耳鬓里侧，安详垂眉，似在打盹又似在听人诉说，不悲不喜不怒。都说观音有千手千眼，可以救众生于苦难，可是面对那一尊卧莲观音，我只觉得那像是我的祖母。

祖母躺在夏日的竹凉床上，侧着身子，一手支在花白鬓边，一手执一把蒲草扇搭在腰侧。门外蝉鸣如沸，祖母瞌睡来袭，她半睁半闭着眼睛，似乎睡着了，又似乎还在偷看一帮不听话的孙子孙女，还在不在膝边，在不在阶下。池塘里鸭子们戏水扑腾，祖母担心是孙儿们偷下池塘，于是用力睁开了细长睡眼，鱼尾纹荡漾。多少年过去，想起微胖的祖母侧睡的身姿，就想起观音。人老了，老成一尊观音，世事洞明之后唯剩下这和善慈祥，剩下这软和暖，真好！

观音很远，在高处；观音也很近，在低处。

花慢开

每天上班，要穿过一个水上公园，出来的时候，觉得自己俨然一个草木小妖，心里尽是对人世的感动与好奇。

这样微凉的初秋，吹着凉风，不起哀愁。走路的时候，会路过那些垂柳。垂柳在河边，依然绿得柔情。它们一丝丝一缕缕，垂挂于河边，于路上，情意脉脉的样子。我每日从柳下过，总是会不由放慢步子。好像走得慢一些，这样美好的初秋就长些。风吹柳丝，柳丝拂人。我的长发，我的眉，我的耳鬓，我的肩，都在柳丝的吹拂里。温柔的凉意在皮肤上蔓延不散。我像是要羽化在这千条万线的绿意里了。

即使有阳光的日子，也不舍得打伞，从柳叶里漏下来的阳光落在裙子上，像蝴蝶一样泛出淡绿的绒光。小雨霏霏时，在树下行路也不急，雨线婆娑，柳丝婆娑，清秋的凉意漫漶，叫人不想去辨哪一段凉意是雨，哪一段凉意是柳。人间的路，委实不须急匆匆地去赶，最美的时刻也许就是此刻，而不是远方。我要做的只是这样悠悠荡荡地过，斜风细雨，杨柳依依……

斜坡上有青条石铺就的石阶，斜斜一条石线，默然在草丛里半隐半现,好像期盼我的脚按上去。那一种无声的等待令人不忍辜负,我每走一步,心里觉得踏实,觉得岁月有依,凡心安宁。绣花的鞋尖子上常常沾了露水,湿得脚尖处的绣花越发色彩艳丽,真不舍得让晨风吹干这些露水。我喜欢这样,微微湿润的样子。希望自己一辈子做一个微微湿润的女子,有泪也有欢喜。

斜坡上也有桂树,花香好像是煮出来的,远远就被这袅绕的香气缠住,缠进这甜蜜浓稠的香里。每次路过,总忍不住驻足,瞧上几眼,惊叹一番。那么小的花朵,细细碎碎地开,竟有这样蓬勃盛大的香气。每一朵花,打开的四瓣,好像在说话,一句一阵香气。它们有满肚子的香气在等着说出来,桂花是怎样一个内心丰厚的女子啊!我喜欢路过这些开花的树,贪婪地享受这慷慨播撒的浓香。花边一立几个刹那,人整个地被熏透,我就这样被熏香了。发是香的,衣是香的,遇到人,不敢轻与他人语,唯恐含进口里的那团香气一开口就逸散了。

晨光里的河水恬静而温柔,涟漪那么薄,风一吹就平,一吹又起。雾气也薄,在阳光与河水之间,飘着飘着就隐去了。河边有女子在浣衣。也有情侣,大清早就依偎在石头上窃窃私语,估计有一夜相思要诉说。也有老人和小孩,在桥边,在树下,貌似走路,享受这沉静又蓬勃的晨光。我路过他们,觉得每个人看起来都那么亲切有善美的情意。

我每天路过这些草木花朵,这些小桥和石头,心里充盈着安然和欢喜。我像是一个内心揣有隐情的人,这隐情大约是对晨光里的万物与尘世的欢喜。缓缓走来,缓缓地看去,每一朵花都精致得像是我的闺蜜,每一棵树都忠诚得像等我的情人。我的双手要怎样捧好这些欢喜呢?我想把一片薄心扯布一样扯成条条,一片给垂柳,一片给芭蕉,一片给河水,一片给云霞,一片给雾气,一片给露珠,一片给陌生人嘴角的莞尔……可是,怎么够,怎么能完整地给?

我只能这样,每天地,路过这里,像路过初恋的窗前,缓缓地路过。我走得慢了,花就开得慢了,世界就慢了,时间就慢了……

·看　云

看云最宜在午后。

尤其是夏天，梅雨季节，一场骤雨初歇，天空格外明净高远。这时，躺在靠近阳台方向的藤椅上，看那飘在青空里的云。那些云好像吃草的羊，已经吃到了山顶上，体态丰硕，神情悠然。

夏季水丰，水气蒸腾，所以养出来的云总是蓬蓬的，润润的，轻轻的。我看着它们在天空里飘，飘来了一片，是孤帆，又飘走了。可是又有成群的云朵来了，好像梨花满山坡开放，春色盛大清美。我阳台正对的这片天空，有时是落潮的海，有时是波涛起伏、浪花扑打着岩石的海湾。

那些云，各有各的性情姿态。它们经过我的阳台边，之后消失，又经过别人家的阳台。像时间和生命。我拥有蓬勃的生命的时候，会有一些人已经衰老。我衰老走完人生的时候，会有新的婴儿在襁褓里哭泣。生命和时间，是我的，但并不总是我的。

那些云，都有前世的吧。前世，有的是黄河之水，有的是长江之水，有的是屋檐下的水洼里的水，有的是植物经脉里流淌的水，有的是伤心人和欢喜者的泪水，有的是春晓花蕊里的露水……它们的前世，有的壮阔雄浑，有的渺小卑微。但是现在，它们都是天空里的云。一样的天空，一样的旅程，一样的命运，一样的使命——化成水，再回到大地，再次演绎纷繁的一生。

第一回坐飞机，是从合肥的老机场骆岗机场坐的。飞机升到空中，我终于好近好近地看到了那些白云。它们真白，真轻，萦绕窗外。飞机在云中，我在飞机里。我猜想，我乘坐的飞机穿过云层时，会不会把这些又白又嫩的云弄疼？我看见云在窗外翻涌着身子，好像即将临盆的孕妇：要生了！要生了！然后有一些云，变成水滴，提前回到大地江河。

看云的时候，我真想也变成这洁白轻盈的云朵。

但我知道永不可能。转世之后都不会。云能变成水，而我只能变成尘。好在，尘总是要被水洗的，成为大地的一部分。

想起小时候，大晴天里，放学之后故意迟迟不回家，枕着书包躺在江堤上的秋草里，看暮云。有的白得像雪，有的被夕阳照成了绯红色，像新娘含羞的面颊。我那时老嫌云走得太慢，比吃草的牛走起路来还要慢。我也嫌天空太过辽阔，这么大，云要走到何时才能到家？而我，只要起身，肯定比云先到家。我一边躺着看云，一边听着草丛里虫子的叫声，马兰花在耳朵边摇曳，散发清幽香味。泥土里的湿气顺着杂草的茎叶，绵延到了我的衣服和后背。我恍然觉得云也是那样软而凉的。

现在，我也偶尔躺着看云，不觉得云走得慢了，反倒羡慕云的悠然。那么辽阔的天空，它都有耐心去慢慢走，直到把自己走完，走成水滴降落人间。

云不仅悠然，也洒脱。它哪里都去，哪里都不停留。无数次，我坐船过江，水天茫茫之间，都会看见一些或聚或散的云朵。我们过江，云也过江。我在江边用手机拍，拍云朵，拍云朵之下的江水，拍两岸绵延的柳林。等我返程过江的时候，如果再拍，手机里的云朵已经不会是现在的这几朵。江水、云朵、渡船和我，机缘让我们此刻构成一个画面，停留在同一个时空里。但是，下一刻，春云渡江去，江水也片刻不停留。想想，其实也没什么好伤怀的，尘世间的相遇，说到底都是一个偶然事件。因为偶然，所以转瞬，会消失，会变卦，会走样。

只有结伴，没有停留。只有暂时相遇，难有永远守候。在松竹森森环绕的大山里，我看见过一池碧蓝碧蓝的水，蓝得像暴雨过后的天空，蓝得像月下美人的眼泪。蓝得我不敢走近水边，怕我的影子冒犯了它的纯粹。可是，我看见了水里的白云。这么美的水，这么美的白云倒影。倒影也在水里漂移，白云依旧要往远方去。

费翔唱《故乡的云》：天边飘过故乡的云……其实，白云没有故乡。

棉布时光

是春宵。通俗说，是一个春天的夜晚。

熄灯前，我看见墙上的钟快指向十点，那么，现在，应该是零点左右了，夜像只蚂蚁，爬到了高高的竹竿上。在江北，在小镇的偏西一隅，这里，这个时候，是静的。静寂中，我触摸到此刻我的时光，是一方淡白的棉布。

窗外的遮阳棚雨布在风里，有一点声响，随着风过风息，断断续续。像我在灯下翻书，翻一页停一页，偶尔心不在焉，多半浅迷深醉，小半夜的时光在纸上度过，不喧哗，不招眼。也有蛙鸣声传来，自院墙根下的那一带草丛里，自远处的田野水塘边，“呱呱——呱呱——”拨浪鼓一样地敲，远远近近，有错落之美。那声音沾着泥土的潮气，沾着草木庄稼的清气，将心也濡湿得潮软了。偶尔，还能听见一两声狗叫，那叫声应该是凶悍的，可是经过春天的夜气稀释，淡了，传到耳朵里，隐约朦胧，旧事隔年一样。

我知道，我已经很久没有像今夜这样，听风声，听蛙鸣，听村野的犬吠之声……我在这些声音里，惊喜地看见自己，像一粒复苏的种子。

后窗外，还能看见摇曳的树影，是一棵广玉兰。还未开花，没有香气，只有椭圆的叶子在枝头上疏离或重叠。也看见一点光色了，是远处建筑工地上的灯，灯光漫过来，在广玉兰的几片叶子上覆了一层淡淡的麦秸秆样的黄色。偶尔，树枝轻摇，那麦秸黄的光色就有了毛茸茸的质感、毛茸茸的暖，于是分外觉得夜色安稳。透过树影，还能看见对面新盖的楼房，以及楼顶上灌满蓝黑墨水的夜的天空，映得心上也是一片蓝汪汪的宁静。这样的夜晚，思绪像荸荠田里一只白色的飞蛾，有翅，低低地飞，不妖娆。

我想起年少时写下的忧伤的诗句：我的心，不是水中的那一块棉布/再怎样揉搓，总无折痕/请你看我/那风霜中摇曳的/一支秋荷。那时候，我的心不是棉布，时光也不是。它们是丝绸，是玻璃纸，冷艳华美，玲珑剔透，但，易皱，易折。爱着不该爱的人，还没懂得放手；站在青春的断崖上，找不到能平稳抵达未来的路……岁月是隆重的，但内心潦倒而落魄，空落落寻不着寄托的根。

…………

窗外，遮阳棚上有了滴答声，油菜籽那么小那么碎的声音，是下雨了，春雨。

雨声里，我偎在枕上，恬静如一张古画。今夜，我不茫然若失，不千里怀人，虽然春从窗外将要走过，走远，但我不伤春。近在耳畔的，有孩子的梦呓，有爱人的呼噜，这声音，棉布一样地暖而软，紧紧地贴在我的听觉里，让我觉得，我和尘世，和生活，这样地贴近。在不远的镇上那一栋二层楼上，有我的父母。我能想象，这一刻，他们，大约刚看完地方台的地方戏，关了电视机，已经睡下。我的电脑桌上，还有几本书，总是看不完，我的时间被它们缠得蓬勃而丰盈。

此刻，我知道，我是个并不缺少什么的人。年少时，只知道，一路奔波朝远方看，总是为未见的风景而遗憾，而耿耿于怀。现在，我不羡慕灯红酒绿，不惦记隔岸风景，我一路走走停停，留意近处的每一处微小动人的细节，听天籁之音，看灯光树影，相伴至爱家人……

是的，这时光，它是一块并不太新的棉布，不浮华，不炫目，洗得泛了白，泛着最本真的色彩。这是棉布时光，适合把一颗心放进去，以及余生。从此妥帖，尘世安稳。

女儿美

两个自恋的女人碰到一起，是有故事要发生的。

在电梯里遇见，彼时是夏天，我下穿大摆长裙，上面搭配紧身吊带黑衫。并且露了背，来突出自己的两个削肩和细长的腰身，自己以为很美。在着装上，我喜欢这样的对比与夸张。她是一个有三分肥胖的女人，衣服是上下都宽大，仿佛随时会御风而行跑出红尘外。洒脱是洒脱，但我以为缺少层次。

两个人局促在一个电梯里，没有外人，不说话是尴尬的，因为彼此认识。我打算就用微笑来搪塞过去，因为很快就要到一楼了，但是她开口了。她站在我身侧，肯定是扫视了我的上半个脊背和削肩，高声道："天啊，没想到你这样瘦！"

我心里有些小甜蜜，身为女人，被女人赞美，感觉自然是好的。我礼貌回道："谢谢！"但是，我没有礼尚往来回她以赞美，我认为她线条过于粗粝，分量过于实在，若赞美，实在太显得我的虚伪了。

她很快给我的"谢谢"跟了个下文，这下文真真让人意外。她说："但是，我觉得太瘦并不好看，我欣赏西方女人的丰腴之美！"

一句话让我蒙了好半天。出电梯,我笑笑,只能笑笑,不能变脸色呀,否则就是太小气了。是的,她不是在赞美我,在我自以为是地消受着她的"赞美"时,她其实在赞美她自己,因为她就是个丰腴的女人,虽然这是在东方,在多数人都以瘦为美的国度。

一路上,我揣测着电梯里她和我说的话,忽然想到"自我认同"这四个字。是的,自恋的女人大约都是过于自我认同了,以为自己的什么都是好。我听她提到瘦,就以为她是在夸赞我了,因为我心里认定了自己的瘦就是美的。而她,尽管在时尚杂志上所见皆是芦苇秆一样腰身的女人,她也并不灰心,她依然能找到支撑自己信心的根据——西方油画里尽是丰乳肥臀的女人,一尊尊圣母画像,简直像是拍过小苏打,从蒸笼里蒸出来的;追溯到唐代,丰美的杨妃可是独享着帝王的专宠呀。

自那次电梯里一遇后,我从此悔悟:这世上的女人都是美的。起码,都是自个儿心里美着——别人筐里,翻翻都是歪瓜裂枣;我这边,个个丰硕饱满,风景独好。

无怪商场里,女装总是那么多,因为总有那么些对自己永不死心的女人,年复年、日复日地来那里淘啊,正正经经把自己当成了美人来伺候。在广场上舞绸扇跳群舞的老女人们,也非等闲辈,虽然鹤发,却都亮出一副自个儿美的表情,仿佛每个人都回到春天,樱花树下自己正年少。有人说,那是一群人在臭美。臭美也是美,比闷在屋子里生气生成老巫婆好。

《西游记》里的女儿国国王喜欢上了唐僧,她在跟唐僧游赏御花园时,有一插曲叫《女儿情》,替她唱出了虽贵为国王却也是寻常女儿的心声。"鸳鸯双栖蝶双飞,满园春色惹人醉,悄悄问圣僧,女儿美不美?女儿美不美……"是啊,王权富贵戒律清规都不提,此刻,我就这样清清净净站在你的面前，你愿否欣赏这青春的容颜？夜来灯花结双蕊，红绡帐外，你的心里是否如我一样的欢喜？

是的，这一刻，她不是国王，只是一个恋爱着的女人。她只是想问一问她所中意的那个男人，她美不美呢？国王的美貌人人皆知，想必她的自我感觉一定也不比在电梯里经常碰面的我们差，那她还问人家干什么呀？究根底，其实她呀，不过是想得到所爱之人的赞许，这才是最最重要的。临水照影，不管是清瘦婉约，还是丰美可人，如果这个世界没有一个愿意坐下来静静欣赏自己的人，所有的美，怕都要黯然失色了吧？

女儿家的美，一半要自己看见，一半要爱的人看见。

陪着昙花盛开

朋友小氓在QQ里发了几张昙花开放的照片，瓷白瓷白的，两朵花相互依偎着，像少女的笑靥。两朵昙花，是两轮浅陷下去的酒窝，真是美。我回她：这样的花，应该坐在她身边，陪着她开。

陪着她盛开。看那些花瓣是怎样从花蕾里轻吐出来，然后在幽暗灯光下徐徐舒展，一瓣是一弯浅笑。然后一瓣一瓣相携着，围起来，围成瓷白的花碗，盛上芬芳。外层的花瓣有些妖气，里面的花瓣却是端庄圣洁，一场昙花开放的过程简直像妖精修炼终于脱胎换骨一般美好。

昙花几乎只在深深的深夜里开放，彼时残月在天，星河欲曙，而人间万物阒寂无声。睡梦中的人们，有几个人有耐心去守候她的刹那芳华。所以纵使那么美，依然容易被错过。而于我们，能看见一回昙花开放，真是像目睹菩萨显身一般庄严和珍贵。

一直想养一盆昙花。在书房里养。珍重伺候她一春一夏，在秋夜，我会静心等待她的盛开。我会沐浴更衣，穿素白的裙子，端一张老藤椅，就坐在花边。会放一首极其空灵悠远的佛乐，会焚上三支奇兰香，会放下书本笔墨，就这样又隆重又情思淡远地守着一朵花的开放。内心里有三分的欢喜,一分的悲戚。欢喜是因为这美丽,悲戚是因为这短暂。简直像青春和爱情啊,那么美又那么匆匆。

与佛教有关的花木,说起来似乎都是宛转得让人哀伤,却又都充满慈悲的力量。

第一回读到“昙花一现,只为韦陀”这八个字时,惆怅良久,不能释然。

昙花又叫韦陀花。传说昙花和佛祖座下的韦陀尊者有过一段缠绵悱恻的过往。那时候,昙花是一位纯洁美丽的花神,有一个年轻的小伙子每天来给花神锄草浇水,于是花神爱上了日日赐她以甘霖的人。这事被玉皇大帝知道了,玉皇大帝勃然大怒,生生拆掉相爱的一对。男的被送到山间习佛,赐名韦陀,意思是要他忘记前尘往事,忘记美丽的花神。女的呢,被贬到人间,成为昙花,开放只有一刹那的时间,且是在深夜里开放。让一对爱人永不相见,永远相忘。可是花神不能忘记韦陀,他知道韦陀每天都来山上采集露水,为佛祖煎茶,于是便选择那个时候开放,希望采露的韦陀能认出她来。可是,韦陀没有去认,也许他真的已经忘记前尘,也许他身为出家人已经不能去认。就这样,昙花夜夜开放,夜夜错过与她的韦陀睹面重逢。

一刹那是盛开,是芳华灼灼。一刹那是凋落,是黯然收场。

那天读到一句宋词:春日游,杏花吹满头。读过怅然,觉得好美,可是又美得疼痛。暮春天气,人在花下,风起时满空里缤纷盛美的杏花。然后风息,花落,满头满肩满袖。再美都惆怅,因为这袖子上的这一朵永远不能再回枝上了,那肩膀上的那一朵也永远不能再在春风里浅笑了,明年的枝上杏花再开,都不是今天落下的花儿了。

原来,所有花朵的开放,都是一次有去无返的单程。再盛大绚丽,也是单程。

我能做的，大约也是，在一棵杏树下走得慢些再慢些，陪一朵杏花飘落。算是有情，算是不负。

细思量，红尘里经历的桩桩件件，有太多是走在昙花和韦陀一样的因缘里。

还记得当时年少春衫薄，整个人沉不下心来读书。老师在讲台上语重心长地絮叨，要趁年少多读些书啊，可是就那样随意辜负老师的深情告诫，玩早恋的游戏，大把浪掷澄澈好时光。多年以后，感情的燃点高了，终于能不为所动地坐下来，想看看书了，可是颈椎不好了，时间不多了，容易走神翻半天翻不过一页了。当年最想做风一样的女子，可以远远地离家，离开父母，离开束缚，等到自己做父母的时候，才知道父母儿女可以相聚的光阴多么有限。想陪他们爬山他们爬不动了，想陪他们聊天他们聊着聊着会打起瞌睡……当时同窗少年，一转身20年过去，再寻去已是人事渺渺。

美好的时光，其实就像昙花开放，多么短暂。而我终于懂得，在生命里的每一朵昙花开放时，我会怀着虔诚之心陪着，陪着刹那，陪着永远。

时间的忧伤

一直被催着,被时间催着,心上发紧。

仿佛还是六七岁,还没有入学,终日在河堤上玩。不厌其烦地捉迷藏,和堂姐,还有弟弟。有一回秋后,躲到河堤旁的石桥底下,忽然听见铃声长长一阵响后,便是人声喧哗杂乱而来,一簇簇的少年背着书包从村庄深处,迤逦向河堤走来。那是河对岸的一所小学放学了。我从桥洞里爬出来,隔河看他们一路说笑雀跃,心上仿佛有钟鼓在紧敲,无端焦急起来。一颗纯净而蒙昧的心,无着无落地就那么悬起来,在铃声的余音里伶仃晃荡。

原来别的孩子都长大了,都上学去了!别人都随着时间去往远方,只有我还在这里!像一枚干瘪的种子被丢进阴暗的瓦砾之间,还没有发芽。我心里好怕呀!

那时不知,这竟是我关于时间的最初的忧伤。

似乎是十四岁的一个初冬,一个人爬到平房的顶上,坐看平野落日。田野尽头,橙红的夕阳滑下去,先是圆的形体隐遁,化作了小半天的云彩,然后云彩也消隐。一颗硕大的橘子糖融化在蓝色的远山和大地之间，骤然，四隅黯淡，暮色惆怅。那一刻，听见我的心啪地裂了细小的口子。仿佛航船被冰山破了个窟窿，冰冷的海水持续涌入，船儿沉重地渐渐下沉。一天的时光没了！又没了！也许，我的少女时代也像这个黄昏的夕阳一样，糖化于水中，缓慢消逝，永捞不起。

谁来收拣我呢？在青春的尾巴上。谁有一双巨大无比的手，将我从滔滔的时间之流里捞起来，呈在掌心上端详？我对时间，是这样怀着疼惜忧惧之心。

那天，去“永和豆浆”打发晚餐，一个人，一份客家汤面。吃到半途，遇一旧友。其实也说不上“友”，我和她的过去若有交汇，也不过是我曾在16岁那年托她代买一本当地一诗人的自印诗集。她也来吃面，也是一个人，风尘仆仆的样子。两个人寒暄后，大约出于礼貌，她夸我道：你呀，还是那么年轻漂亮……我笑，回她：我老啦，倒是你，一点样子都没改！她辩解，皱纹啦……斑点啦……语气沉痛。

其实我们都变了，都不是从前，都不是留在时间里的十多年前的那个小女人了。二十岁之前，亲戚们与自己一年一见，见时总要大赞：大了大了，变了变了，更好看了……那时，时间给我们带来的是一重一重的惊喜。三十岁以后，已经不敢再要改变，再改变，便是悬崖峭壁，便是风里黄花。一点点的痴心，竟是想要墨守十年或五年前的样子，但这是很难的。所以，旧友再见，道一声容颜未改，便成了至高的安慰。是啊，是安慰，在时间里流淌，委屈之心渐生，时间于这时的自己，多半是冷了心肠的恋人。

在时间的册页里，从前我们是灰姑娘，是白雪公主，情节越走越好。即使暂时曲折，但终点是明朗的，最终都穿上了水晶鞋，都坐上了马车，都住进了城堡里。但三十岁以后，一切都要慢慢变卦，这厢才千方百计用尽心思，那厢已经是黔驴技穷捉襟见肘。手拿魔镜一照，最优秀的女人已经是别人家的女儿。所有的努力，都不过是一个老巫婆的垂死挣扎。是啊，越看自己，越是一个巫婆的角色，有笨拙的小伎俩，有萧瑟寒冷的心，有一不小心就沦为笑柄的情节。

前三十年，时间的账里，我们算的是加法，美丽，宠爱，观众的掌声……跟着跟着就来了。三十年后，河东换河西，是减法，豪气一日日地短下去，激情的焰也日渐低矮，掌声来得艰难了。

我住的这栋楼里，有一户人家的客厅里坐着一尊落地大钟，每到半夜，万籁俱寂之时，那大钟“当当……”敲响，浑重的声音在夜气里久久回荡，令人如同置身深山老林，听见古寺钟鼓之声撞山而来，实在惊人心魄。

夜半的钟声，在三十岁之后的女人听来，一声声，都是寒怆的。钟声敲打无眠，想起少时老宅墙上的一只挂钟，绛红的外壳之下分明一副冷峻凛然的表情。

岁月河

身上的小红袄是去年的，贴身的绿毛衣是十六岁那年母亲织的，可是我还是去年的我吗？还是那个十六岁的走在长长河堤上的我吗？

年年岁岁，岁岁年年，春光相似，而人颜已改！

我想起童年，想起依水而居的老屋，想起屋后的小河，还有一个童年的秘密。

屋后的小河终年悠悠地流着，像一位默默无语的乡野红颜，只在朝霞落日、月圆月缺倒映其中时，才显露那份妩媚和生动。河对岸住的是一户医生家，医生家有一顽皮的小子，比我大六七岁吧。常见他凶悍的母亲拿着根竹棍在他身后，而他会一出溜地爬到高高的树干上，躲避他母亲的责罚，接下来便是他母亲两手叉腰，对着树顶“仰天长啸”一般：××，还不给我死下来！我和我的伙伴们在河这边看着，觉得好笑，他母亲一走，便也模仿起他母亲的“仰天长啸”，以此消磨无知而寂寞的童年时光。

过年了，河对岸搭起了戏台，来了那些穿戏装的人，寂寞了一年的乡村活跃起来了，而孩子们那同样寂寞了一年的心又怎受得了那份震天的锣鼓喧嚣。再三央求下，母亲终于把我打扮得花枝招展，一只小木船荡荡悠悠，载我到对岸，也只是十几米的水路，小木船便泊在对岸小子家的门口，没想到他竟不计前嫌，下了水边，似乎很熟悉地搀我上岸，然后牵着我，一路奔跑到戏台……一直到月亮泊在船头，母亲焦急地在船上接我回去。

自此，我总是神往着对岸，不管伫立在哪条河畔，对岸总是最诱人的，那边的花正红，草正青，那边的舞台已款款为我铺开。我曾对着河水和沉在水里的静静的月悠悠地想：十年之后，我会像村里的那些新嫁的姑娘一样吗？母亲为我置办丰盛的嫁妆，然后一叶兰舟，嫁我，到对岸，也是他，牵我上岸。那时月儿初升，纱窗里的红烛正明。

当岁月的小桨已划完了十年的水路，当柳梢上的月正圆，当我已玉立亭亭，对岸的医生家已举家迁走……说伤心吧，似乎也没有什么理由。此后所有的时日仍如同屋后的小河水般那么波澜不惊地流逝着，流逝着。这期间是长长的小河之间有了三两道堤坝，勤劳的农家人要养鱼致富，我也进了破庙改建的学校，从前的那些漫无边际的生活似乎都开始有了规矩和方圆。然后是我初恋的人儿在河对岸等我赴约，直到有一天，他的木船伴着娇媚的月接走了我的嫁妆，我的人！

当然，牵我上岸的已不是从前的人，我明白不是每一段岁月的尽头等待的都是自己的初衷。可是谁也逃脱不了这样的宿命：不管曾是否有过期盼，有过失落，最终都会过了那条河，到对岸，如同我这般蹚过所有斑斓的岁月，从懵懂的女孩到初嫁的新娘。

弹指间，我已成年，已跋涉了人生的许多沟沟壑壑，有过纵声放歌，有过徘徊不语，有过丽日扬帆，有过风雨当头。那个秋天，我走在幼时向往的河对岸，看对面青砖灰瓦间爬满暗绿青苔的老屋，我忽然想，我能回去吗？——我那个曾年轻美丽的母亲会驾一叶小舟接我回去吗？回去的我行囊轻轻，纯洁清新如清水中的莲花；还有那轮明月会接我回去吗？回去的我一如从前，未遇恋人，未解风情。可是，我知道，我已不能回去——生命，便是在一条又一条的河流上划向对岸，不容回返，而所有的心酸心动便是泊在岁月河里那轮圆圆缺缺的月啊！

我打算这样老去

要优雅地老去。寂静地老去。

要做一个娴静少言的妇人。遇人遇场合，少说话，多微笑。人老了，絮絮叨叨不好。那时候，嗓音一定不够清澈轻灵，像衣服没洗干净，说多了话，会让人生厌。这个世界已经足够喧嚣，我愿意自己是懂得守护静谧的那一个人。所以，我选择用微笑代替语言，面对每一个陌生和熟悉的人。我轻轻莞尔，算是跟你招呼了，算是在表达我很喜欢你了，算是在用心听你说话了，算是在告诉你我要与你道别了，算是祝福别后的你生活喜乐安宁了……

要做一个依然洁净的老者。我选择短发齐耳，勤洗勤剪，像听话的小学生。还不烫不染，就让它们一路白下去，白成满头银丝，老就老得理直气壮，老得纯粹彻底。一头银丝，微蓬但不凌乱，应该像白菊花开在夕阳下。

夏天会在沐浴之后搽一点爽身粉，从下巴到胸前，还有脑后，还有臂弯，一点薄荷味的清凉香气在空气里翩跹。人老了，会有老人味的，所以我每天都会用一点香水，是香味极其清淡的那种香水。也许我会继续使用桂花香水，或月亮香水。

我会穿浅色衣服，主打白色，漂白、米白、藕白、月白……浅色有仙气，而深色幽深森然。我希望自己老得有些仙气，而不是心思深重的老妖怪。

还要常常修剪指甲，指缝不存污迹。会偶尔去美甲店，不镶钻了，也不贴亮片，就一色，肉红色。会用口红，颜色不要太浓艳，不要太亮。还有胭脂，我一定会继续用着，浅浅的桃红色，有安静的缤纷，像深山桃花，在朝露里自开自落，又美又淡然。

会继续保持读书写字的习惯，但是不再热衷唱歌和大声念诗。那时候，我会是一只秋蝉，一只安详的雌蝉，温柔地喑哑着，深意在内心。

会依然朴素而温柔地过着小日子。会养花，养茉莉，养栀子，养海棠，养木兰和芍药。会种菜，春种茄子青椒丝瓜和西红柿，秋种萝卜青菜茼蒿和芫荽。阳台边的花盆里，有牵牛花也有野杂草。不分兵匪，就让他们都享受阳光雨露，也享受我的殷勤侍弄。

会选择独居。不打扰孩子。可以像朋友一样偶尔走动，偶尔相约去钓鱼和放风筝。回来后自己翻翻照片，重新咀嚼一下快乐的时光。大家都有各自的空间，我懂得尊重。年轻时我已经享受生命的热烈和丰饶，老了时，我也会坦然接受暮年的清寂。像四季，春暖秋凉，夏热冬寒，这才是完整的一年。这才是完整的一生。

会养一只雌猫，养得肥肥的，养得懒懒的。会置一副老藤椅。春日昼午，困思懵懂，我躺在阳台边的老藤椅上小寐，老猫卧在我的脚边打着呼噜，我们一起睡在春日里。

出门我会选择坐公交，尽量避开年轻人上班的高峰时间。公交上，我会给疲惫的读书的年轻人让座，会给残疾人让座，会给孕妇和带孩子的年轻妈妈让座。我站站，就当是继续在锻炼身体好了。

会给远方的朋友写信，寄上门前树上的一片红叶一缕秋风，寄上阳台边的一朵干花一团春阳。我们年轻时活得太匆忙了，有时情意潦草，所以老的时候，我会补上缓慢思念缓慢祝福这一章。

出门旅游，不再脚步匆忙。走走停停，心仪的地方就租一套小房子，住上半年或一季。看看那里的日落和花开，和以为一辈子不会再见面的旧友见面，在垄上，在长堤，沐风而行，且行且语。

阳光晴好的下午，会偶尔去墓园走走，看看先去的长辈和朋友。会坦然面对死亡，只当那是一个必然会降临的节日。会把自己收拾得像从前一样美丽，长裙，微高的高跟鞋，抱一束洁白的花儿去看他们。生与死之间，其实没有山长水远的距离。一念之间，你说他在他就在，不在眼前就在心底。

对物质不会再汲汲以求。人老了，过分去追求名和利，就活得太浑浊不堪了，太面目可憎了。有些事愿意去做就去做，斤斤计较薪水和排名，是自降格调。生命应是一场提纯，心应该越活越轻盈。

会参加一些慈善公益活动。会悄悄去邮局寄些钱物给需要的人们，过后忘记。会走上街头或登录论坛，为社会的公平公正发声，不只是谴责，更多是建议。会为环保做自己力所能及的事情，愿意组织一个老年环保小团体，边说边做，不求物质和精神的回报。

我愿意这样老去。老得很绿色，很安然。老得有点美。

无俗心

俗心人人有。俗心时时灭。

少年时看《真假美猴王》，当时只觉精彩，多年后咀嚼，嚼出了深味。真悟空和假悟空，从观音菩萨到天宫玉帝到地府阎王，谁都分不清真假，最后，还是如来佛祖一语道破天机。佛祖跟悟空说，他乃六耳猕猴，和你同根同源。

他因悟空心生恶念而生，心生善念而灭。

其实，悟空还是只有一个。真的和假的不过是一体的两面，是人心善恶的两种呈现。而所谓"恶念"，有时，大概也就是一份俗心吧。计较得失，心怀怨愤，难持真心恒久心，都是俗心了。真悟空打死假悟空，原就是一个圣徒终于舍弃了俗心深重的那个自己，从此怀揣佛心，轻装上路。

萧红的文字一直不喜欢。每每勉强自己去翻，总是半途折返，觉得啰唆，也欠缺劲道。有一天，偶读到一节文字，写她和祖父在菜园里的情景，蓦然惊讶称奇。"花开了，就像花睡醒了似的。鸟飞了，就像鸟上天了似的。虫子叫了，就像虫子在说话似的。""倭瓜愿意爬上架就爬上架，愿意爬上房就爬上房。黄瓜愿意开一个谎花，就开一个谎花，愿意结一个黄瓜，就结一个黄瓜。”这些大巧似拙的句子，像写在莲叶上的诗。人间多少物事老了旧了破了脏了，只有她，还抱一颗纯洁自由的童心，无邪无畏，不老在褶皱满布的岁月里。生活那么艰难，情路那么坎坷，她在写作时都一一将之略去。她打碎了自己，化作金阶玉砌前的离离蔓草，化作瓦砾，化作细藤……那么普通，那么真实，那么风情摇曳。写作面前，她空灵澄澈，她了无俗心。

记得看过一张奥黛丽·赫本中年时的照片，那时她已隐退，回归家庭和婚姻。照片里，她坐在乡村花园里的长木椅上，葱郁的树阴下，一个人静坐。素色的衣裙，素静的光阴，素洁的心。灯光，掌声，万人追捧的荣耀都一一远去。她自愿舍去。俗心远去，她过着露珠般晶莹而恬静的日子。总觉得那照片里有微微的风经过，有轻轻地虫鸣唱起……树林背后，一定有农人荷锄回家，炊烟升起。俗心远去，一滴水回到大海里。回归渺小，成就永恒。

懂得把岁月过成减法的人，是大智大雅的人。对于女人，到了该放下的年龄，就该懂得放手收心了：淡如秋水，悠然来去，闲看得失。这时候，若还风尘仆仆，还背负着一颗俗心在争，争名，争利，争心里不服的那口气，着实面目可憎。

红尘俗人，走向无俗心，其实就是将人生不断提纯。在苦难和荣光里，剔除虚荣，剔除痴妄，剔除浮躁，剔除心灵的杂质。如同一种古老金属，在火与力的作用下，剔除铱，剔除铜，剔除银……做天平托盘上一粒真正的千足金。剔除俗心贪欲，剔除卑怯苟且，做一个坚毅又安详的人。就像昂山素季，缅甸反对派领袖，2012 年赴挪威去补领她在 1991 年获得的诺贝尔和平奖的昂山素季。

在《南方人物周刊》的封面上，看见她被誉为“最美亚洲女人”，内心摇摇一震。一个六十六岁的女人，头戴两朵黄玫瑰，微微露齿而笑，双眸清澈如水。我猜想，这个女人的内心，一定深远辽阔，又宁静嵯峨，如月夜里的远山和平原。她曾经面对缅甸军政府士兵的来复枪，依然不惧上前，领导缅甸的民主运动。她曾经被军政府软禁二十多年，在仰光大学道五十四号一栋两层白色小楼里。她是个佛教徒，在漫长的软禁岁月里，开始修行。在修行中强化自己的信念：坚持正确的事情。为这件不寻常的正确事情，她牺牲了与家人的团聚，失去了见丈夫最后一面的机会。她的内心，有遗憾有悲伤，但是，她都放下了。小我放下，去做一个大我，坚持留在自己的祖国，坚持等到了民主的阳光从门缝射进来的一天。

二十多年的软禁岁月，再次出来，面对民众，她依然那么美丽、优雅、坚毅而充满智慧，依然那么能带给人信心和希望。

最美的女人，是无俗心的女人。身处浮华颠簸的婆娑红尘，内心，已自建起一个琉璃世界。

寻你，然后不见

读书读到一段旧事。

说的是晋朝大书法家王羲之的儿子王徽之，在一个雪夜，忽来兴致，竟从山阴家中出发，披蓑泛舟过剡溪，去寻访好友戴安道。待至戴家门口，却转身吩咐回舟而归，不敲门，不会友。人问其故，答：乘兴而来，兴尽而返，我又何必见安道呢？

有时想，若安道那夜，在那一个美好的雪夜里，燃一只烛，置一副棋，开了门，有心无心地等一个有兴致的友人，那么会是怎样的一幕情景呢？是把酒言欢，吟诗作文，然后抵足而眠？终归只是我庸常的痴想罢了。这寻友，但不求一见的一桩逸事，实在是够洒脱豁达的。回去，好一片白茫茫的辽阔山河啊，雪迎雪送，尽兴则已。

有约不来过夜半，闲敲棋子落灯花。这是等人不至的自在悠闲，在古人伶仃的身影里，不见也总是别有一种境界。

想起自己的一桩旧事。那年冬天，我穿过熙熙攘攘的人群，踏上那座长长的桥，想去寻找心里的那个人，想和他在桥上相遇。我裹着紫色的长丝巾，丝巾的一头遮住了我长长的发，和冰冷的大半张脸，另一头在风里高高低低婀娜地飘扬。我想，那个人是知道我偏爱紫色的，他若看见风里的一片紫色的云朵飘过，他该知道那是我啊。哪怕，只是看见了我的背影。

我一个人走完那座长桥，然后一个人回来。桥上的石柱，扶上去是寒的，桥下的芦苇敷了层白霜，也是寒的。也记得天上是有阳光的，像糊了层旧报纸的老式灯。我回望桥下那一片渺茫的流水，转身回去，来来往往的路人，他们不知道我心里的忧伤，包括我心里的那个人也是。可是，我还是一个人寂然地回来，不肯寻到他的面前。我想，寻找了就够了，能遇则好，我是不强求一见的。那样的一个冬天，我心里沉沉地装着一个人，然后在人群里寻找，我的内心，我的时光，已经是丰盈的了。

有人说，人生就是不断和自己邂逅，能和自己相识久处交心的人，都是和自己灵魂相近或某些地方相似的人。那么，寻找一个人，其实就是在寻找自己，或自己的一部分。红尘是拥挤的，又是寂寞的，目光自千万人的头顶掠过，难能寻着一根值得栖落的寒枝。能有一个人，让自己想起，让自己起兴去寻找他，已经足够幸运。能有一个人，让自己隔着岁月经年，在泛黄的纸间寻找他的字迹，在午夜寻找他当年的笑脸，已经足够美好。未见的那一点遗憾，就当是清茶的那一缕苦香。

千百年前王徽之的那个雪夜，千百年后的我的红尘，因为有过不在乎一见的一寻，都变得美妙，芳醇。寻你，但不见，像寻找秋天的人，脚步已经踏上了洒满阳光的落叶，已经周身是秋的浓香，秋的声息。

寻你，纵然不见，我的人生已经大尽兴了。

在低处

一

楼前一口井，常去那里汲水洗菜，享受的是一盆水洗过后被啪地一泼的响亮。多像从前，没有自来水的古旧从前，早上洗脸，洗后一盆水泼在花边，啪——水像裙子一样在地面铺开。

可恶的是洗碗，油污在指间，即使有水可泼。中午洗过，晚上还来洗，渐至厌烦。做家务让人感到无望就是，一辈子只做着同样的一件事，起点很低，永远不会进步，看不到可发展的空间。

汲水时看见井里有只青蛙，叉开四肢在里面转。这个倒霉蛋，竟然掉井里！它若会想心事，现在应该有大把时间想想心事了。我猜它想出去，爬上井口去，又想留下来，进退两难。也许，它想到在高处的、这个地面之上的世界里，它会遭遇毒蛇、干旱、贪婪的农夫……可是，井底幽暗寂寞的岁月，也不比我天天油污里洗碗好受。贪恋低处的安稳，就得承受低处的单调。

二

逛街买衣服，深红浅绿丛中，看上一套黑色的。是绝情的纯黑色，一星的花叶修饰都没有。对于青春，不知几时，已有了一种万贯家财荡尽的没落苍凉。在野心勃勃的纷繁色彩面前，底气尽失，不敢轻易驾驭。

付钱时看见中年的老板娘在旁边哭，握着手机边说边哭。看着这个走在大街上已经几乎没有回头率的女人，我悄悄跟身边的爱人说：一定是一个男人让她伤心了！女人活到这年龄，应该粗糙强大到人前不会轻易掉泪。能让她在大庭广众之下都顾不得提起袖子遮一遮泪水的，只会来自感情。

想起春天在北京，上课时，中年的老师说："春天是伤感的！"听得心碎。《十八姑娘一朵花》这首歌也是伤感的。许多人听到的都是欢快的调子，我听到过一种伤感的调子，句句藏着叹息。伤感更多在歌外，女人在两朵花的年龄，在三朵花的年龄，才解出的其中的西风薄凉味。

多数女人，越活心气越低，越走心儿越凉。

三

一个小聚会，有着同样爱好的人围坐桌边，喝茶，嗑瓜子，谈生活，谈时事，不小心会谈谈文学。

谈到种菜。老师问我最喜欢种什么菜，我答：小青菜！老师说他最喜欢种丝瓜。他说秋天啊，可以到院子里，垫上板凳椅子，够上高处的丝瓜，一篮篮拎回来，无限的成就感。我羞愧得无地自容。我的志气哪里去了呢？我为什么也不最喜欢种丝瓜呢？种丝瓜多好啊，看它一根柔柔弱弱的藤蔓抱住竹竿，攀上搭在高处的绳或线，把一朵朵黄花响亮开在半空里。不说果实，光是那满枝满架的黄花，就已经在众人头顶开得气宇轩昂、志气满满了！蟒袍玉带，打马游街，也不过就是这样的得意吧？我的小青菜呢，在低处拥挤着，蹿不出丝瓜那样的高度，还要挨过一个严冬，才能到达来年春天，开上一些碎碎小小的黄花。平庸。琐碎。卑微。艰难。无大成就。也是一世。

四

泡花茶，是玫瑰。想想，又添了几朵菊花，秋燥。等茶开的间隙，心有小忧，怕花在杯里吵架。一个媚艳，一个素淡，不是一条道上的。端起喝时看见，玫瑰浮在上面，菊花沉在杯底，各自有了各自的位置。我就笑了。

菊花也抱有一种安守低处的清心。不浮。不急。不艳。不争。

不是自甘堕落，不是遭了挤对，选择退守也是一种姿态，是看千帆过尽后淬出来的那一点智慧。

沉下来，慢慢吐尽体内的芬芳。

即便到后来，残茶泼地，啪的一声的响亮后，还有余香袅袅，彼时，当无怨，无憾。

只要三分容颜

只要三分容颜！如果生命的花圃可以由我自己来栽种修剪，我愿意最初，自己是一棵不起眼的小蕾，然后我可以用汗水和耐心慢慢将它开到极致！

黑黑的皮肤，乌亮的眼睛。绕在父母膝下的那几年，不曾因为容颜而多领受了一分额外的呵护。因为不是一个皮肤白嫩的娇宝宝，叫人生不起疼惜。于是可以在夏天和一帮男孩子过河捉蟹抓虾。甚至瞒着大人下河，学会了狗刨式的游泳。然后穿湿衣服站在草垛前，由太阳晒干再回家。一辈子热爱阳光，热爱大自然，不曾惯出过坏脾气。

少女时候，皮肤不黑了，但依然没有白起来，是淡黄的一张小脸。鼻子小巧，不够高挺。长青春痘，还算疏朗。和漂亮的女同学相比，有点自卑。坐在教室的角落，靠窗，不显眼。自然，从没有收到过男同学的贺卡或小纸条，几分落寞，找书来填。读书的时光，自此难得地不曾受到过打扰。像安静的清晨，花花叶叶上，露珠清亮一片。作文印在校报上，数学成绩赶上了最厉害的男同学，推倒了作文好的女同学数学成绩一定差极的荒谬逻辑。如果回头，早年，我还是愿意做这样一个勤奋而安静的女生，刚刚跨进青春期，让我的父母少些担心。

凭着好成绩，考上了好一点的高中。班上有一位高大帅气的男同学，成绩优秀。自己暗恋他，从不敢有半点的泄露，泯然众人的容颜，还偏生些枝节，只会叫人笑话。何况早有风姿绰约的女同学围着他转，守在篮球场或足球场的边沿，看他打球，或者给他递送矿泉水。黯然得很，于是自己站在学校的橱窗前，看他展览出来的书法，数红榜单上他的位次。然后较着劲，在纸上，一步步小心地靠近他。再然后，自己爱上了书法，会写一手颜体。高考之前张贴的最后一张红榜单上，自己的名字和他的名字已经并列挤在一起。这个时候，心里已经风平浪静了。知道，那样的暗慕，只是一朵隐在叶下的小花，开了，落了，成就了高处的果。不是每一次的绚烂开放，都得寿终正寝的果实满枝。缺席，何尝不是另一种形式上的圆满！

谈恋爱的时候，依然不抢眼。红颜薄命的尴尬摊不到自己头上，情路十八弯的颠沛坎坷自己也撞不上。仗着那三分的容颜，人在大学图书馆里耗，躲过了一杆杆躁动的猎枪。学识像一件贴身的高档棉衣，贴心贴肺地久久地受用，以至一辈子。工作了，嫁一个勤奋的小伙子，不是高官也非豪富，岁月静好。没有多少美眉向自己下挑战书，不用剑拔弩张或担惊受怕，可以腾出精力来考研，或专业深造，或重拾早年放下的一个艺术爱好。当年的美女同学也都一个个嫁了，宫妇似的在深宅里摆弄着轻罗小扇，数着从门到窗子的距离。而自己，这时候，圈子已经一日日地大起来，有更多的人和更多的事走进自己的生活里，午后的时光是温暖而丰盈的。走得多，坐得少，身上存不下赘肉，三十以后，旗袍上身，再略施薄粉，里里外外，刚刚好！

学识，婚姻，事业，割麦插禾一般，循着次序节气，收获耕耘，耕耘收获。生命的粮仓前,这一刻,立着一位丰润华美的小妇人。

所以,如有来生,我愿意只向上天要三分容颜,剩下的七分就由我自己来摆平。像丑小鸭,漫漫长路上下跋涉,遭遇薄凉,穿越寒冬,抵达一只白天鹅翼下的春天。从此有了三分学识,三分气质,三分的爱和宽容。不经意间,已是十二分。

最美的花开

应邀为一家企业编排舞蹈。我给她们设计的最后舞台造型是：五个女孩牵着大红绸裙围成一朵含苞的花，另一个女孩蹲在她们的裙底下，低眉抱拳于颔下，像一支宁静害羞的花蕊，随着音乐接近尾声，五枚花瓣慢慢向外展开，花蕊修长的手臂在中央徐徐立起，挺拔清秀，一朵花算是开到了极致。

这帮徒儿们练得很开心，她们已深深喜欢上了这支舞，训练的过程原就是一朵半开的花，为一个极致的到来而兴奋。我想，当演出那天最后一个音符落到脚底的时候，她们一定会嚼出一丝说不清的失落。这些，只有长她们十岁的我才会明了。为一台晚会而编排的舞蹈，当晚会结束，是很难再拣起来跳了。音乐停下，灯光暗去，舞台即已冰凉，再美的舞，你都无法再做回舞者了。生命里的许多花，最好的状态是半开，而不是开到极致。

就像多年以前做新娘的我并没有多少兴奋，我心里快乐的花儿已经开过了，那些鞭炮和欢乐的人群至多是我曾经快乐的最后一次回音。就像多年以后，我已经懂得，不把花开得满园春色，遍地都是。站在婚纱摄影店的橱窗外面，我只欢喜地打量那些婚纱，看它们或纯洁或娇媚，或高雅或风情撩人。我不试它，不穿它，不贪心地做镜头前妖娆的女人。我会依然穿我素净的衣裙，只在心里结下一个不想为人知的愿望。因为有了这个愿望，我便有了千百次在橱窗前驻足的理由，我的每一天是甜蜜的。

所以最爱的人不适合去嫁，只适合去思念；最思念的人不要去见，只适合放在梦里。一点微光，有时能牵引出一段长长的路，大红大紫反倒不能适应后面的皱纹满脸，言语迟钝。

看徽州古民居，在一个聚族而居的村落中间有个池塘，名曰月沼，很好听的名字，是徽州的先人为自己和子孙开挖的。据说在开挖之前关于池塘的形状也有过一番犹疑：是十全十美的满月形，还是弯弯的月牙形？最后定为月牙形，徽州的先人于烟火人世的行走里，早已悟得一个朴素的哲理：花开则落，月盈则亏。设计为月牙形，余下的岁月里便有了一段渐为满月的更迭过程。譬如花朵，因为半开，还在开着；因为半开，便有了开到极致的余地。阳关送别，如有三杯美酒，我只喝尽一杯，一杯陪在路上，还有一杯，留待他年醉。

生命是一次开放的过程，其间无须把每一朵花都开得意兴阑珊。忙着低头赶路奔赴终点，未必就有收获，心怀感恩，途中悟道吧。

第三辑

说事

在敷了白色脂粉的清秀面孔之下，一颗原本清纯无忧的心慢慢长成了一颗饱满多汁的樱桃，酸酸甜甜，诸番滋味都在里面了。离别是无言而苦涩的，她到码头边送他，他看见了她眼角的胭脂天真中有严肃，她长大了，在恋爱里长大了。

冬应无雪

十八年前，我十二岁，姨娘二十二岁；如今，我长得很大很大了，姨娘却再没有长大或变老。她已经睡在一片荒草下，逐渐成为泥土的一部分。

我是姨娘最亲最疼的人，我知道。

冬天里，冷风在屋外肆虐着，强盗一般，把并不严实的门和窗敲得生响，让人恐惧。我在姨娘的怀里，枕着她的胳膊，脸贴着她的下巴或鼻翼，跟她学唱那个年代的流行歌曲：《回娘家》或《阿里山的姑娘》。童年不再寂寞，冬天不再寒冷，梦里梦外都是我和姨娘的歌声。

白雪铺满大地的时候，姨娘知道小孩子是耐不住寂寞的。她说：晴啊，跟我出去玩吧。于是姨娘的红围巾围在了我的脖子上，一只大手把另一只小手紧紧地攥在了手心里。在她的女伴那儿，她像炫耀着一件私藏的宝贝似的，说着关于我的一串串有趣没趣的事，她喜欢听别人一遍遍说着她的外甥女——我长得多么多么像她。

而我同样又是多么欢喜和她在一起啊！我在父母搭建的那一方屋檐下，活得像个无声的影子，像从墙上撕下放在墙角的一张旧画。只有在姨娘的怀里，才觅得几许温暖，在姨娘的温暖里，才活得有些生气。我喜欢姨娘，她比妈妈年轻漂亮，给了我比妈妈还要多的母爱。在苍凉的尘世一角，在我寂寞无依的早年岁月里，她是度我的佛啊！

可我怎么知道她会抽身而退呢！在十八年前白雪未下的初冬，来不及见上一面，她转身别过脸，沉沉睡去。姨娘的病是血癌的一种吧，从此于我，“血”是一个极其冷漠的词。外婆说，姨娘走前，天天念叨着我怎么还没放假。我又何尝不是呢！我那几日也是天天吵着要看姨娘的。从此阴阳两隔，我纵是跨越千万道江河也是寻她不见了。

空旷的田野，姨娘的一方孤坟像一只遭摧折的船，永远停泊在冰冷的大地，她再也不会度我穿越阴暗潮湿的岁月。从此，冬天就是一个人的了。我的世界下雪了，我的道路封冻了，那都是我一个人的事。不是说我没有亲人和朋友，只是这么多年已经习惯一个人面对，我不想惊动他们。我的寂寞酸楚只有交付给姨娘，我才安心。

姨娘已经走了，冬天依然会来。

我只希望冬天不要再下雪，不要让那么多的田野道路于白雪下混淆不见，包括姨娘那一只永远泊下的船。是啊，这世间我倾注深情的，我怎能忍受他们最后混淆不见，一笔勾销呢？

一场白雪之后，又是一春，层层白雪，便已是经年。我的姨娘永远只守候在我童年的冬天里，我害怕自己在经年白雪里离我的姨娘健在的时光越来越远。所以，就不要下雪了吧。

我想，人是应该有魂魄的吧。否则在尘世之间辛苦执着不舍放手的情愫，临去之时又托付给哪一条惦记的根？哪怕那魂魄如一缕薄雾，落不了地，只缠在一根枯槁的枝上，丝丝缕缕纠缠其间的还是曾经的美好，像先祖们的结绳记事。所以我的姨娘一定会记得在寒冷的冬天，悄悄地来临，触摸我清寒的梦，只要白雪未降，连接我的河流和道路一如从前，没有被白雪隐藏。

如果还有什么愿望，那应该就是冬日无雪吧。在一个无雪的冬天，我好拒绝遗忘，把梦做成温暖守候的姿势。

从前的脂粉

夏日黄昏,清水沐浴后,对着镜子在脖颈处敷粉;薄薄一层爽身粉,香气沉静。这是多年的习惯。

敷粉的时候,总想起少年时光,简静,清美。

十二三岁,还未进初中。早晨上学,踏着露水,花布书包在屁股上扑扑打着。内心像是一口晨雾萦绕的池塘,水光未开,朦胧而恬静。直待在教室里坐下,在喧嚷沸腾的晨读声里,偶然一瞥,瞥见座位前面的女孩后颈上的白色残粉,心里当的一声,亮了,日起雾散水光荡漾。那个女孩子,梳着两只半低的羊角辫子,辫梢扎有莲红毛线绳。在毛茸茸的脖子上,还残有一抹白白的爽身粉,像微风里一片没有散尽的云絮,清香隐约。我心里想:这就是女孩子!女孩子就该这样,衣领里有薄薄的粉,发梢上飘散浅浅的香。

回家央母亲买,吞吞吐吐倒也找出一堆借口。母亲似乎很懂女儿的心思,打开上了锁的枣红抽屉,抽出一张票子给我。在供销商场的日用百货柜台,要了一筒爽身粉,绿色的铁皮筒子,上面绘着一个胖乎乎的婴儿。

从此喜欢每一个夏日的黄昏，不为下河游泳，不为树阴里扑流萤，只为了那一绿筒的香粉啊！温水沐浴，过后，将水泼在凤仙花边。水印子在花阴下蔓延，人在镜子前抹粉，绕脖子一周……许多年过去，依然记得自己当年坐在凤仙花和栀子花边，穿着海水蓝的学生裙，身上的粉散发着袅袅的香气。这香气比栀子花的要浅，比凤仙花的要深；暮色笼罩，将我和花们都罩在香气里。

我想，人生中琉璃一般的时光，应该是那从前的脂粉时光。像王菲的歌声一样，纯粹，渺远，澄澈，清美。

长大后，买香水，挑口红，置粉底，看胭脂。可怎么看自己，还是少年时的清美最是难忘。彼时，还没有读席慕蓉的情诗，还没有心上害了疮一般辗转怀人，彼时只为了镜子里的自己而美。俯身深嗅，自己闻到自己的香，这香不是浓艳媚人，而是清素安静。抹了白粉的少女，内心也是素朴静谧，仿佛微风里一株自花传粉的古老植物。

中学时，一个黄梅季节里的晴天，与姜姓同学一道去一何姓同学家里玩。彼时是午后两三点钟，何姓同学午睡已起，躲在房间里置水沐浴，我们只好在她家竹椅上坐等。庭前一株紫薇，花开灼灼，仿佛新娘子腮上的胭脂，浓丽而富有喜气。何姓同学终于端了一木盆的水出来，响亮泼在紫薇花边，我看见俯身泼水的她不仅脖颈上均匀敷了粉，脸上也浅浅的白，明眸素脸的她仿佛一轮皎洁的月亮从云里出来。我才知道，女孩子脸上也要搽粉的，还要比脖子搽得更仔细更好看，因为要给另一个人看。何姓同学彼时已经早恋。这样想着，人就渐渐大了，脸上的色彩开始山重水复起来，内心也开始了柳暗花明。原来，白色的爽身粉只是起点，这之后，要在白白的粉上衍生出多少腮红眉黛来！

读川端康成的小说《伊豆的舞女》，里面一个十七岁的姑娘，叫熏子，和家人一道出来，做巡回演出的舞女。川端康成写她，写她娇美，写她面颊绯红，写她秀美的黑发，而落墨最令人难忘的，是她脸上的白色脂粉。一个欢喜调皮的女孩儿，在与一个大学预科生的短暂相处中，开始品尝到恋爱的甜蜜与忧伤。在敷了白色脂粉的清秀面孔之下，一颗原本清纯无忧的心慢慢长成了一颗饱满多汁的樱桃，酸酸甜甜，诸番滋味都在里面了。离别是无言而苦涩的，她到码头边送他，他看见了她眼角的胭脂天真中有严肃，她长大了，在恋爱里长大了。相逢有期，更可能是无期，敷白色脂粉的少女将从此成为他内心深处的一朵闲寂的山花，幽幽远远。

是啊，敷粉的人远了，侍弄香粉的青葱时光也远了，只剩下一声轻轻叹息在心头，霜似的，又白又凉，又纯又美。

父亲的年

我记忆中的年,它是雕着俗艳图案的小船,撑篙的是父亲。

父亲的年里,对联是重头戏。

进到腊月,头一桩神圣的事情是请老姑爹爹来家里写对联。其实,父亲也能写,但他嫌自己的字不好,只敢写些鸡笼与猪圈的对联,人丁出入的门,总要贴上老姑爹爹的字才体面。之前,父亲早已经将红纸裁好,将墨汁倒进一只小碗或小碟子里,还将陈年的毛笔尖在温水里泡开。老姑爹爹摆开架势写时,父亲端详着看,还间以牵一牵纸角,怕未干的墨汁会在纸上流,私自篡改了字形。写好了的一张,父亲双手捧着,轻放在地上,几乎要行跪拜礼的样子。那个时候的父亲,多半在一个下着雨或者落着雪的午后,忽然间仿佛是书房里的童子,谦逊地侍奉着老姑爹爹写字。他敬重老姑爹爹的字,他更敬重这一副副红灿灿的对联,大概他心里想要的如意与吉祥,都在这红纸黑字里寄托了吧。

写完对联,晚上照例是有一桌薄酒招待老姑爹爹的,而老姑爹爹的一桌酒话总逃不了前朝旧事,什么曹操在江北吃了败仗于是有了“无为”这个地名啦,什么朱元璋少年穷困给人放牛啦……父亲爱听,我也爱听。老姑爹爹的桌子前,酒杯深则故事长,酒杯浅则故事短,于是父亲频频起身给老姑爹爹斟。写对联的日子,之于父亲,近似节日,而这个节日,最后总要在老姑爹爹醉醺醺的故事中结束才算圆满。

最后是贴对联,放鞭炮,写了三百六十多天的长文,到了腊月三十才算是明明白白地点了题。三十这天,奶奶和妈妈,一个锅下一个锅上地忙,父亲上午擦洗门板上的旧对联与面糊,下午贴。双扇门贴好不容易,父亲叫我和弟弟站在他身后一丈开外的地方看,“齐不齐啊?啊……右边高了?”父亲一连串地问。到底不放心,又从锅边叫来油汪汪的母亲,要她也来目测。仿佛对联贴得不像样,一年的日子怕也要不像样,所以父亲极其慎重。

除了对联这重头戏,父亲的年,还会插入其他一些小情节。

裁对联剩下的红纸条,父亲一片也没扔,年夜饭前,全搬出来,门前的梨树,柿子树,桃树,门后的柳树,榆树,楮树,一一都拦腰斜贴一块红纸条,迎宾似的,远看,一片的喜气,父亲喜欢日子笼罩在这样一片茫茫的喜气里。有时,墙角堆放的农具,锄,锹,木锨……也会贴一块方方的红纸片。存米的坛,储稻子的仓,堆柴的披厦,也会在一方旧红纸片上再摁上一方新的。那些农具物件,仿佛一一被加盖红章,父亲眼里,它们伴同自己一起度过辛劳的日子,都是有功的,该要敬一敬。大年初一,牛屋里牵出的生产队的牛,两支黑镰刀似的牛角上,也各贴了一张小小的红纸片,那也是父亲贴的,弄得憨厚的老水牛像个蹩脚的媒婆,两弯羞涩的喜气。

三十的黄昏,父亲端一大盆温热的水,背大半筐上好的棉籽,去给生产队的牛置一桌除夕宴。回家后,再舀几大瓢汤,门前门后,开花结果的树和开花不结果的树,贫贱遭不屑的,尊贵受宠的,个个根边灌一点儿。他觉得，与我们贴近的这些植物们，也该过年喝一点儿汤，且是荤的汤。他与它们，饱暖两不弃。

伺候好了牲畜和草木，父亲终于点燃一挂长长的鞭炮，烟雾与磷硝香里响亮地关上门。菜已上桌，我们围着父亲，开始过一个人间的年。彼是，头顶上的灯泡，也被蒙了一层红纸，我们刚穿的新衣服，和桌上五颜六色的菜，还有暗的墙壁和地下，都罩在一片红得毛茸茸的光里……

多少年后，我坐在除夕的灯影里，回想少年时候跟随父亲过的那些年，蓦然懂得，父亲，作为一个中国老式农民，他对日子，是从骨子里怀着敬重之心的，以至与日子贴近的那些草木、农具、牲畜，也同样敬重。年是他表达敬重的一个神圣的仪式。这让我感动。

嫁　衣

小时候，喜欢看妈妈晒霉。芦荻编的席子当中，一件白底的平布上印着细竹叶图案的褂子，母亲总要拎出来，说上一阵。无非是那年，和父亲订婚，在荻港的街铺上……那年是哪一年呢，我未出生就应是很老很久的时光了，很老很久的衣服，再没见母亲穿上身，可也不见她扔，只留着，年年掏出来晒。这一点上，女人不似男人，男人面对很老很久再不肯抚摸的女人，大约早一纸休书干脆了事，女人婆婆妈妈却不舍得弃。也许，那件印了青葱竹叶的嫁衣，母亲是把它当青春一样来凭吊的吧，在外人不解的目光里，在自己的心里。

我房下大妈家的女儿多，她的六女儿比我大四岁，却和我要好。她告诉我，她大姐定婆家了，婆家给买的衣服叫什么“的丝”来着，大约和的确良的关系就像现在的 MP4 之于 MP3 吧。她说洗的时候放在搓板上滑得很，拿到水边棒槌也使不上劲儿，从水里拎上来都几乎不用拧。心里当时羡慕得很，只觉得那轻滑的“的丝”离自己还是很遥远的。

开了眼界是在表哥订婚时，经过媒人两头周旋，订下衣服是十二套半。现在猜，大约是冬四套，夏四套，春秋再四套，至于半套则是图个吉利说是有“伴”了。似乎奢侈得很，其实那刚吃饱了饭的穷年月，那些衣服是要婚前穿到婚后的，甚至孩子十岁了还在穿。记得当时随奶奶的一把蒲葵扇摇到了表哥家，未过门的新媳妇躲在房里被探到房门口的一个个脑袋瞧着。新衣服高高地叠放在大桌上，白底的“的丝”上印着粉红的花儿，一朵朵，不蔓不枝的样子，独生女似的，粉嫩而娇贵。大红的缎面的袄，整齐的一排盘扣显出慎重而矜持。还有嫩黄的草绿的毛线绳，不知道那姑娘的纤指到时会在几根棒针上飞绕出怎样的花儿叶儿……

如今，我那大妈家的大堂姐腰已经粗过大号水桶了，穿过十二套半的我的表嫂，已经成了地下的人，四十不到，直肠癌。不知那些嫁衣还在否。

我十几岁上初中时，常从村东一赵家姐姐门后过，她不读书，在家帮着做饭洗衣，自然，衣服穿得寒酸得很，几乎常年是一件洗得发白的红褂子在水边晃。某日吃饭时，听大人们说她和村西头一位小伙子定亲了。然后就常常是夏日的黄昏后，赵家姐姐穿一件及至膝下的白色连衣裙，像一朵带露的白梨花，纯洁而羞怯，低头从我家门后过，往村西去。我那时也刚学了“月上柳梢头，人约黄昏后”的句子，以为穿一身素洁的衣裙，去会情郎，真是一件美好的事。于是隐约地，似乎也惆怅得很：是继续勤奋读书做个丑小鸭，还是早早嫁人，穿漂亮衣服呢？这有点类似于今天的女孩子们的犹豫：是自己出去打拼，还是找个男人养自己。好在这样的惆怅并未持续多久，静心一想，我还是更喜欢读书的。何况我慢慢知道，那些漂亮的嫁衣是可以看，可以叹，却穿不得的。穿了，姑娘变成媳妇，变成俗不可耐的老妇人。像半夜灯下的书生，听见窗外美女的召唤，是断不能随她而去的，否则，会形容枯槁丢了魂魄。

九十年代的小镇,每天中午的广播总是深情款款:穿亚细亚服装,走遍天下都大方。听得耳朵上的茧有八丈厚,于是选结婚礼服自然是要拜访县城那家叫作“亚细亚”的服装商场。终归年纪轻,胆子小,竟不敢张扬一回选件红色的,只选了套骆驼黄的套装。现在想,我那时的结婚行头和我妈妈相比,只差手里捧一本《毛主席语录》,头上梳两根羊角辫了。当时想,一张“骆驼皮”,显得老成低调。重要的是,结婚后还可以穿,生孩子后还……天。便是十年后的现在穿,我还嫌它老气了呢。如今那一张“骆驼皮”在家里也还留下了,作纪念,只是我从不晒它,只这个墙角扔到那个墙角。我忽然觉得,我的嫁衣里的青春被我自恃聪明地糟蹋了,它那样无声低调,不曾大红大紫。

嫁衣,该是一个女人青春里的盛世。七十年代,八十年代,九十年代,如今,那些嫁衣都旧了,那些穿嫁衣的人呢——灵秀的和粗陋的?青春是如此苦短,仿佛是穿脱了一件嫁衣那么长的时间,让人难免生恨。也许我该学学我的妈妈,在阳光下从容地翻晒日子,在不穿嫁衣的庸常岁月里,也不歇着。

那个男人

童年时，母亲的怀抱是属于弟弟的，我是窝在那个男人的体侧，靠着他的体温混过了一个个严冬。他手掌粗糙，掖被子的动作不及母亲温柔，但手臂从脸上擦过还是让我感受到了温暖在我脸上作了停留，并停留一生，成为我生命的底温。

七八岁时，他在外面，总是在过年前带回一些花花绿绿的票子，那时我贴在墙边看着他羞怯地笑，我和他之间似乎是有着距离的，只容相对，不容靠近。在近一年看不见他的身影的岁月里，我竟从来不敢说出一声对他的想念，我认为那是自作多情，他在外面不会想我的。我那么渺小笨拙，就连想念也需要资本，我这么想。

十五岁时，我偎在灯下捧读红楼。他走过来，怔怔地看我一下，然后走开。我收起红楼，摊开作业。我和他之间的交流已省略到只剩一个表情和动作，却又如此默契。但与生俱来的孤僻和倔强不仅让我背着他偷读了红楼等闲书，还误了许多读书的好时光。

有关我早恋的传言经过九九八十一道弯传至家里，母亲义愤填膺，那个男人在家里来回踱步，呛人的烟一根接着一根，半日无语。池塘中心那根孤独而瘦弱的风中芦苇，我不知道是他还是我的化身，也许他和我一样都感到了寒冷。

我订婚他不在场，结婚也没遂他愿，我一意孤行地往前走，只把他当成我生命里一个蹩脚的配角。成年后方知他其实是一个把我紧紧拉着不忍放手的人，一放手，女儿便在风里，风里，那是一个未卜的前程。不知道当年他的心可曾天崩地陷，痛痛地撕裂过？

我结婚后，逢年过节携全家回去吃饭，饭毕，母女谈心，他满脸堆笑，成了默默收碗的人。临走，母亲送至门口叮咛，他只跟在母亲身后，憨憨地笑着送我出门。

我的孩子出生，并一天天长大。他把他抱在怀里，很别扭的姿势，像一个笨拙的孩子抓不住池塘里一条蹦跳的鱼。我想流泪，我终生不曾在他的怀里撒过一次娇，他哪里会带一个孩子！但是，还好，我的孩子替我夺回了我渴慕一生的怀抱。

老了，他离开了田地，也离开了手艺，做了他儿子店里的伙计。一张面孔去面对百样人群，受气是难免的，更尴尬的是他常常自觉不自觉地混淆了伙计和店主的身份。我劝他：乡镇干部像你这年龄都退二线了，你也退退吧！可是我竟想不到他还能退哪里去呢？两鬓染霜，他已从青春健壮的舞台上退下；儿女出巢，他已从一个欢乐的大家庭的家主位子上退下。我们总是无心又残忍地逼他承认他老了，只合守一座老房子和一堆老戏。

看着他落寞而去的背影，忽然泪流满面：其实这些年，是自己欠他的太多太多。没有一种心酸能逃得掉，没有一种愧疚能绕得过去！总有一个夜晚，已逝的岁月卷土重来，在心上厚厚的覆盖，让你忍不住摸着胸口喊痛！总有一个夜晚你看清了自己的浅薄，任性，甚至残忍！红尘里的聚散早有定数，三十年父女，还能余下多少时日容我漠视，供我挥霍？

我懂事了，也懂得把多年的感受凝诸笔端，潜意识里似乎是想弥补年少时的忤逆，开门立户了却还想还他一个优秀的女儿。拙文获奖，我背着包从他眼里经过，只笑笑说出门，不忍心把这个喜讯在他的耳边轰然炸开。他终于知道他女儿偶有文字见报，有一天问我：农技员说在报上发文章很容易，是不是？我说：是不难，但也不容易！他笑了，胸脯挺了挺。

这几年，他常念叨着去祖籍地抄份家谱回来，并计划着续谱的事，他大概想把女儿写文字的事也写进他的历史里。但我悲哀地知道，在家谱文化里，嫁出去的女儿从此就成了某某氏，我纵是写再多的文字，也无法在新续的家谱上为他争得一个尊贵的称号和显赫的位置！我想，后世子孙看到的家谱，关于他，也许还是只有单薄苍白的一句。我和他，在家谱里，大约也只有前二十年简单地连在一起！

年 羞

那么多年，过年，整个人笼在内内外外一片羞红里。

真不明白，为什么一过年我就觉得害羞，那时候，小女孩时候。

父亲站在庭前张开架势放爆竹，母亲一盘盘菜往桌子上端，我呢，我只觉得有深深的羞意要揣起来，要藏好。

到底羞什么呀？

觉得我们不曾这样珍重过日子呀！忽然热闹起来，忽然奢侈起来，就有一种忽然被人抬举高看的不安和羞赧。

到处一片红晕晕的，红春联，门楣下也贴好多条红纸条，长长的，人从门里出来，头发上披披撒撒一摊红，不论男女，都像才掀帘下轿的新娘子。树上也贴红纸条，生产队废弃的老屋也贴红对联。连河边喝水的老水牛，牛角上也被父亲贴了两片红，胭脂般。

整个村庄，红得像洞房，人人都是新人。

天天放爆竹，到处放爆竹，大人小孩都在放，好像有做不完的喜事。大年初一早上，父亲起床后在外面放开门炮，我捂着耳朵在床上，恍惚觉得自己参与了说谎，心上一片羞惭。好想对世界说：对不起呀，我们家没做喜事呀,就是大家都放所以也放。

那些放炮的小孩,他们怎么就能唰地高兴起来呢？怎么那么快就抬升了情绪呢？我怎么就这样慢？我的情绪还停留在庸常日子的平静和素色里,无惊无澜。

就一家人,也没来贵重的客,可是偏要在桌子上摆了那么多菜。杀了公鸡红烧,还要宰掉那只中老年的肥胖母鸡。平时过节可不这样,平时,即使来了妈妈娘家最尊贵的客人,妈妈也不会这样慷慨到杀了猪还杀鸡,杀鸡还杀好几只。

还把家里弄得那样干净,腊月初就掸起,掸灰,擦陈垢,地下我们小孩子扫了又扫,扫得人不嫌烦地都嫌烦。又没人来查卫生,又不在大广播上播报卫生得分,可大人小孩子都自觉慎重对待洒扫擦洗,好像在等一个神圣人物降临吾家。到了三十晚上,什么人都没来,才发觉是整洁给自己看:我太不好意思了,这样隆重以礼对待自己。

还要穿新衣裳。我穿新衣裳给谁看呢？我穿得再好看,还是在家里,还没出村子,村子所有的人都知道我是“阿晴”。不来人,也穿新衣,自觉明显是打扮过头,心上又起了一层湿漉漉的羞意。

邻里之间,还塞糖,还请吃饭。大人不打骂我们小孩子,还给压岁钱,压岁是什么也不懂,我只当是零花钱,可以去河对岸的小店里挥霍。挥霍了,堂堂回家,大人还不问。

就这样,忽然,所有的人都尊贵起来。我也尊贵起来。我为这突降的尊贵而感到不适和害羞。

最让我害羞的是,我又长一岁了!

从我懂事起,我就没欢迎过陡然长出来的一岁。过端午,还是十岁,过中秋,也还是十岁,期中考试的时候也没听说要长岁数,怎么到了除夕，我就成了十一岁？除夕这一天，是怎样一个充满魔法的日子呢？

最主要啊，是所有人都知道我长了一岁。我说话尖酸的大妈知道，笑呵呵看我上学希望我长大后做她孙媳妇的那个老婆婆知道，张家的姐姐李家的哥哥也知道。全村子人都知道我长一岁了，我瞒不过去啊。

长一岁意味什么我已经知道。他们说我会长成大姑娘，大姑娘啊！

会胸脯鼓起来，衣服也掩藏不住，还要肿着胸脯出门干活，路过人家门前。堂姐说，还会被嫁掉！啊，被嫁掉！就像贩小孩的人贩子背一个大口袋蹿上了冒黑烟的拖拉机彻底跑掉，我会被我的父母咣的一声嫁掉，收不回来。那一天，会放很多爆竹，会来很多人，是怕我跑掉吗？我也会被装进大口袋里吗？嘘——听说，嫁掉后，还会生小孩哎；啊啊，如何是好……

啊，长大真是一件最令人害羞的事。所以，当我听着满村子的爆竹声响起时，我真想逃跑，跑到堆柴火的无人旷野，我不过年，我不长大，我不要被咣的一声嫁掉。我要做我，现在的我，永远的我……

显然是无处可逃，只有老实过年，接受被长大的命运，慢慢老皮老脸，不再害羞。

俏　妈

我们这个家族的女人，不知道出生时撞上了哪一个巫婆的咒语，长相上，一代不如一代。

我外婆还很不错，年轻时被村人封为“水白菜”，自是水灵白嫩。到我妈，则次之，到我，更是让人泄气。对于这样的命运，在我妈那儿，是有不甘；在我，则是死死地认了命。

一个人有一个人的时代。外婆的青春是在战火纷飞年代度过，因为贫困和频繁地躲避战乱而过于暗淡和沉寂。如此，同样的青春，在外婆身上，它像一把有点潮湿的玉米在铁锅里，勉强炒着，到了我妈，已经是炸出了的爆米花。我妈活得出彩。

虽然我妈皮肤没有外婆的好，但她会打扮，兼以身材与五官都好，所以，也有美人之誉了。至少，在她自己心里，她是从来没有否定过自己的容貌的。她有一桩关于衣服的旧事，那一年冬天，她十七岁，想得一件新衣，外公说，要新衣服可以，屋后菜园里有大白菜，你自己砍一担去卖，卖的钱归你。我妈当真砍了一担，踏着半尺多厚的雪，一个人挑到江边渡口，过了江，去荻港卖，换得一件褂子，白底的平布上印着一枝一枝的绿竹叶。那是她青春里的一次壮举,她很自豪,她的每一个朋友几乎都知道。

她年轻时,别人搽蛤蜊油,她搽雪花膏。我以为,她雪花膏会搽一辈子的,没想到,我大了时,她羡慕我的那些化妆品,经常把我的要来搽。我们母女之间,似乎从这时起,有了一点微妙的戏。她有一段时间在无锡,帮我舅舅做事,让我给她买几件衣服带过去。我就挑了几件宽松的衣服,托人带去。回来后,她埋怨我不会买衣服,我买的那几件,她送人了,嫌老气。其时,她身上穿一件连衣裙,湖水蓝的底子上,泛着白色的豌豆点,还有两根细细的带子在腰后系了一个蝴蝶结。那时,我已结婚。我的同事说,你妈好年轻,穿那么飘逸的裙子,和你一道,真像姐妹!这话应该说给我妈听,我不太爱听,我似乎是怀了一点嫉妒吧。只有天下的妈妈想和女儿做姐妹,哪有女儿肯与妈妈在外貌上,被人看成姐妹?

我妈手巧,在我家从前住的那一条河堤上,她简直就是开在五月的石榴花。包粽子,别的女人都是包又粗又矮的江北粽子,锅里一煮,角上挤出白米粒来,总像个拾掇得不够清爽的邋遢女人。我妈包江南粽子,又细又尖,右手的小手指翘起来,绣花一样。煮过,还是绿莹莹的,一个个包得紧实。男人们夸我妈的粽子包得好,女人们端了糯米夹了粽叶来跟我妈学,但学不会,包出来的粽子总是蹩脚。

我妈是个不甘于过平淡生活的人,她朋友多。每到一个地方,都能很快和人家混熟,谁都知道,我阿姨多,都是她的结拜姐妹,常来我家,和我妈聊到三更半夜。她还和她的姐妹们喝酒,可能是她脸上有两个不深不浅的酒窝,她能喝一点儿。也因为这一点,我妈在我们那河堤上,要常被古板的老婆婆们视为异类了。她没顾虑过这些。她的半辈子，似乎就是来颠覆我外婆那样暗淡平静生活的。

她这样出彩，而我，似乎是她的一处败笔了。有一天，她很甜蜜地跟我说：“有人夸我女儿漂亮，还说气质好……”我忽然一阵心酸，长了三十多年，她终于从别人的口里，对我的长相有了一点认同。一直以来，关于长相，我觉得自己很是对不起她，我的额头，眼睛，鼻子，嘴巴，牙齿，以及脸型，都不及她的好，在她那里不曾通过。女不如娘，这也是无法可想的事，她大约也是失望得很，所以，如今忽然听到一声关于女儿长相的夸赞，自是欣喜异常。可能，女儿的俏，也就是娘的俏吧。

黄昏，我回娘家，她在门口逗孙子玩，旋起了呼啦圈。我很惊讶，旋得比我好，心底冒一句：瞧这老妖精！

秋　事

人在墙里，树在窗外。午后，风过，听见落叶的声音。刘海往耳后掖一掖，抬眼看，有那么三五片从枝丫间滑下来，像无主的船儿荡在风里。这情景，恰似已不年轻的妈妈在黄梅天后，靠在阳台边晒那花色已淡的旧嫁衣，当空里一抖，多少陈年的事。秋近了，妈妈也老了。

节气已经过了立秋，天真是凉了。

早早晚晚，一方薄竹席上已经躺不得。心想：这个夏天，就与它是最亲的了。手指在那一根根的黄绿竹蔑上摩挲——这竹席，今年它在我的身下，去年它在一个老匠人的手里，前年它该在山上的清风明月里，再往前，它在温润的泥土里，在前世的梦里。可是此刻，它就在我的手里，我将它卷起来，这个夏天，它也到头了。褪了些青绿的色，添了些脂粉浊汗的味。两张椅子架起来垫垫脚，抱着已经卷好叠好的竹席，将它高高搁在橱顶上，直到明年夏天。陪着一块高高搁起的还有那把椭圆的小宫扇，上面印着红楼里湘云醉卧石凳的图画，只是此去，覆在这扇里美人身上的，不是芍药花，而是岁月尘。

阳台上晒着莲蓬，也要收起来了，只是莲子早被掏空了吃掉。晒干了的空莲蓬，黑色，隐约的莲香，像人去楼空的旧宅。这样拿在手里端详，好似旧宅的门前踟躇，忍不住要忆一忆佳人当年的风采——夏日的街头，清瘦的小姑娘挎着的竹篮里，红花布掀开一角，水灵灵的满眼莲蓬，惊艳。买回来的莲蓬，掏完了莲子，不舍得扔，晒干了，留作冬日里煮五香蛋。做了主妇的人，记挂心上的无非是衣食冷暖的尘事。想那冬日锅底里翻滚的碎莲蓬若还记得旧物旧事，它对那静候在淤泥里的莲藕要说的一句话大约也是：你啊，莫要再惦记我了，从此我在红尘里，在烟火的最深处。

岁月寒暑里奔忙的还有廊上的燕子。一春一夏，风风雨雨，老燕子的叫声渐见苍老，小燕子的叫声渐显清亮。我抱一壶茶靠在这夕阳下的阳台边，无声地看它们忙着举家南迁。明春回来，不知道还是不是完整的一家，那位燕子妈妈春来一趟，秋去一趟，千万里的路，明年它还能不能动身呢？三十年后，我的廊下还有燕子呢喃来去，我还在不在了呢？或者，我的红裙、我的黑发还在不在？

梦里回了趟娘家那边的旧宅，似还是少年的时光。两水夹堤，堤畔爬满了青苔的老屋，屋前一棵老梧桐。一阵凉风过，一阵落叶飘舞，好似千万封冰冷的休书。十几岁的人儿，一手捧着本宋词，一手拾一片梧桐叶，再捉一只倒霉的蚂蚁，在微风的水面上，让蚂蚁坐着梧桐叶渡水远去。此刻，时光像一片寒凉的秋水，我的文字是一只寂寞的蚂蚁。

雨是后半夜下的吧。秋雨不似夏雨，没有雷声作伴，下得分外寂寥。嘤嘤的声音，像中年女人依在幽暗的巷角，于无人处独自泪下，独自优雅地拭，唯恐惊了他人。江北的庭院不似江南，很少植芭蕉，透过半开的窗子，看不见过了雨的新绿。只见暗黄的一片片椭圆的叶子在雨里，湿得透了，像宣纸浸了墨，几分苍凉，几分诗意。人倦窝在床上，窗外一阵一阵的凉气进来，于是把白底紫花的薄被裹了又裹。就这样听雨吧，一个人，在这个秋日的清晨。

雨停的时候大约是十点，这个时候起床也尴尬得很，赶早餐是迟了，赶中餐是早了。梳妆台边坐下来，乌木的梳子梳下去，头发落了几根，转身撂一句叹息，怕究缘由。人又靠会儿阳台，廊上已经寂静得很，想那几只燕子的翅膀在天空里该已经远了。忽然就想起妈妈，这个时候，她该在哪一扇门后，借着雨后淡蓝的天光，与人打着纸牌吧。间或，还絮絮地插上几句关于她七十年代出生的女儿的旧事。此刻，我和她，都在这个秋天里，只是，她当我是她饱满的果实。

人在黄梅天

人在镜子前,闻到绿豆汤的香。也不全是绿豆,还掺了些百合,细碎的苦,隐约在齿舌之间,走走停停的样子。中医里,百合是治咳的一味妙药,也可久久地食用。身有一小疾,时聚时散地纠缠了多年,也不甚碍事,但也记得时时煮那白月牙样的一瓣瓣小百合。像弃了贫贱的旧相好,嫁进豪门的妇人,纵然一朝安逸,心里终是不安,年年月月还记得把那钱物迢迢地寄去,安抚着。

也只绕了个简单的莲蓬髻,放下梳子,不修眉,不上妆。

端起白碗,嘬着小口,吹开一片浪,汤匙来来去去地捞着,权当是仲夏采莲的船。一碗绿豆百合粥见底,天就热起来。玫瑰红的旗袍已经有点缠人,像热情的初恋男女,腻得叫人的心底生出几分厌来,只是尚还能受得住,那分恼人还未到唇边。

窗外才九点钟的香樟树上早挤满了单调的蝉鸣,铺路石子样的粗糙,祥林嫂似的一遍又一遍,没个了时,叫人厌烦。上午的天气和人较上了劲儿,却又不动声色,窗子开着关着都是闷。也知道不关窗子的事,这是黄梅天了。墙角潮潮的,擦不干,而阳光,明明在晒着窗台。这天气，像分头而睡的一对老夫妻，各自絮叨着，多年的不呼应。拨弄窗子的人也潮潮的，只觉得有千万只手臂勒抱着，挣脱不去，力气都用在了喘气上。想到浴缸里泡个凉水澡，打开衣橱，满眼的姹紫嫣红，可是两根手指捏不出一件来，新的嫌新，旧的嫌旧。

一块牛奶糖，在桌角，也软了，白白的一摊，没保住自己的矜持。像旋风中的女子，刚蹲下身捂住了裙摆，结果低胸的领子又泄了上面的春光。所以，这样的时候，是拒绝和朋友见面的。黄梅天，燥热像无处不在的泥，刷得人面目模糊。涂了粉底和胭脂，一张小脸梨花白桃花红地艳着，怕一路上，出了汗，像个风流总被雨打风吹去的末路英雄。然后踌躇着在门外，再也不敢推开门，抬头迎接围了一桌子的面孔。所以，我的淡漠，我的孤僻，愿它像画着残荷夕照的屏风，曲曲折折地立在阴暗的深宅里，遮住了后面一张俊俏含着烟愁的面孔，一根袅袅的辫梢，一双绣花的鞋子。

午后的时光是慵懒的。当有一炉香，一壶茶。竹摇椅的枕上，发有三五分的乱，乱发的底下是泛黄的纸，泛黄的纸上是平平仄仄的句子。眼闭着，梦做着，人是醒的。凉了的茶喝了一半，水没续上。

料定会有一场雨，果然。莲蓬髻歪在右耳边，不及梳。俯在窗台边，由着风从指间过。想着，天上也一定住着一对夫妻，打雷的是老公，下雨的是老婆。男人嘛，火气大；女人么，泪水多。雷声和雨声纠缠到黄昏，做丈夫的渐渐没了声音，只剩下连绵的雨在窗外，像掩了房门，俯在梳妆台上的嘤嘤啜泣，间以点点滴滴的数落。

午后三寸雨，浮生一日凉。难得。倚着窗儿，是拂面的晚风，像美人的裙裾在半空里翻飞，看得见的清凉。转身，谋划晚餐。

想起一个浅浅交往的女友，人长得漂亮，却受不得朝九晚五上班的辛苦，更不屑牛奶尿布拖把菜刀的琐碎，她的过日子，就是走马灯似的换男朋友。三十多岁了，还能花开几度草绿几茬儿呢？她离美丽也许很近，离生活，却很远。回头看自己在切得薄薄的白藕上撒糖，忽然想起，自己这一天的庸碌和琐碎，后面，还是甜的。

蝉声歇，蛙声起。总算是凉了，好入眠的。

后半夜的月，从西边的墙头上，斜斜地出得港来。像妙龄的寡妇那张清白瘦削的脸，从房舍到树林，到草地，到小河，一路寂寂地走着，目不斜视的样子，是圣洁又孤独的静。

前半夜雨，后半夜月。一日的浮躁，烦闷，纠缠，辛苦和琐碎，都化作了这一刻的澄明恬静。而我，在这样的夜，成了被内在的清明和外在的安静养着的女人。像青灰色的砖墙后面那个旧陶罐里，盈盈的一捧清水养着的盈盈的一弯皓月。

少年酒

许多年前，还在读书，坐在靠窗的桌子边。窗外有一棵梧桐，满满一怀抱那么粗。秋天里，坐在窗子边看窗外落叶簌簌而下，衬着远方空廓无依的天空，甚是萧然。那时候，课余喜读香港台湾的小说，读得心思苍茫，常常拿钢笔在木制的桌面写些伤感的词语或句子，以此对景遣怀。黑色的方块汉字，断断续续，逶迤在斑驳的没有上漆的木纹之间，极其清瘦，残垣断壁一般。

许多年后，我的他跟我说，其实那时候他去看过我写的那些字。在一天早晨，教室里还没有人的时候，他一行行读了。“哀大莫过于心死”，他说我写过这一句。我愕然。没有想过他会去看，而且，至今还记得。

也觉得突兀：我竟然，曾经，选择这样一个浓度稠厚质地坚硬的句子，来如此用力地表现一个少女的忧伤。只是忧伤啊，忧伤而已，心灵其实还是轻盈的、通透的。那样的句子，好比一壶浑浊辛辣的老酒，只适合暮年的末路英雄去喝，实在不适宜去浇灌江南雨巷里一个少年薄薄的忧伤。

少年时，我们表达自己的忧伤，太不懂得节制。

想起那时候班上还有一位女同学，喜欢上了某位男同学，跟他一道去街上的小馆子里喝酒。喝的是白酒。彼时是春天，雨过初晴，嫩黄的梧桐叶上有碎乱的阳光在轻捷地跳，她就在那样的阳光下从外面回来，踉跄着晃到教室走廊，然后靠在门边喊报告。已经是上课了，数学老师按着大三角板在黑板上画几何图形，大家不看，纷纷把目光扫到醉酒的她身上。她眼泡红肿，不知道是醉的，还是醉后哭过。白色的运动服上擦了泥印，沾了枯草屑，路上一定摔过。

我们看她，有人无语，有人惊讶，但其实内心深处都有一种惶惶不安。我们以为，她一定身处盛大无边的痛苦中，无涯无际，孤舟一样颠簸着不得靠岸。

后来知道，那位女同学毕业后交过许多个男朋友，分分合合，至今孑然一人，仓皇得很。我想，从前那位和她一起醉酒的男孩子，她大约早忘记，至于醉酒的事，也定然在后来无数场酒宴中混淆与消失。如果烈酒可以浇心中块垒，现在倒还是真可以给自己偶尔斟一杯小酌。相比之下，从前喝酒，多么不应该啊！那时时光像新发的梧桐叶一样稚嫩而美好，那个男孩子还和自己在一个学校，离得那么近，没有前尘旧账的累赘，还可以一起长大，一起约定共同的未来，哪里需要一杯杯白酒来撑大场面，作苦大仇深状？更何况，只是年少懵懂单薄的喜欢，哪里能懂所谓的爱情啊！

而我那时候所经历的，也不过是成长过程中必然会遇到的小小的伤心，像雪花一样小一样轻，太阳一出就会融化。何谈“哀”？更何谈“心死”？

为什么当年总喜欢用这样沉重的词语，这样沉重的方式，去标签我们的情怀呢？现在想想，到底是年少吧！明明是初试羽翼，却弄成了张牙舞爪。明明开口试唱，却兀自拔高了调儿，壮着胆在那里声嘶力竭，叫人看了笑话。因为年少，不知道好时光要算计着过，竟跑了题，去给自己兜观众去了，以证实自己的长大与成熟。

“如今识尽愁滋味，欲说还休，欲说还休，却道天凉好个秋。”现在我偶尔在博客里记流水，顺带着，隐隐幽幽发些怨妇声，但从不买酒寻醉寄托情怀，自以为已经足够节制我的情绪。可我几个朋友依然不买账：这么幸福的小女子，还怨哪，矫情吧？我知道自己，依然没有萧萧大风里慷慨悲歌的资格，我作怨声，在外人眼里，依然像当年在课桌上写悲伤词语一样幼稚可笑，像恋爱醉酒的女同学一样——把情绪玩过了。是啊，我如今所困惑的，不过是，看前路风烟迷茫。可是人生那一段，看前面，有足够的绚丽与真切呢？哪一天不愁苦不忧虑不是暂得欢喜呢？还需要这样摆开阵势来强醉悲歌吗？

且收一收姿态，收一收寻醉的心，少年时胸腔那么窄那么浅，实在装不下一壶酒所承载的衷肠。不如像埋下一坛女儿红一样，将欢喜与落寞悄悄寄存在岁月流逝里，到老，谁都是一壶或温厚或辛辣的老酒。

他们说，你已老去

她不是父母最疼爱的女儿。

她刚出世时，父亲只站在隔墙的走廊窗下，问一声男女，得知是女儿，没有进来看她，扛了锄头下田继续干活去了。母亲流了泪，用被角实实捂着她的脸，不想要她了，是接生的婶婶一句骂，救了她一条小命。这些都是她长大后听善良的婶婶说的。在她该入学的年龄，姐姐们正在攒着劲头儿读书，弟弟小，是父亲的心头肉，要人看护，于是她被留下了，角色像个苦命的丫鬟。她没上过正规的学校，只在弟弟大了已经上学后，晚上去过扫盲班，跟着秃头没娶上老婆的老民校教师学认了百十个汉字以及简单的数学加减乘除，没耽误白天该干的活儿。

是啊，她从父母那里得到的太少，太少。虽然，她是父母最小的女儿，但，前面有四个姐姐，后面有一个弟弟。她是一朵黄花开到枝梢头，最后出场，众人已经意兴阑珊，不肯再欢喜眷顾。

她是十八岁那年离家的，是逃离，被沉重的农活和凶悍的父亲逼得逃离。那年五月，她跟着父母顶着烈日在田头割小麦，弓腰埋头在麦丛里，汗水湿透了褂子，刚直起腰来想吹一点风来理理，被父亲一眼瞥见，粗暴地砸来一阵骂。父亲骂她懒，父亲的骂声连隔壁田里割小麦的邻居都能听见，她红着又热又臊的脸，低头割，累断了腰都不敢抬头。也是那年割小麦后，麦子一担担往家里挑，她月经来了，小半天人在田里，裤子又湿又黏，以至挑小麦的时候步子艰难。父亲看她远远跟在后面，放下担子站在高处破口骂起来，母亲没做声。父亲大约觉得骂得还不够，远远奔过来，凶神恶煞一般，一巴掌啪地甩在她脑门上，她在路人纷纷扫过来的奇怪目光下，低头流着泪继续挑起麦子往家赶。那一刻，她心里发了誓，无论如何都要离开家，死也要死在外面。她是跟着一个男孩子外出打工去了，背着大嗓门的父亲和也没多少温软好话的母亲偷偷走的。她后来嫁给了那个男孩子，她嫁得并不好，她像一个被众猎人围猎的兔子，若能寻到一个可以突围的口子，都是不惜一切不计后果去狂奔上路的。

她结了婚，生了孩子，成为贫穷的小母亲，但是不曾想过低头去见自己的父母。甚至艰难到生第二个孩子坐月子时买不起两斤红糖来吃，她也是硬撑着，不去已经殷实的父母那里讨得一些接济。她觉得自己终于强大到可以和父亲对峙，她再也不是从前那头干着苦活累活却默默不能语的老黄牛了。

她在外打工十几年，终于翻了身，买了房，还了债，住在离父母不上一百里的小县城里。苦尽甘来，自己已近中年，她还是没有回过一次娘家。她想，那样要面子的父亲一定恨透了她，五个女儿，前面四个都是三媒六证风光体面嫁出去的，只有她，是跟了一个穷小子私奔走的。她能想象，暴躁要强的父亲，面对她空空的房间，兼以听一些风言风语，当年该是怎样的尴尬和愤怒。她甚至想到当年她走后，那么多的农活，除了母亲，还有谁帮他分担，其实那年父亲已经有五十多岁了呀。

现在父亲已经有六十多岁了,父亲比她大三十三岁,她掐指算过。想起父亲六十岁生日时,她在自己小家的厨房洗碗,面对一池子的白沫沫,心里想到父亲,咯噔了一下。人就是这样不争气,时间一长,从前受的苦遭的骂都一点点淡去忘去,所想起来的就是,自己是他的女儿!

如果不是父亲得了胃癌,她不知道自己会不会推迟回去看父亲,或者依然在惭愧中惦记父亲,而执手相见却遥遥无期。那一次家里要请客吃饭,她去县城的中心大菜市去买菜,那里品种多,菜又新鲜,虽然稍贵。卖芹菜的阿姨是娘家那个镇子上的,看见她,将手一把扣在她肩上,问她回过娘家没有。她摇头笑笑,心里想,自己当年干出的事,至今还被人记得,还知道她因此多年不回娘家。卖芹菜的阿姨说:回去看看吧,你父亲,他已经老了,身体也不是很好……

她远远看见自己家的青砖瓦房,阳光明晃晃照在屋顶的瓦上,场地上的柿子树已经挂起了一盏盏红灯笼,还跟从前差不多。她觉得她的心就快要炸裂飞出来了,像五月里田头的豌豆,成熟的豆荚在太阳的暴晒下,响亮裂开,里面的豆子嘭地炸出来。她的心比她的脚步跑得要快,提前回到挂满灯笼的柿子树下。

父亲躺在堂屋的竹躺椅上,是秋天,躺椅上铺了被子,被子上的牡丹孔雀图案一看就知是自己当年盖过的。她站在门口站了好一会儿,说不出话,只觉得有太多的话语交通堵塞一样堵在喉咙口。父亲大约从地上的影子感觉出门口来了人,抬起眼来,怔住了,她低下头,泪水砸在脚尖上。“小丫头——小丫头回来了!”父亲扭头朝里喊,像个激动的孩子,母亲从厨房出来,手上的菜刀似乎已经来不及放下,也都跟着提出来了,还沾着菜屑在上面。她低着头走到父亲的躺椅边,泪水依然在掉,母亲端着一把小椅子过来。

“爸爸——”她哽咽着叫道。父亲伸过手来，拉她坐下来，笑着用躺椅边的干毛巾替她擦泪，她泪水反而出来得更快了。她终于抬起脸看父亲，从前高粱一样红而黝黑的脸，现在秋雾一样的浮着层灰白色。头发比从前的短，也比从前稀，也是灰白的。父亲微笑着的脸扯起一道道褶来，像她当年跟在父亲后面用锄头拉出的山芋垄，一道道山芋垄，一点不齐整。父亲被他看得似乎不好意思，像个羞涩顽皮的孩子，再次笑起来。“怎么回来了？”父亲似乎忽然想起来，问道。“没遇到什么事吧？”父亲面对她突然回来，似乎不放心，又补一句。她抓过父亲的手，贴在脸上，哽咽着说：“他们说，他们说，你已经老了……没想到，你头发真的白了这么多！”说到后面，她抽泣起来，觉得有无限委屈。不是为自己受过的苦而委屈，而是，岁月与生活让她的父亲这样苍老令她感到委屈，她觉得她和父亲一起被岁月欺负了。父亲伸过另一只手来，在她头上轻轻拍了拍，安慰她。父亲是老了！换作从前，这么迟回家，早该是巴掌上头的，但是现在，父亲似乎没有力气再来打人，他只这样与她用缓慢的语调轻轻说着话，轻轻拍着她的头发，哄小孩子入睡一样。

后来，母亲悄悄把她拉进厨房，母亲贴在她耳边悄悄告诉她，父亲得了胃癌，准备过几天就去住院做手术。她借着帮母亲烧柴煮饭的理由，坐在灶间，让灶膛里的火将脸上的泪水一层层烘干，然后出来陪父亲吃饭。父亲给她夹菜，几十年，这是第一次给她夹菜。父亲夹菜的手似乎有一点点颤抖，是的，父亲老了，病着。无限惭愧涌上心头。无数次，她在心里设想，再回来，父亲一定像只咆哮的狮子，巴掌一阵阵上头，外加扫帚跟后面打来，将她彻底扫地出门。现在不是。父亲像个谦恭的臣子，不，更像个失败者，她和父亲之间这场旷日持久的战争，她最后胜利了，她得到父亲的诚挚的欢迎，而父亲，则又老又病。

父亲在衰老和疾病面前，终于缴械投降，成为失败者，成为她慈善的父亲。可是，她没有一点作为胜利者的得意与窃喜，有的，只是作为女儿的悲伤与惭愧。

在手术前的那个晚上，所有儿女围在父亲床前。父亲再次将她拉在身边坐下，父亲的眼里含了泪，他说：所有的儿女中，父亲最对不起你了，你读书最少，干的活最多，也被我打得最多，而我连一副嫁妆也没有给你……我在心里跟自己犟了十几年，没有放出口风让你回家，害得你一直不敢回来。她又泪水掉下来，父亲不提她是个叛徒，不提她当年跟人私奔让他丢尽颜面，父亲已经原谅她了。父亲看看围在床边的姐姐们和弟弟，说：你们不管是比小丫头小的，还是比小丫头大的，不管我在不在，从今往后，你们都要照顾她！显然，父亲是在交代后事，他怕自己闯不过手术这一关，她是父亲最后放不下的一个孩子。

好在上天眷顾慈善之人，父亲手术后，还活了六七年，她一直陪伴左右。她真正成了父亲真正意义上的小女儿，眼里心里都疼着的小女儿。

桃花误

春天，总要和桃花见面的。

“去年今日此门中，人面桃花相映红。人面不知何处去，桃花依旧笑春风。”第一回读到关于桃花的诗句，却是在一本翻得半烂的课外书上。书里，两个地下党人接头暗号竟是这四句诗。从此，文字里的桃花在我心里便是罩上了一层神秘的雾霭，远远近近，兜兜转转。

后来，终于在初中语文课本后面端端正正读到这四句诗，是崔护的《题都城南庄》，情怀怅惘的一首诗。说这崔才子去京城长安应试未中，郁郁寡欢，某日喝了一点小酒，然后折去城南郊外散心。却看见了一户好人家，门前花木丛萃，只是寂若无人。崔才子于是叩门问茶，一个桃花一样艳丽的姑娘递过一杯茶来，然后伫立在一树盛开的桃花枝下，看他喝茶。翌年春天，崔才子再去寻访，却是门户紧闭，再不见伊人。同样的春天，同样的城南桃花人家门前，佳人杳然，只剩下一树桃花在风日里满满当当盛开，不知道它记得不记得去年发生的那美丽一遇。崔才子情怀怅然，郁郁难遣，于是在人家门上题下了这么四句，留下一个流传千年的美丽的遗憾。重访伊人却不遇人面，再浩繁美丽的春天，对于崔护,都黯然失色了吧?是春天误了他?是桃花误了他?

许多年前,我还在学校里不紧不慢地读书,城西的石涧有一大片桃林。春天来时,同学相邀着,坐三块钱的三轮车,去石涧看桃花。回来,一个个像辛劳的小蜜蜂采蜜回家,包里塞满人面桃花相映红的照片,说是留着将来老了时再拿出来看。我没去,我坐在上铺,搭着两条腿,很是不屑。老,还远着呢!人生需要这样遥远地、细针密线地铺垫设计吗?

那些个同学看桃花的春天里,我在忙着恋爱,我像个娴熟的裁缝,把学习之余所有时间的边角料都缝缀起来,绣了花,给他。春风透过木格的玻璃窗子,在我湖水蓝的帐子上掀起涟漪,同学在帐子下面又交流着花开的消息,我默然。我心里计划着,将来,我要和我的爱人一起,隆重地去看桃花。那时,我们抬头,看见那桃花开过了枝头,开到云边去了吧?或者在上山的路上,溪水蜿蜒,瘦瘦长长,上面漂着三两瓣桃花,如同一个个盖上去的红邮戳,悄悄为我们指引桃林的方向。

然而,我终究还是误了那一片桃花。

有一次,去巢湖,路过石涧,看见人家门前的一树胭脂红,在细雨里开开落落,忽然想起:石涧深山里的那一片桃花,我至今还没看呢!是啊,毕业已经十好几年,这么多年,我每去巢湖都要路过石涧,却匆忙得从来没起过半途下车的心思,为的是要看一看早年就在筹划中的桃花。桃花在,我也在,只是机缘似乎总是不在,人生的遗憾便是这样生成了吧?我不知道,自己到底会在哪一个春天的假日,能够从俗务里抽身出来,来到一片桃花如海面前,鼻子上沾着三两滴春雨,凑过去,凑近花枝,像蝴蝶穿过花丛一样优雅和随意。将来的某个春日,也许,桃树已经枯死,新一拨的桃树已经长成,细细弱弱的枝上桃花开如振翅的彩蝶,看花人中,我是蹒跚的老人。那将多么叫人感慨!人生似乎总是有遗憾的,不在此处,便落彼处。

前段日子,一个人在家里看电影《爱有来生》,看得泪流满面。男主角阿明爱着女主角阿九,可是却在一场家族间的仇杀中双双死去,他们死前约定了下辈子再聚,可是下辈子阿明等来的阿九却已经是一个幸福的妇人,她已不认得这个上辈子的爱人——一身僧衣的阿明。本来,我以为,这又是一出充满遗憾的爱情故事,可是影片结尾阿明的一段话却让我顿悟。阿明说:我想给她的一切,她都已经有了,其实我想要的,不就是给她幸福吗?如此一说,这依然是一个圆满的故事。是的,只要她好,就是圆满。何必在意,她的幸福一定是自己手栽?她的笑颜一定开在自己的庭院?

回头再看崔护的遗憾,怅惘便如山中烟岚在朝日里层层散去。在那个唐朝的春天里,那个人面桃花的姑娘,那一日,她不在柴门后面,不在桃花树下,我们多情的崔才子错过了与她的重逢。可是谁会想到,那日的她,兴许正走在花木扶疏的回家路上,提一篮芍药一筐兰草,一路的春光身前身后,恰到好处地衬着她的绿裙红袄。或者她已经嫁人,在另外一棵桃树下,在另外一个年轻淳朴的小伙子的眼里,笑颜如花。

春天再来的时候,我坐在窗子底下,遥想着石涧深山里的桃花。此刻,拂过我的春风,转身远去了,还会抚摸那片深山桃枝上的花蕾,一朵,两朵……开成浩瀚的海,被一些欢喜的人群赏着叹着。而我,也会在一个又一个的春天里,在一些乡村人家的门前,很自然很随意地和另外的一棵两棵的桃花撞见,也一样欢喜。

桃花在开就好。

桃花在开就好。是的,人生中的许多事情,在这面看去,是错过,是遗憾,但是另一面,它圆满着。

童年小镇

一直以为，一个人的童年，应当是在一个小镇度过的。很完整地度过。

欧洲小镇的那种情调是非常入油画的。一大片碧绿碧绿的草坪上，有三两只白色的鸟在停歇，花木扶疏的篱笆旁立着一座小巧的尖顶教堂，远处有层叠的暖色房舍，穿长裙子的小镇姑娘提着花篮走来……欧洲的小镇是斑斓的，可是也有静气，像秋天，像矜持的贵妇。从小镇走出来的人，想必定有一个绚丽丰沛的内心。那样的小镇里，非常适合诞生画家、音乐家，还有作家。他们出来的作品纯粹而干净，像小镇的风，自由开阔。

美国作家福克纳喜欢写小镇，他的长篇和短篇里所写的故事好多都是发生在小镇。在《喧哗与骚动》之后，他更是把一部长篇直接命名为《小镇》。真是小镇故事多。

小镇耐写。它像胞衣包裹婴儿一样，包裹着各种各样的人生。而这些故事，在小镇，会像慢镜头回放一样，别有一种悠远难言的情味。让人神往，咀嚼，哀叹。

罗大佑有首歌，叫《鹿港小镇》，我听他唱，仿佛在诉说一个家族的悠悠从前，无限的怀旧，怀旧中又不时爆出对现实的无奈：

假如你先生来自鹿港小镇
请问你是否看见我的爹娘
我家就住在妈祖庙的后面
卖着香火的那家小杂货店
假如你先生来自鹿港小镇
请问你是否看见我的爱人
想当年我离家时她已十八
有一颗善良的心和一卷长发
…………

父母和爱人都在从前的小镇，父母都老了吧，她是否还在等待呢？小镇让人唏嘘。可是还是要感叹，有一个小镇可以去怀念，真好！

在霓虹闪烁的不夜城，在高楼森然的大都市，来来去去的行人里，会有那么一些人，来自胞衣一样宁静又从容的小镇。午夜梦回，会忽然想起自己长大的小镇，然后一个激灵，无限乡思柔情如同庄稼在露水里起了身。想起小镇的那一刻，内心温柔，时间清芬。

喜欢读朱天文的小说。尤其是她早期的小说，小镇风情笼罩，读起来摇曳缤纷。《风柜来的人》写的故事发生在澎湖列岛上的一个小渔村里，一群男孩子高中毕业，没有工作，等待征兵。他们整日无所事事，在这个风大阳光又好的岛上，赌博，打架，肆意野性地生长。我特别喜欢小说里的环境描写，很有张爱玲的味道。“此时风季已过，大太阳登场，经过一整个季节盐和风的吹洗，村子干净得发涩，石墙石阶在太阳下一律分了黑跟白，黑的是影子，白的是阳光，如此清楚、分明的午后，叫人昏眩。”这么一写，一个小镇的气息出来了，苍白，干涩，空茫，又无端令人烦躁着急，像一段野性疯长的青春。

最美是江南小镇，黑瓦白墙，两层的小阁楼，面山枕水的人家，楼下市井繁华生动。一个人，幼时在小镇长大，石板路上买小馄饨，桥头边听人说书看相。和姐妹们一起疯玩，春天放风筝，夏末秋初采莲蓬和菱角，冬天滑雪打冰凌。不知道小镇之外还有世界，不知道有一天会离开小镇。

然后长大了，读书或者从军，从此离开小镇。再然后，在暮年的时候，叶落归根，回到小镇来。看看从前喜欢的表妹，在故乡小镇，在江南，慢慢就老在了白菊篱下了。看她鬓边也已经探出一篱的银丝，如白菊盛开了。可是也不惊讶，只是欢喜，携了她的手去长堤上看看一池残荷的风韵。和老了的表妹去尝尝馄饨摊子上的小馄饨，味道还是从前的味道，只是主人已经由父亲换成了儿子，儿子也霜了鬓。小镇老了。小镇也会老去啊！

余光中在诗歌《春天，遂想起》里写：“春天，遂想起/遍地垂柳的江南，想起/太湖滨一渔港，想起/那么多的表妹，走在柳堤（我只能娶其中的一朵）/走过柳堤，那许多的表妹/就那么任伊老了/任伊老了，在江南”。

在江南小镇，即便老了，也老得像画，老得如诗。江南小镇里的惆怅，也薄如天边的云。

想起记忆里的小镇。青色的长条石铺成的路面，因为经年累月的行走，路面水溜光滑。三伏天的中午，小孩子睡不着午觉，在街上转，街道空旷而炫目，到处都是阳光。青石路面被晒得像锅底一样烙脚。两边的店面门板半开半掩，在暑热的空气里散发着老桐油的味道。如果横穿过一丈来宽的街道，再穿过一个小巷子，便是一座小石桥。桥下的河名叫天河，跟隔断牛郎织女的那条河是一样的名字。早晨，妇女们在桥下的石墩边洗衣服，机帆船嘟嘟地开过来，靠岸，掀起一波波的浪，打在女人白皙的脚踝上。桥边一棵大桑树，中午，不睡觉的孩子就爬上树摘桑葚来吃，吃过下河游泳。蝉在桑树顶上嘶鸣，小孩子在水里喧哗，算命的瞎子右手搭在引路人的肩膀上，边走边摇铃：八卦算命哦——八卦——他们走过小桥，慢腾腾往乡间去了。桑阴下也会有卖西瓜的人，但是买的人并不多，馋的人多。卖瓜人把草帽垫在脖子底下，躺在板车上打着瞌睡……

那是我自己的小镇，童年的小镇。多少年过去，每回忆，总觉得自己也是从《清明上河图》那样的画里走出来的，面对这个不断刷新令人晕眩的世界，不卑不怯，从容淡定。

他年，还要选一座小镇，寂静终老，做一朵老得很安详的表妹。

夏不像夏

一个人在客厅寂寂地吃西瓜时，忽然就感慨：夏不像夏！

现在的孩子，夏天只和冰激凌亲，青皮红瓤的西瓜跌了身份作村姑，他们看不上。我小时候，舅舅们都是十五六岁的年纪，傍晚四五点，太阳还挂在树头上，就开始谋划去田里摘瓜。等到晚上，瓜抱回来，十来个人，围在小桌子旁举刀切瓜，西瓜汁水沿着桌沿淌下来，眼睛恨不得跳过去，当空里接住……那瓜真甜啊！

现在，天天可以吃瓜，因此，吃瓜这事，怎么着也隆重不起来。客厅里，我听着自己一个人吃瓜的声音，像只老曲子，自己起头，自己收，中间没有咂巴声来和，只觉得自己在唱夏天的独角戏。

还有知了，夏天就是捉知了的季节，不捉知了，算什么过夏天呢？

我房子前有一排树，香樟，塔松，广玉兰……每天每天，知了在树丛里乱哄哄地叫，却从来没见有一个孩子举着长长的带兜的竹竿去捉它们。孩子们都哪里去了呀？他们大概还不知道，即使捉不到知了，还可以在草丛里，在树干上，找到知了的壳呢！我算是比较开明的妈妈了，没有送孩子去暑期补习班，但是，他早早晚晚守着的就是一台电视机。看《喜羊羊与灰太狼》，灰太狼的老婆天天逼灰太狼出门去抓小羊，灰太狼总是抓不到，因此总是挨锅砸……那很有趣吗？还有比自己亲手捉到一只知了来玩更有趣吗？我忽然想起，我的孩子，他从来就不知道知了什么样儿。我很同情他，他的童年也不过是淹没在一堆塑料玩具和一节又一节的动画片里。

想想知了们待在树上大概也无趣，没有孩子们追追打打，躲躲藏藏，生活了无激情，于是只好自个儿玩自个儿的，混时间。知了们在枝头上傻叫，孩子们在屋子里围着电视傻笑，各不相干。

下水游泳也不能够，我所熟知的那些清澈美丽的小河，皆因水质污染没人敢去游了。我小的时候，哪个黄昏不泡在水里！我奶奶骂我和堂姐是两只水鬼，咒我们怎么淹不死。我舅舅们更了不起，他们相约着游过长江去，江水比一般池塘里的水要冷，他们拍着胸口说不怕。蓝白条纹的海魂衫没有穿，湿湿的搭在肩膀上，吼着歌，耀武扬威，天黑前从江滩那边走回来。现在，困在酒杯大的浴缸里，丧失斗志，小手掌再怎么击水，都没有小鱼来咬脚指头……这样的夏天，过得没情没调。

记得那时，妈妈常常把凉床搬到塘埂上，为的就是享受一点熨帖着许家塘的水吹过来的凉风，现在，太阳刚掉下楼房顶，人就早早回家关上门，开空调……我曾经躺在凉床上，听母亲唱《东方红》；如今我在空调房里，很少唱歌给我的儿子听，他嫌我唱得没电视里的周杰伦好。看看桌子上躺着的一把精致的蒲草扇，想想它从来就未扑过萤火虫，简直是一个多情漂亮的女人，一辈子没经历过爱情，真是辜负了一把韶光。

一个人对一个季节的认识，总是深深地烙上自己成长的印记。比如我，我觉得夏天就是吃瓜捉知了的季节，还有傍晚下河游泳，寻凉风，到塘埂上扑萤火虫，装在小玻璃瓶子里……只是，这样的夏，已经成为断编残简。

相遇少年时

是梳着长长刘海的少年时候，听人提他，只当是天边的人，不问底细。某日好奇，路过，推一推他的木窗，瞅他。他穿白底子上印着淡蓝细纹的的确良短袖衫，伏在桌上，低头翻书。九月的石榴风从书页间穿过，戴着眼镜的那人，在窗里，在书里，像一只泊岸的船，与我是隔着海的。

到底照过面，一周总有三四次。听他说话，声音像午夜的电波。见众女孩绕他左右，红衣绿裙像妖娆的一群蜜蜂，目光架着目光，将他狠命地往高处抬。自己扭扭头，不与众人同路，只肯做人群里一个安静的听者。

是过了一个冬天，又过了一个春天，槐花就开了。黝黑嶙峋的枝干上，槐树的叶一寸寸地厚起来，像一片正涨潮的海。白的槐花起先是有点淡绿以至鹅黄的，含着苞，紧紧地收着。像小绿袄襟上的浅色盘扣，羞涩而矜持，锁着春色。锁不住的。暗合着天地的节拍，一朵朵在初夏的柔风里开了，像粉蝶，在枝头敛翅俏立。几回暖阳，开始像白帆，在绿的海上远航。

我在花下走，那是每天必经的路口。良辰，美景。他就那样地来了，在我身后。是放晚学，我嫌人多，吵。等着众人散尽，一个人迎着挂在树腰上的夕阳回家。听见铿锵的脚步声，一扭头，他已走进了我的影子里。金色的夕阳下，两个人的影子一前一后叠在一起，像一片洇开的墨。年少，未及言语，人已惊心动魄。多想快快变成一朵小槐花，捂着胸口，躲到树丛里去。待他走远了，再攀上枝头，远远地看他。

他走近了，近到似乎我抬一抬睫毛，都会撞上他的肩膀。于是心潮翻滚，像暗夜里一片倾斜的海。悄悄回头看他，也是一身的夕阳披下来，西装上的扣子反射着温暖的暮光，随着他轻捷的步子，烁烁地动着。那一刻，仿佛一个青春的宝匣徐徐打开，珠光一缕缕射出来，灼着人的眼。想要伸手，却诚惶诚恐，只有兀自心动着。他是认识我的，我知道。槐花下，他看着我淡淡地笑，我也笑笑，然后低头。这是我所没想到的。

他说：回家？

我说：是。你也回家？

…………

我说：这花开得太盛了！真舍不得它再开下去了！

他若有所思。还未说话，路就分出岔口了。他左拐，我右拐。

明天还能遇见吗？怕。可是，也盼。

雨后的晨，上学赶早，心里着急那一树的槐花。那时新读了红楼不久，里里外外，浸染的都是黛玉的忧伤。一夜的雨，残花拂了一地，又溅了几点泥，眼前一片伤心地。

人世间一定有奇巧难解的缘分，不然，那落英缤纷的时节，怎会重新与他相遇？

那样的清晨，过雨的落花将空气氤氲出一片芬芳的凉意，像是我手中正捧着的一首唐诗，正沉吟恍惚间，冷不丁，他从插图里走出来。过了小桥，穿了竹林，径直来了。似乎意外，却又觉得就是这样的下文，冥冥中，早就写好了的。

我说：花都落了一地了！

然后，难过得不能言语。那是多年前的一个少女的忧伤啊！隐隐知道，命运里有些是无可把握的，就像眼前的槐花。纵然纯洁，也终就难免凋零，终就要付了流水时光的。

他伸手接住一朵正在飘落的湿槐花，送到鼻子前，深情地嗅。轻轻问：你写诗？我可以看你的诗歌吗？

心惊。他是如何知道的呢？他看透了我？

原来，私下里，他是在别人面前悄悄打听着我的！在我扭头的孤清姿态面前，他的目光穿过众人，在我的背影上有过探询……

是的，我当然愿意，在纸上静静地流泻我的忧伤，而他，就是那唯一的一个读者。我的心底有那么一串串的谜，我只愿命运安排他来告诉我谜底。如果爱情还是一场苦劫，那么就由他给我的心划一道浅浅的口子，再由他给我缝上。痛也缘他，欢也缘他。

…………

相遇少年时，是绕过了岁月里的暗礁险滩、峰回路转，于无涯荒野把一个对的人早早从人海里捞起，认定。一个少女的忧伤，从此以分行文字的形式，被那个人温暖地接在手心里了。

如今，每逢五月，槐花似雪，我会拉上一个人，看花去。不只是因为我们曾经相遇花开时。还因为，他承载了，我一辈子的悲喜。

小 砚

构思一个小说：一户书香之家，四个女儿，最小的那一个，名叫小砚。又清凉又难忘的名字。

在纸上写下“小砚”两个字，恍惚中以为满世界有雪花在飘。三片两片，又三片地飘。苍黑的远树淡了，灰黄的远草白了。泠泠澹澹，安静凄清。

老祖宗传下的文房四宝，笔墨纸砚。如今，硬笔替换了羊毫狼毫那样的软笔，如蝇小字熙熙攘攘挤挤闹闹，也代替了古人的笔走龙蛇金戈铁马。墨呢，有墨水，有随用随丢的中性笔替芯，磨墨人不再。经过美白的纸，用时只觉光洁明亮，宣纸的暗黄或米白成了一场古旧遥远的相思。虽如此，这四宝里，笔墨纸三样转世之后依旧流连人间，只有砚，不常在了。仿佛一家子生养的四个女儿，眼见着前三个都吹吹打打给嫁掉了，只有小女儿至今待字闺中默然无语。是啊，家常的书桌上，遇砚一回，太难。砚是这样一个自有格调的小家碧玉，敛了袖子，低头退身于时光的重门之后，独自贞静寡欢。

依稀记得是去沙家浜，看芦苇，听京剧。看听之间，出来转，走进河汉边一所僻静房子，里面尽是砚，明清的旧砚。房子幽寂无人，灯光白白冷冷，一块块古砚安静陈列在附有标签的玻璃罩里。彼时只觉血液停滞，时光也停滞，只有看不见的空气是凝重丰厚的。砚池发白，无墨，砚池里盛的是岁月。空空干干的砚池让我想起新疆的罗布泊，水草丰美变作黄沙连天的罗布泊。在今天，砚于我们，更多时候它的价值不在使用，而在展览。一屋子的砚，砚陪着砚，各自不语，砚没有墨来陪，更没有磨墨人来陪。令人遗憾，令人可惜。

想想，书桌上，少一方小小的砚台，会少了多少风雅啊！

遥想从前的读书人，在隆冬，看天地荒寒，于是在屋内闲置炉火，展纸研墨。一方冰坚的砚台里，春水初起，盈盈润润，渐渐流泻到微黄的宣纸上。于是，草木有了，花朵有了，山川近了远了，一座狭小的屋宇被一幅纸上的水墨给撑开了。天地就此寥廓。回头看看磨墨人，她是王羲之家的丞相千金郗璇，她是苏东坡南迁相随的侍妾朝云……面若桃花，开在砚台边。

早年读中学时，冬天，父亲送我块砚台。极朴极拙的砚，是用砖凿出来的。那时，学校边兼卖文具的杂货店里，没见摆放过砚台；父亲念念不忘砚台，大约是他少年读书时用过砚台。门前堆放的青砖是用来建新房子的，父亲挑了最沉实的一块，在中央凿出一涡砚池来。不知道父亲用去了多少农闲的时光，只记得那年我家的对联是我写的。我用父亲凿的砚台写字，给后门对联写的是“疏影横斜水清浅，暗香浮动月黄昏”。

父亲的砖砚，陪了我一整个中学时代。之后离家读书，再见那块砖砚，已经是碎的了。为此，怅然多年。

年末，我所在的学校组织了一场学生书法比赛，有硬笔，也有软笔。

给学生发奖时,我一翻,奖品里竟有砚台。内心一荡,不禁欢喜起来。打开盒子看:好小的砚,大半个手掌大小,石青色,没有雕龙附凤,没有绘兰描菊。可是,到底是古意出来了,墨意在了。不知道得到它的学生会是怎样开心,日后伴同它时,会是怎样珍爱。

是啊,在冬天,能有一方小砚陪着多好!在有暖气的室内,俯对一方拙砚,展纸写字。听墨在纸上走路的声音,像雪花落在湖面上一样轻。写着写着,小小的砚池里,墨浅了,尽了。一抬头,玻璃窗外,迎春花哔哔剥剥开了。

羞涩的二胡

我常想，要是能在秋日的黄昏，在落叶的树林里，或者在寂寥的水边，拉上一段二胡，拉得云淡风清，拉得天高水远，该多好啊，可是我怕是再也拉不响那两根弦了。

上学的时候，我曾经想学过二胡，教二胡的老师是一位长得有点像莫扎特的老头，他曾经批准我从学校的琴房里借得一把二胡。

该怎么描述我学二胡的经历呢，关于我五根手指下的那两根弦！

寝室不是拉琴的地方，那是姐妹们安身立命的所在。我那吱吱呀呀的声音，像关门时，门板艰难地从水泥地面摩擦而过的声响，足以撕破耳膜，每一个音符所经之处将会有多少双受苦受难的耳朵！

我也不会选择寝室前的走廊，那里来来往往的人多，我不会端个凳子坐在那儿稳稳地献丑！

我想到了盥洗间，那里的灯二十四小时不会熄，只要等这层楼的一百多号美女都洗漱完毕，我就可以关上门，稳稳地坐在里面拉琴。我为发现了这么个好地方激动得脸红心跳。

下了晚自习，洗漱完毕，我已经准备出发了：一杯茶，几块点心，一本乐谱,一把二胡另加一张凳子,很显然,我已经做好了一个奋战通宵的准备。

夜很静,约摸着所有人都已睡了,我才怯生生地在两根弦之间推拉。没想到,关上门,盥洗间竟然是一个偌大的共鸣腔和扩音器,本来就生硬的声音经它这么一效果处理,让我听得害怕极了!我怕有人会听到!我怕惊醒了睡觉的人。呼,门开了,进来了一位洗手的姐妹,她眼光生生地看着我,不认识似的,我低下了头,我知道我肯定脸红了。此地不可久留,她一走,我担心还会有人来洗手。茶还没喝,点心还没碰,我的二胡才开腔,我哪里会拉得饥肠辘辘!

后来我又发现了一个新的拉琴的地方,可谓人迹罕至,那便是女生寝室楼的楼顶。我特意准备了把电灯用于曲谱照明,明月照高楼时,我已摆好了拉琴的架势。可我拉出的琴音虽然如泣如诉,却总断断续续,不成腔调,可这样的声音我是捂不住的呀,只要我一拉,就会响,声音会在空气里弥散开去。左面是男生寝室楼,前面是教学楼,里面灯火闪烁,还有男生在用功。从高楼上飘下来的音乐应是从容流畅的,或如高山瀑布,或如林间溪水,而不是我这样的琴音,像一个正处于变嗓时期的结巴,出了个难听的上半句,却迟迟不见同样难听的下半句。要是让那些男生听到了,肯定会听到的!他们翌日辗转相问那让人闻风丧胆的琴音的出处,然后再奔走相告就是那个一直淑女装得挺像的冬林,我又如何去见人!

我难过地想,世界虽大,可我竟找不到一个让我安全拉琴的地方。我也想到了公园的树林,环城河边的草地,可我瘦小的体形,天生一副穷人家的模样,要是背着把二胡一路走过,又会招来多少同情的目光。

教二胡的莫扎特老头老远就问:许冬林,怎么不见你拉琴?我知道我又辜负了老师的热情,从此走路我小心地避着他!

那把二胡在我的枕边躺了一段时间,我常久久地无语看它。我常想,作为一把二胡,它是盼着有一双手将它拉响,听它的万千情思在两根琴弦间诉说。看长了,竟发现是二胡在定定地看着我,怨怨的目光,无声的叹息,因为我的羞涩辜负了它的深情!像一个多情的姑娘等待一个木讷男孩的一句情话,可终究失望地转身而去!

是的,羞涩的年龄,我辜负了一把二胡的深情,再强留在身边,除了心痛已无意义,怎么无言地来我只能让它怎么无言地去!

如今青春早已远去,回眸之间,往事缤纷而下,而震颤心弦的仍是那把无言的二胡。

也提旧上海

丰子恺先生的散文和他的漫画一样，用笔朴素简练，却又生动传神，往往寥寥几笔，即已情趣尽至。近读他的一篇《旧上海》，常常为他笔底下勾出的尴尬世相而忍俊不禁，感慨横生。

最可笑的要算是他写到的旧上海的游戏场。有那么一个冬天的晚上，一个场子里变戏法，观众肯定是里三层外三层地围着观看，好不热闹。戏罢散场的时候，一帅哥猛男级别的看客惊呼起来，原来他漂亮的花缎面子灰鼠皮袍子，后面被人剪去二三尺见方的好大一块，只剩一个空荡荡的屁股头儿在外面受着寒风，当然，裤子还是在蒙着的，裤子外面还有一片笑声送这个倒霉蛋瑟瑟地走出游戏场。花缎和毛皮都是值钱货，这么一大块好料子剪回去，当然能排上一定用场的。只此，旧上海的偷盗功夫可见一斑。

旧上海的小富人，在游戏场里玩乐，面临的尴尬当然不止于此。还有一个就是怕热手巾，所谓手巾就是现在呼之为毛巾的那东东。还是转一节丰先生的原文来乐吧，别嫌长。“这里面到处有拴着白围裙的人，手里托着一个大盘子，盘子里盛着许多绞紧的热手巾，逢人送一个，硬要他揩，揩过之后，收他一个铜板。有的人拿了这手巾，先擤一下鼻涕，然后揩面孔，揩项颈，揩上身，然后挖开裤带来揩腰部，恨不得连屁股也揩到。他尽量地利用了这一个铜板。那人收过揩过的手巾，丢在一只桶里，用热水一冲，再绞起来，盛在盘子里，再去到处分送，换取铜板。这些热手巾里含有众人的鼻涕、眼污、唾沫和汗水，仿佛复合生素。我努力避免热手巾，然而不行。因为到处都有，走廊里也有，屋顶花园里也有。不得已时，我就送他一个铜板，快步逃开。”读到此处，终于憋不住，“哗”地笑出来，仿佛盛足了硬币的小猪储蓄罐，掷地碎了，一屋子的稀里哗啦声滚动跳跃。看客的不堪，小人物的猥琐，表面繁华里窝藏的污垢，混在一处发酵成另一面的旧上海。

此前，我从一些旧字里滤出来的旧上海是极其奢华，极其脂粉的。看无声电影，也叫默片来着，看悲剧女王阮玲玉的悲欢离合；就着留声机，听周璇的歌，《夜来香》《何日君再来》《天涯歌女》。还有风情万种的旗袍，二三十年代，那旗袍还长及脚踝，典雅的盘扣从领子到腋边，再到腰间，到膝盖处，一路婉约而下。到了三四十年代，在时尚的前沿，旗袍已短至膝盖，露出一双玉腿在大世界的门前海报上妖娆。并且开始烫卷发，提精致的小手袋，像一张古色古香的画，镶了华贵的西式木框。用“三星”牌牙膏，抽“美丽”牌香烟，穿长衫的小市民们街巷里来往，目光开始频频撞上路旁的广告招牌。王开照相馆生意红火，电影明星和上层贵妇小姐常常在那里拍生活照和艺术照。

年初，去池州，主人殷勤，将晚宴设在“昭明渔港”。这是一处临江的大酒店，进得正门，便是大厅。那大厅真是一个小小的民间博物馆，里面收藏着各式三十年代前后旧上海上层生活的物件，有老式电话机，老式打字机，老式的留声机……那留声机，打开来，放上已划有旧纹的老唱片，一段咿咿呀呀的京戏便在大厅里绕开来。那个年代的繁华和寂寞，像暮光里的飞尘，四下里弥散开，然后一层层覆盖，直到心底。那个年代的高档消费品，经过多少双手抚摩，收藏，辗转，此刻静默在眼前，曾经享用过它们的那些佳人呢？旁边的墙上悬挂着许多画框，都是旧上海的女电影明星们，胡蝶，周璇，阮玲玉……一个个红唇玉齿，粉面桃腮，见证着旧上海的乱世繁华。

而繁华背后呢？在灯光、舞台、华美的服饰后面，各自有过怎样的过往？如今，隔着时光的海遥遥地望过去，看见的，也不过是繁华尽头的一个个伶仃的身影。

那个以一出《挂名夫妻》成名的阮玲玉，在电影的“默片时代”，她是受万人追捧的悲剧女王，可是夹在张达民和唐季珊两个男人之间，最后丢下一句“人言可畏”的感慨，仓促走完只有二十五岁的精彩又苍凉的一生。叹世道人心，弄人！

怎么都没有想到，有“民国第一美女”之称的电影皇后胡蝶，还有过那样不堪的一段经历！抗战时期，她和丈夫潘有声在香港生活，上海失守，但他们一家在香港依然相守着自己的太平日子。只是，后来，胡蝶回内地为了寻找丢失的三十箱珠宝时，竟结识了特务头子戴笠，并且从此夫妻分离，在戴笠的魔爪下，各自不得相见。也从此被迫与戴笠同居，过着富贵却是幽禁的日子，直至戴笠乘飞机遇难而丧生，她才重获自由。她后来的回忆录中，对此番经历只字不提，想这该是她光艳一生里藏在暗处疼在暗处的疤吧，提不得，更示不得人。

而周璇并不漫长的一生，也是华衣底下灌着凉风的。有着著名影星、一代歌后之称，可是一生里的三次婚恋，竟也是善始不能善终。第一个男人是严华，1940年决然离婚。第二个男人是绸布商人朱怀德，同居怀孕，但朱不肯承认她肚里的孩子，自然不肯给她婚姻。第三个男人是唐棣，两人育有一字周伟。可是还没等到结婚，唐因为一些并不好听的罪名被判刑，再释放时，她已经住进了精神病院。其中的纷扰真假，外人是难嚼清的。多少年后，伊人早已不在，唐也是华发丛生，而问及旧事，唐只说自己是“身似枯木、心如死灰的二世人”。多少事，都已经是说不得了，像沉江了千百年的木船，捞不起。

即便是这些当年红遍上海滩的红粉佳人，于她们，繁华也不过是一场绮丽的春梦，终是敌不过梦醒后现世里的凄风苦雨。

旧上海，旧上海，剪不断的一个情结，多少回，隔着遥远时光的我们，在书里、在屏幕里追寻它当年的奢华与颓废时，何曾真正体味过那些在旧上海幽暗和明媚处讨生活的人？繁华，最后都是别人的！对于丰先生笔下的那些蝇营狗苟的辛苦小民而言，繁华是属于对面的灯光处或舞台上的人；对于那些舞台上受万人追捧的女明星们，繁华终要落幕，终要转手给后来者。他们和她们，都是旧上海这个大都市的一趟辛苦的客，莫问根在哪里。

一棵野桃树

在我家和我的二伯家之间垒起了一座两三米高的土篱笆墙，有一年的春天，土篱笆墙下生了一棵树苗，起初没在意，后来发现它的叶酷似桃叶，便也时常关注起它来。我猜想，这棵桃树可能是我无心种下的。我喜欢到处捡一些桃核杏核回来玩，玩过之后便随处丢撒。也许，这棵桃树就是在我随意丢撒间有了一次幸运。它幸运地在瓦砾间抓到了一捧泥土，幸运地在两堵墙之间抓住了几尺阳光，然后是空气和湿度，接着萌芽，破土而出，有了一次脱胎换骨的超然。

我想，我也是幸运的，在时光的河流上，属于我的生命流程充其量不过七八十年，一棵桃树的流程也不过十来年，而在这其间，我的生命和他的生命竟有一小截叠合，这与其说是巧合，不如说是幸运。

小桃树便在我的珍视和盼望里渐渐长高长大，五年之后的一个春天，它打了些红红小小的花苞，可是开得却很迟。当别的桃树谢尽了芳菲时，它才三三两两地次第开放，花朵很红，红艳艳的一片，红得热烈，张扬，活泼，似乎想淋漓尽致地宣泄它开放的热情和美丽，那土篱笆墙因此而多了几分热闹。奶奶来看了，然后冷冷地丢下了一句：是棵野桃树！原来野桃树的花开得红而迟，奶奶说它成不了气候，结不了什么好果子。可是，我还是不愿相信奶奶的话，因为一直以来，她就没说过什么好听的话，她总爱在父母面前唠叨，说一个丫头还读什么书，将来好了别人家，真是浪费，以至于我后来十几年的读书生涯一直怀着负罪的心理。

那棵野桃树因为在土篱笆下，没有多占一份泥土，也没有多占一份阳光，因而获得了继续生存下来的权利。那花儿确实开得好看，每片花瓣都染上一片红晕，显得更加生动，健康，我觉得那片富有活力的绯红似乎更能承载一份秋天的希望。三月过了，花儿落了，红红的花瓣随风飘扬，有的落在瓦砾上，归入泥土，有的落在屋顶的砖瓦上，高高地干枯在四月的阳光里，有的飘到小河上，随流水而去，瘦弱的树枝显得颇为忧伤和冷清。美丽总是就那么一刹那，总是太短太短，就像乡下的新娘们，童年的乡下最热闹的事就是看新娘子，我那时以为女人做了新娘的就永远是新娘，就会永远那么干净而美丽，天天坐在房间里，只是偶尔出来羞涩地笑笑，那只是对着我们这些孩子。可是只是三天，这些新娘便扛锄拿锹地下了地，一年后便是手里捧着饭碗怀里搂着孩子，门口晾了花花绿绿的一大片尿布，走起路来快了，说起话来嗓门大了，脸色黄了，皮肤皱了。乡下的姑娘就像桃花，出嫁的那天开得最美最艳，然后一夜风雨，便凋谢了。

当别的桃儿已经长得肚大腰圆，满脸涨红时，野桃树的桃儿还是那么小小的，青青的，躲在枝叶丛里，它的生长似乎比别的果实总要慢一拍子。中秋过后，田里的稻子已收割回仓，家里的人闲闲地坐在门口，我看见野桃树上的桃儿都已经泛起了红晕，很多已经长得开裂。我摘了一个轻轻一掰，开了，里面是鲜红的瓤，原来野桃是从里往外红的，它成熟得那么谨慎而谦虚。我尝了尝，绵绵的，软软的，香香的，甜甜的，我又摘了几个捧到奶奶面前，奶奶尝了尝，咂了咂嘴说，苦中还有点甜柔，就是太小了点。可是我已经很高兴了，我的野桃树她终于捧出了自己的果实！

现在，奶奶早已去世，我得父母已经老了，他们喜欢常常站在门口，看我回去，在乡下，他们常常引我为自豪，引我为欣慰。他们觉得，在书声琅琅的校园，在抑扬顿挫的讲课声里，有他们女儿的一个声音；在报刊的大大小小的豆腐块里，偶尔有他们的女儿的一个名字；在读书不多的祖祖辈辈里，有我这么一个子孙，用墨香巧扮自己。

可是，我心里很清楚，我就是那棵野桃树啊，艰难地抓住了一捧土壤，固执地想结些果子，我不愿我的生命里只有三月，只有那短暂的绚烂。而我那些儿时女伴，她们也都和我一样，早已出嫁，她们依然如从前的新娘，走路快了，嗓门大了，脸色黄了。我不知道，当她们在门前门后种桃插柳时，是否想起，这样的风景已是一年又一年，一代又一代了。我愿她们的女儿做一棵真正的桃树，能够理直气壮地站在土地上，站在阳光里，她们有三月的美丽，更有八月的果实。

一条河流的行走

河流该是大地的眼睛，还是大地难以弥合的伤口？一条河流在它命定的版图上到底能行走多远？

在长江一手牵扯的众多支流中，该怎样描述我和我的长宁河呢？我之前二十多年的岁月由上苍安顿在长宁河的怀里，长宁河的水要穿过两岸的田野和村落，再融入长江的怀里，像所有粗粗细细的血管一样，最终都奔赴心脏的位置。

永远记得父亲告诉我：这河是通长江的。在我的脚步还没有迈出一座村庄的年月，父亲的话像是门缝里投进来的一线阳光，让我知道，门外还有一个世界，更宽广博大，玄妙神奇。于是喜欢专注地凝望一条河流，我想，有一天，我一定要沿着河堤，跟随一条流动的河流，越过两岸层层叠叠的风景，到达长江，到达大海，到达远方。

在春天里，沿河堤行走，春风替柳树舒展开嫩绿的水袖，野蔷薇把深色，粉色，淡白的花簪在河堤的胸口。根根芦苇正清新挺拔，像俊秀的书生，自有一份独立于繁华世外的清高。就这样，长宁河在斑斓的画里静静地走着，演绎着它最初静好的岁月。暮春，野梨花缤纷落下，栗色的野梨便攀上了枝头。我是喜欢落花嫁于流水的,觉得流水会牵着野梨花碎碎白白的裙子,带她去往一个又一个未知的去处。心里替那些野梨儿叫屈,它们像农家小子光光的脑袋,被繁忙的大人锁在屋里,直到秋天才被放归大地。

我很想知道我纤瘦婉约的长宁河是怎样一路娉婷地走向长江的。小学毕业的那年暑假,我学会了游泳。在长宁河柔软澄碧的河水里,我舒展四肢,像鸟在天空的飞翔。在晚霞燃烧的河面,疲惫的我爬上了姑父的木船,船随流水依然向远方漂去。

我到达了一个叫作“龙塘”的地方。水面豁然开阔,一块半岛似的浅滩极优雅地伸到了河中央,上面是密密匝匝的芦苇,间或夹杂几棵树,结满了红的绿的圆果子。以至常看到银色的鱼鳞一闪,像得道高人,刚见他亮剑,倏忽间已没了踪影——水太深了。偌大的水面衬得我的小船更加渺小,我已经感到了丝丝惶恐,河岸和村落似乎离我远了点,此刻我唯一能抓牢的恐怕就是我的小船和小船正依赖的流水。我疑心从我家屋后流了那么些时日的河水,此刻都停留在这儿作暂时的休整,然后再整装出发。就这样,长宁河在它行走的途中向我展示了它全然陌生新奇的另一处风景。

再往下游,长宁河穿过两岸阴森肃穆的坟茔,不惊醒亡灵藏于大地的长梦。那时我已骑着车,追随长宁河的流水一路来到赵家桥——以前叫作赵家渡的地方。无论是渡还是桥,我都是喜欢的。渡,说明水面是宽阔的;桥,说明人力没有扼杀一条河流的流动。我知道,我已经离开我的村庄很远了,我跟随一条河流已经走得很远了。

那年暑假之后,我真的远远地离开了我的村庄,出门读书去了。然后是工作,是春燕衔泥一样的筑巢垒窝,有近十年的时间我没有再去寻觅一条河流的流向。如今，在我三十岁的这个秋天，在这个寂寞的午后，我又出发了。从当年脚步停泊的赵家桥出发，依然沿河而下。一路看见残荷的败叶，形只影单的，像是在低头打点归去的行囊。那些游鱼似乎不解忧伤，依然在清寒的水里泛着白鳞，自由来去。一些已经衰老腐烂，一些正在稚嫩生长，长宁河于不动声色中，诠释着人世玄机。河水之上，有三两只蜻蜓，扑扇着青灰的翅，凌波奔一片芦花而去，希图在一片潦倒的芦丛里寄存余生。我已经觉出了河水步履的沉重与悲苦。

是的，长宁河停住了它的脚步。

在一个叫作“李家湾”的地方，在一片竹树环合的村庄里，一道闸门锁住了长宁河，像扼住了一个鲜活生命的咽喉。我放倒车子，瘫坐在闸顶上，二十年来，我都一直坚信是河流就一定能走到长江和大海的啊！长宁河把它的理想寄托在空间的行走里，我把我的理想寄托在时间的行走里，我和长宁河一样，都是大地上的行者，我以为行者都是无疆的啊！佛家说：自渡方能渡人，被锁的长宁河又如何去承载我的一份继续前行的梦想呢？我纤瘦的长宁河，它像九月初三的月牙，因为一道闸门，便永失了长成浑圆莹白的满月的那天。一道闸门，锁住暗流汹涌，只在汛期来临时，才会开闸把长宁河的水交付给另一条河流——天河，再由天河经另一道闸口，回归长江。更多时候，长宁河像天河一样，到不了远方，在闸门里，和两岸的田野村庄相守着长久宁静的岁月。

我徘徊在长宁河的堤岸上，我怎能不徘徊呢！

河堤上，几排红红的高粱，挺直着腰身，给田野站岗；玲珑剔透的柿子和石榴守着农家人傍水的宅院，一派吉祥；河堤的另一边，沟渠里正淌着长宁河来的水，田野里冬小麦和油菜正绿着……我仿佛听到了河流奔腾的声音，来自庄稼果树的根茎叶和果，我想，那里流淌的该是长宁河的支流吧!

是的,我躺在大地上的长宁河,于困守中把自己的生命分成千万条支流,隐忍着伤口,在植物的身躯里站立起来,拥有了其他行走的河流所不可企及的高度!

油纸伞

我曾经买过一把油纸伞，结婚时，伴随我一同从娘家来到这里。刚结婚那会儿，我们一直把它撑开，让它和我的幸福一同绽放在房间里，后来，我们房间的布置去繁就简，那把油纸伞也就被作为多余的点缀被爱人收起，丢弃，在爱人的转身间，我悄悄捡了回来，让它躺在了箱子里。

日子如同溪水一般静静地流过平原和山谷，油纸伞也在那只尘封的箱子里静静地躺了多年，只在梅雨季节里才拿起，撑开，晾晒在无人知晓的角落里，然后又收起……

直到那时，直到我终没有躲过那场情感的冰期来临时，才蓦然发现，一直珍藏的油纸伞，它的命运竟如此神似于一个女人的爱情。

那是一个初夏季节，我在一个小县城里读书，偶然间瞥见一把撑开的油纸伞在楼下的巷子里彩云般逝去，我惊喜地喊了出来，也许是女儿家天生爱美，也许是戴望舒的《雨巷》撩拨心弦，我也迫不及待地跑到巷子里，感激地从那位精明的苏杭人手里买回一把油纸伞。

在古中国的文化里，风筝似乎总离不开三月的天空，成了诠释春天的一个符号，手绢总离不开多情人的眼泪，成了定情的信物，那么油纸伞呢，自那一首《雨巷》，油纸伞总也离不开丁香姑娘的手，离不开长长的雨巷。以后的日子里，常常也是独自撑着那把油纸伞，徘徊在那个古老小县城的大大小小、曲曲直直的巷子里。常常是这样一幅写意画：蒙蒙烟雨的浅灰色为底色，幽深古老的巷子为衬托，砖砌的巷子上的幽幽青苔给人清新，勾人遐想，而那一把浅黄色的油纸伞则把一位少女的心思倾泻无余。油纸伞下的人又岂止是丁香姑娘，她也想到苏堤和断桥，想到苏堤和断桥上的雨，想到雨中的那把伞，和伞下的一对人。原来，早在《雨巷》之前，文学中已早有雨伞，它成了相知、相许、相从的形象诠释。以后的日子里，在每一个雨季，我的油纸伞便袅娜地飘过每一条巷子，编织着关于油纸伞的传说与故事，再以后，我的伞下走来了一位少年，我们度过了许多共同执伞的日子……

时间如同欢快的河流，撒下了笑声，却也匆匆。

匆匆中，我和我的油纸伞一同嫁给了心爱的人，而油纸伞却从此躺在那只箱子里，再也无从撑起。

年年都有三月，年年都有雨季，年年都有油纸伞和撑油纸伞的姑娘，禁不住窗外姑娘们的招摇，也终舍不下那把油纸伞，多少次，我把那把油纸伞拿起，欲撑开，撑开一个梦，灿然开放在暮春的烟雨里，让生活多些亮丽，走到门口，却终不能，总觉得已有许多不合适，不协调，如同一张空空的白纸上，赫然画出一把鲜艳的油纸伞，没有底色，没有点缀，没有……显得那般苍白，生硬和无生气，缺少了那种泼墨写意的气势。然后是隔着窗子无限伤怀，看着窗外一年一度撑起的油纸伞，怀想着我那和油纸伞一同逝去的岁月，怀想着那已定格在相框中的记忆。

而我的油纸伞呢？

我心爱的油纸伞啊，它和我少女时代的日记躺在一起，静静地躺在我从娘家带来的箱子里。

有一朵花，它叫野蔷薇

我总会想起那一丛野蔷薇。在临水的院墙根下，开着淡白淡白的花，白得像月亮一样忧伤。地下也覆有瘦白的瓣，一片一片，泼泼洒洒，仿佛绿手掌没端稳一碗清水，风一摇，就溅出来。

我也总会想起少年时的她，那个叫小碧的女孩。

小碧与我，都是寒门女儿。我们小学同学，她坐我前排，梳很长的马尾，又黄又粗，发梢上还开了叉，她说那叫头发开花。我忽然觉得她好美，满头都是花。

那时中午上学，我偶尔会绕道到她家去，玩一会儿，再一道上学。她有一个很凶悍的父亲，嗓门又大。于是，每次到她家，先趴在她家的窗台上看动静，既而伸头到门边探，见她拿手招我，便呼啦一声蹿进了房。我最喜欢看她家的院子了，有蝴蝶兰，美人蕉……她很少跟我提她的父母，我猜她在家里大概不大受疼，但是她疼花，那院子里的姹紫嫣红，多半是她经营出来的。

她成绩不是很好，家庭作业也偶尔做不完，被中年长脸的数学老师叫到讲台上，用细竹篾抽手掌心，抽一下，她的眼睛就猛的闭一下，应该是疼的。我很同情。后来,老师提问,点了她的名字,她哆哆嗦嗦站起来,我趴在她身后,小声将答案告诉她。再后来,老师在班上开展"一帮一"活动,安排我和小碧一组,放学后,我辅导她数学题,一桶油,倒掉一半,再倒掉剩下的一半,还剩二十五斤,问原来一桶有多少斤。她托了会儿下巴,又在纸上画木桶子,然后轻轻地对我说,是一百斤。我心里有点酸,她其实很聪明。

她大约出于感激,送我蝴蝶兰和美人蕉的幼苗。那幼苗是她从家里挖了来,用纸包了,装在书包里,怕一下午幼苗失了水会死去,她就牵着我的袖子把幼苗藏在学校门前的池塘边,上面扯了一把狗尾巴草盖着。叮嘱我放学别忘了拿,还告诉我回家栽后,要记得天天浇水,她会来我家看的。我忽然在心底敬她,也敬自己,仿佛我们长大了,是立过盟约的人了。

四年级时,她那开着花的马尾已经剪掉,她说长头发天天梳费时间。那时,我去她家的院子,远远看见白白的一朵朵,在院墙边,煞是好看。待奔了去,低头一看,很失望,是野蔷薇。暗淡无光的叶子,薄薄的花瓣,家徒四壁的惨白色,整个一副花枝在微风里晃,孤独而不安的样子。我笑她:这哪是花啊?田埂上,大路边,哪里没有!她却神秘地告诉我说:路边的野蔷薇没人疼,我把它移回家,我奶奶说,野蔷薇也可以变成家花的,只要每年的大年三十晚上对花根边浇一勺肉汤,慢慢,它就会开出红花来。说这话时,她怀里抱着的妹妹正伸出手去揪野蔷薇的叶子,她小心地掰开妹妹的手指,理出野蔷薇的叶子,怕弄疼了妹妹的手指,也怕弄碎了野蔷薇的叶子。那是她第二个妹妹。

也是在那时,我才知道,她那个凶悍的父亲是她的继父,两个妹妹都是继父生的,她每天放学回家,大部分的时间就是照顾妹妹们,有时还要帮着妈妈做饭、洗衣服，所以总是作业做不完。而她的亲生父亲，在她八岁时就因患胃癌死去。我听着她低声地说，忽然觉得，她就是那个瘦弱的开着白花的野蔷薇，那样卑微被忽视，每一朵的开放都不艳丽，不隆重。

五年级，小学毕业，她已经不读书了。她母亲躲躲藏藏，终于给她又生了个弟弟，要她在家里好生照顾。春天再来时，我去她家，似乎是惦记她，又似乎是惦记她的野蔷薇浇了肉汤，到底有没有开出深红的花来。我问她，野蔷薇可开红花了？她摇摇头，似乎失望得很。窗子外，拉挂面似的正下着春雨，隔着蒙蒙细雨，我看见院墙根下的白蔷薇，一朵朵歪歪斜斜地开，上面罩着薄蓝的雨雾，一种忧伤的情绪在花间漫漶。其时，我们在屋子里做布花，把一块块粉红的旧布裁碎，剪成蔷薇花状，再叠个三五片，用针线钉好，再串在一根根竹丝上，束成一丛，插在玻璃瓶子里，然后放在窗台边，看着，一点点地欢喜起来。

我没想到，这是我和她最后一次相聚在蔷薇花边。那之后，弟妹稍大，她出门打工，很少回家。再以后，听说她跟某某男孩子私奔，我母亲更是不敢让我去找她了，怕我跟着学坏。直到我出嫁，再没见过她，不知道她如今的生活幸福与否，不知道有没有一个男人宠她，把她宠成一棵开红花的蔷薇，一如她当年怀揣一颗爱怜与期盼的心安静地侍候一棵野蔷薇。

而我，多少年后，坐在这样落着雨的窗前，眼前又似乎开出一朵淡白淡白的花来，在雨中……忍不住，薄蓝的忧伤划过心底。我知道，有一朵花，在时光里开过，它是野蔷薇。只是，那时，蔷薇寂寞白啊。

缘断水墨

其实我是想学好水墨画的。

在那座小县城里学美术时，第一节课上，美术老师让我们每人随意画一幅画，以了解学生的底子，我画了一幅出水芙蓉。老师疑惑地问：是你画的吗，刚才临摹了吗？我说是我画的，当堂如何临摹去？老师记住了我。后来在一次实物写生课上，同学们面前摆满了坛坛罐罐的东西，我们那一组画的是一个鸭蛋蓝的颈细肚大的瓷瓶，调色时，只我一人把那颜色较准确地调出来了，涂在纸上，老师站在我身后看了一会儿，无言。后来几次交往，老师夸我色彩感觉好，希望我跟他学画，可惜他画的是油画，主要教的也是油画。好不容易遇到了一位识我的伯乐，可我们终究无缘，我爱的是水墨。

我总觉得油画的线条太过生硬，色彩太过繁复和炫目，所有的形象太过逼真，写实太多缺少给人遐想的空间。就像我交朋友，如果这位友人言词太过张扬，情感太过浓烈，这样的友人我最终都会弃他而去；我喜欢平常不见，时不时想起的朋友，彼此都能给对方留一番念想的空间。就像水墨画，用料简单，只有墨和水，通过墨的浓淡疏密，毛笔的皴擦点染，于是便有了水的壮阔渺远，山的逶迤远近，天空的高远，林木的幽深。尽情写意，意境深远。

后来我遇到了一位教水墨的老师，第一节课上他展示了他很多的水墨作品，让我发痴。此后上课我就痴痴地看他用一张宣纸，一支笔，一瓶墨，一杯水，胸有丘壑，简单而快速地勾线，然后挥毫泼墨。然而正当我痴痴地看，还未来得及拿起笔潜心去学，这位老师就匆匆别我们而去，可能他有他的理想吧！

我的人生似乎总有这样的境遇：那些我不以为意，被我忽视的东西就像路边的道旁树，走过了这一棵，前面还有相似的那一棵等着我，而我苦苦追寻的东西就像飞行的小鸟，调皮地落到我的肩头，我只能眼睁睁痴痴地看，当我伸手去摸，它早已飞走。

后面接着教我美术的还是那位画油画的老师，他对我依然充满期望，希望我跟他学油画。有一次学校请来了省著名的书画家叶晓山先生，在四楼美工室作画，老师特意叮嘱我去看看。要知道他的几百名学生中他只通知了两个人，一个是跟他勤奋学画已有成绩的师兄，一个是从未正经跟他学过一天油画的我。作画前，叶晓山先生打开他的文具盒，拿出大大小小不同型号的毛笔，然后他边画边讲解，我细心地看着，听着。他画了两幅中国画，一幅是寒崖上立着的一只孤傲凶猛的苍鹰，一方淡墨染出了云雾深处冰冷坚硬的岩石，浓墨突出苍鹰，细笔勾画出老鹰的一双细爪和锐利的喙。另一幅画的是虾，几点淡墨，虚实相连，便画出了虾的几节身体，然后细笔随意勾画，便画出了姿态各异的虾的触须，疏密有致，活灵活现。惊羡之余我的心是酸涩且茫然的，我知道，此后我将难有机会再学水墨，更不要说看名家作画。我和水墨，就像洛水上才子与佳人的惊鸿一瞥，然后从此又各自人海茫茫。人生有多少这样有心无缘，有缘却没戏的事啊！

我终没有跟对我抱期望的美术老师学油画，并且从此我的美术作业交上去马马虎虎，优少良多。算是感激，我曾庄重地做过几回他人物写生的模特，雕塑一样地坐在凳子上，本想学画倒成了别人画里的风景，荒诞之余我曾暗自心伤，为的是我那难以释怀的水墨情缘。

十多年过去了，就算我义无反顾地抛开所有的繁务，携宣纸几张，于茫茫人海中寻得我那连姓什名谁早已忘却的画水墨的老师，他还肯收我这个长发早已盘起的妇人吗？人生里的许多遗憾怕是真如我的一幅不曾完成的水墨，浓浓淡淡的几点墨，深深浅浅的几分情，蘸在笔尖，提在半空，却终就无法在一张岁月的纸上落墨成高山远水的风景。

夏日长

日子长长短短，我喜欢这样说。但是过了立夏，就不贴切，夏天日日，只有长了。

早上四五点，天光已明，被铝合金窗子切割成的方形的天光，就嵌在南墙上，淡蓝淡蓝，像自行车上的少年鼓了一点风的白褂子，那是少年的白啊。淡蓝的方形天光里，映着窗子外的一丛墨色的香樟树影，偶尔，有风过，听见树叶与树叶间挤挤挨挨的簌簌声，还有一点鸟声。树声鸟声里，怕还有露水落了地吧，落在早行的蚂蚁的额头上。这样想着，那一丛香樟树影已由墨色渐渐换作黛色了。

你瞧，你瞧，这一天的头起得，这样早，这样禁不起你在枕上耗一耗时间。

穿着睡衣，坐在客厅的沙发上看电视，早间新闻还没到，于是给阳台的花浇水，栀子正落，茉莉初开。喷水壶猛了点，花盆里的泥溅了一些灰色小点点在墙砖上，不想擦，似乎随时都可以来擦的，时间够用，就不急。可是胳膊上那些个蚊子咬过留下的红点点，忍不住还要指指点点地数，一个一个，勾起浅浅的恨意。可是他要是伸过手指来，晨光里，一颗颗抚摩，间以疼惜的表情，心里又生出欢喜来，仿佛这是胭脂记。衣橱里翻翻，镜子前比较桃红草绿的裙子与旗袍，仿佛菜市场里买菜的老太婆，长年累月地看过来，已经相当挑。夏天的早上，时间像涨了潮的江水，满满的，容得了一个小女子在衣服上磨时间。尘世欢啊，谁不贪！

顶着七八点钟的太阳去上班，太阳不那么红，如同鸡蛋搅散了黄，黄腾腾热烘烘铺了大半边天。到了办公室，小有汗意，拧开电风扇，呼啦啦起转的当儿，泡菊花茶。书本打开，茶杯盖上，电风扇兀自地转，一样心思安静。备课，拿笔在书上勾画，勾长长细细的线，然后在字句间，又补上自己的句子，密密的小小的字，蚂蚁一样挤着。上午的办公室时光就这样被一支笔牵引成蜿蜒的线了。

夏天，是个比较容易让人安心做事的季节。想想窗子外面的世界，春花已落，秋果未熟，所有能让心儿安分不了的诱惑都远得很，世界是安静的绿，芭蕉绿过了墙，接上墙外一片绿叶婆娑的杨树林，一路浩荡地绿到云边去。这就是一个生长的季节，哪儿也去不了，你只能陷在绿色里心无旁骛地生长，姿态与色彩，一点都不招眼。我站在讲台上给学生们讲课，看见底下几十双眼睛，清澈的眼睛，也像一片片正在吸收阳光雨露的绿叶。

中午吃过饭，还可以睡一觉。每日家情思睡昏昏，夏天的午后，睡昏昏有几分，倒不是因着情思。情思是距离牵出来的，带着时空隔出来的疼，不好，这个年龄不喜欢疼了。同事嘴里长牙，三十多了的人啊，还长牙，叫智齿，疼啊，疼得吃药还打针。不是所有人都会长智齿的，我午睡后洗脸照镜子，看自己的牙，我还没长智齿。我不想长。我宁愿少几颗牙。不只是牙，许多东西，现在宁愿缺着，也不想经受熬煎的疼了。这个年龄的心态就是，愿意日子平坦一点，辽阔一点，像窗外的夏，哪怕只有单调的绿，也愿意绕开那些一朝盛开一夜凋零的凄美的疼，不想撞了。

下午坐在办公桌边，靠窗，举杯喝菊花茶的当儿，听见蝉鸣，那声音是好长的一根线啊。“知——了”，声音从枝头上起，像柔滑又很有韧性的一根线，甩到半空中，撑开，一路悠悠荡着荡着，好半天才在耳鼓上收住了脚。这根刚收住了，又有一根抛出来，半空里荡……一根一根划过来，长的接着短的。我托着下巴漫无边际地想，想起江南江北的水田里，牛鞭子在农人的手里，也这样抽出来，扬起在半空中，牛儿低了头，它知道鞭子还在空中荡，那么自己拉着犁要走的路就一定比鞭子还长。

我听着蝉鸣，仿佛有时间的鞭子正一记一记敲在我的背上。举目远方，啊，日高，路长……

怎生不见那个人

太阳还躺在枝头的鸟巢旁，他就来了。他想赶在太阳落山之前，找到她，跟她说上那句话。

磨磨蹭蹭的，院外有个人影，她放下手里正在侍弄的花儿，走出去。他说：我侄子组建了个庐剧团，要我去，我说，那与我对戏的人得由我自己定，就来找你了——孩子大了，你也应闲了。她羞赧，忍不住摸自己的脸。半晌说：你的嗓子好，小生老生都还能唱，老旦我从来就没唱过，若还唱小姐，不让人砸台也要被人笑话的。摇摇头，进了院子，重又拾起侍弄花草的水壶。没有留他。

十八年前，他和她可是红遍那一个江北平原的庐剧角儿。台上，一个是风流儒雅的书生，一个是端庄俏丽的小姐。明艳如水的灯光下，踩着铿锵顿挫的锣声鼓点，帘后袅袅娜娜出来一个低首碎步的女子，环佩叮当，绿罗裙下掀起依稀可见的一缕香尘。及至台前，舒过腰身，驻足。缓缓抬起的一张粉脸上，是潭水似的眸，桃花样的腮。他着粉红的绣有牡丹的长衫，蹬镶有金丝边的高脚靴，双手作揖上前施礼，深情款款地唤一声“小姐”。

唱《七世夫妻》时，戏里的他和她，原是天上王母娘娘身边的一对金童玉女。只因在给王母祝寿的那天，不小心打碎了一只玉盏，被王母一怒之下，罚到人间，还背负一句恶毒的咒语：在人间，七世里都配不成一对好夫妻。一世里，他是万喜良，她是孟姜女。二世里，他是梁山伯，她是祝英台……那一出戏，台上的人唱得哀转哽咽，香帕滴泪；台下的人听得肝肠寸断，涕泪涟涟。戏罢卸妆的时候，他说：如果是《八世夫妻》，该是这一世了！

那一年，在老公社大礼堂里，演一出刚从昆曲里改编过来的《牡丹亭》，下午一场，晚上一场，上午是演员对唱词。情节是“寻梦”那一节：梦醒来的杜丽娘忘记了梦境和现实的区别，在花园的好看春光里寻找梦里的那个人。在大礼堂上面小阁楼的窗台边，她不走碎步，也未施脂粉，只望着一窗的雨，轻启樱桃小口，一股清泉流出：那一边可是湖山石，这一边似牡丹亭，雕阑旁是芍药牙儿线，一丝丝垂杨枝，一串串榆荚钱。然后是一句幽怨的念白：唉——昨日梦中那个人，怎生不见呢？像一滴冷雨，落在他的心窝里，然后通体透凉。他无言，他没有接着对下去。他和她，何尝不如此——只能是戏里的夫妻。戏外，在锅碗瓢盆里，在衣衫床被间，是没有他的气息的。他的家里有结发的妻。

那一出《牡丹亭》到底没有唱完，下午的时候，有人来把她接走了，之后她就再也没来唱过戏，一生的舞台只在悲情的《七世夫妻》和莺莺软语的小姐角色里。婆婆去世后，她就一直在家里操持家务，相夫教子。

台上的戏还得唱下去，临时寻来个小姑娘，替她的杜丽娘，唱得也还柔婉动人，可他忘词了。他款步上前，喊一声“小姐”，抬眼看去，还是那一件罗衫和头饰，还是那一色朱唇和胭脂，可不是原先那顾盼含情的目，不是那颔下的兰花指半遮着半羞半怒的脸。那一场戏，他唱砸了，至此再没上台。

这一次，他留在了侄子的剧团里，随剧团常去她那里唱戏。只是，他不唱，他在台侧低头拉着二胡。一张马尾弓，在他手里，推出去，拉回来，好似千钧的石碾，碾不碎人世间的苍凉不平事。

戏罢，散场，他总爱走到话筒前，对着黑夜的天空，用苍劲高远的老生唱腔唱一句：怎生——不见——那——个——人！台上的人笑，台下的人远远地回头，也笑。只有她，立在台下混乱的人群里，泪流满面。他不知道。

只跟你好

小时候，正月里去看龙灯，我坐在父亲的肩头，弟弟小，由母亲抱在怀里。这时候，父亲总是问：女儿，你长大后跟谁好？我说：跟你好，只跟你好！我当然只跟父亲好！弟弟因为小，占尽了母亲的怀抱。夜里给我掖被子的是父亲；出门做手艺腊月里赶回家给我买了让伙伴们眼馋的衣服的是父亲；直到后来，第一个看我的成绩单，给我张贴奖状的也是父亲……

可是，我还是食言了，我没有跟父亲好。我过早地恋爱，过早地结婚，好像不赶紧抓住那个男人，他就会从风中飞走似的。我没有接着做温顺的女儿，我背着父亲花大把的时光恋爱，我对抗着父亲的愤怒倔强地订了婚。从订婚到结婚，置办嫁妆，忙里忙外，迎来送往的是母亲，父亲一直冷着脸，无言。结婚那天，天下着小雨，迎亲的人中有人举着把伞。“不要打伞！不要打伞！”父亲大吼道，吓得人家莫名其妙地赶紧收了。原来，“伞”和“散”谐音，在乡间，结婚那天打伞被认为是不吉利的。我没有和父亲好，没有给他选一个如他所愿的女婿，可父亲还是和我好着的！女儿已经嫁了，他还是希望我和我的夫君此生不要散去。

在我结婚这天，这是父亲的祝福，我泪噙在眼角没敢落下。

恋爱的时候，恋人把我的一双小手握在他的掌心，忧郁地说：晴，你会跟别人好吗？我扑哧大笑，说：傻瓜，跟你好，只跟你好！那时我以为爱情就是晋人王质眼里那场杀得正欢的棋局，任世间沧海桑田，我的深情只在棋里，竟不知道棋有终局，爱情如茶，虽涩犹香却终至于无味！现在结婚已经多年了，那个傻瓜男人早已经不傻了，他再也不会问我这样的问题。他知道，这辈子我只会跟他好，也只能跟他好。口说无凭，有字为证，贴了照片按了手印的红本本，他有一本我有一本。煮熟的鸭子永远飞不掉，此生我们就这样，打断骨头还连着筋，休想是非曲直分个清！

儿子贪玩，大冷天洗过澡之后还不肯上床睡觉，被他爸爸一顿训之后，伏在我的怀里恳切地问："妈妈，你到底跟谁好？"我知道，他是要拉拢我和他结成同盟，让我和他站在同一战线上，来孤立他的爸爸！小孩子的心啊，就是浅得盛不下一句话的愤怒！我笑着说："妈妈当然跟你好！"是的，就是板着脸孔说，还是这句话。他就是我手中要创作一辈子的作品，是我的永远的至爱！自从有了他，每一个平凡的日子虽疲惫却也精彩；自从有了他，失意时我也咬牙前行，因为路的前头有我的孩子在挥手招迎；自从有了他，欢笑也罢，泪水也罢，生活让我成长为一个完整的女人！我当然会跟他好，直到永远！可我知道，下一个食言的人可能就是他了，他的生命里将会迎来朋友，恋人，孩子，而我将会识趣地退在屋角。就像当年我和我的父亲。

人生路上，已经辜负了一些人，也将会被一些人辜负着，那就记住曾经的好吧！

第四辑

读　他

在这个秋天，黄叶缀满枝头，当我坐在窗台边听着这首《布列瑟侬》时，看手边的茶水一寸寸浅去，一种时光流逝而去的忧伤在心头墨似的洇开。咔嚓咔嚓，咔嚓咔嚓，火车仿佛经过我的窗前，带着东方地平线上青草的气息，然后远去。

人生，原是这一场又一场的欢喜，与别离。

爱在尘里
——读《格林童话·青蛙王子》

小公主答应和青蛙王子吃在一起，睡在一起的。可是当青蛙把掉进井里的小金球捡回来送给她时，一切的诺言统统变卦，她扭头而去。这时的他是丑陋而卑微的。

她爱他吗？如果不爱，为何要在青蛙变为英俊王子的时候，扑向他的怀抱呢？她的爱里是掺杂了容貌和权势的。

西式的婚礼里，最神圣的一幕莫过于，在庄严的教堂，面对神情肃穆庄重的牧师，说声“我愿意”。无论贫穷，疾病，衰老和不幸，愿意和对方终生相守，永不言弃。

年少的时候，以为爱情就只是两情相悦，不计任何尘俗形式，不掺半点庸常杂念的。像罗切斯特和简·爱，不计较容貌权势和地位，甚至是起码的健康，只是两颗心的相互召唤和呼应。以为生活里，只要两个人心性相通，即使是黛玉的身子骨，晴雯的身子命，隔山隔海他也会来疼若至宝的。

如今知道，这是多么不可能。生于尘世，行走于尘世，行世的过程无非是个身心蒙尘又艰难地洗尘再蒙尘洗尘的过程，哪得无尘的心，无尘的爱啊？

很难只爱一个赤条条的人，这是实话。我们的爱，附加的第一个条件就是健康。除了爱他憨厚质朴的内心，还在乎他健康强壮的体魄。因为爱，就要相守，当她白头，他的身板还硬朗，哪天蹚水过桥，他一扭身，就把她驮在了背上，这多好。从青春到老迈，生活是一截抑扬顿挫的篇章，她是或长或短的句子，他是时时跟上的标点，随她到最终。如果健康不够，难免要把那陷进泥沼里的腿一步一步低头给拔回来，宁肯错爱一场，不可错爱一生，这就是现世里的男女。

说在意权势和地位，这话有点笼统。扪心自问，好女子断不会爱上一个无所事事的男人，也断不会正眼瞧一个脱不了低级趣味的男人。我们会在意一个男人的事业，在意他的涵养学识，在意……中年的男人，矫健的身姿，优雅的谈吐，稳步发展的事业……种种叠加，使他像一坛醇厚的老酒，好女子难免要为之失魂落魄地爱一回，谁会恋一个寡淡无味的白开水男人呢？哪怕那男人只是一件陶器，一辈子的酸甜苦辣就交给他盛装了，可是还难免要眷顾那陶罐外面的一层釉彩。多数时候，是因为他在人群里那耀眼的光环，忍不住，喜欢了那个人吧。

也有来自仙界的爱情，玲珑剔透，纯净得像深山里青草叶尖上的露珠。这早有经典流传，一个是黄梅戏《天仙配》里一个名唤董永的普通得不能再普通的男人，莫说票子和房子，连起码的自由身都没有，他穷得为葬父卖身三年为长工，就是这样的布衣级男人竟艳福博来仙界美女的千古一爱。这个穷小子，靠着女人，赎了自由身，还成了家，立了业，一个挑水，一个浇园，日子过得花好月也圆。另一出黄梅戏《牛郎织女》情节更离谱，说一个早没了爹妈的放牛小子，娶了一位豪门女儿——

王母娘娘的外孙女。缘起的一幕竟是:她在河里洗澡,他受老牛的指点捡走了一个女儿家放在岸边的红衣服,于是她嫁他了。好险啊——抓到官府里,暴打一顿是肯定的。

这样的经典还有几段,就不列举了。一段人仙恋,超凡脱俗,感天动地。可是,多是悲剧收场,爱得干净,欢娱却不久长。回头想,真的曾经有过这样的恋情吗?想必也是大多数男人在不成熟的年龄里曾经闪过的愿望吧。陷身在生活阴暗角落的小民,渴望有一线光亮给自己的命运来一次救赎,没有倾国倾城的美貌和风度,没有三代的贵族血统,救赎渺茫得很,又不甘心,只能寄希望于荒唐的爱情吧。和女人有灰姑娘情结一样,男人大约多少都有些董永牛郎的情结,希望天上掉下来个仙子妹妹,不计较金钱权势这些尘俗破玩意儿,爱着自己的破衣漏屋和忠厚老实。终归是愿望罢了,来来去去都是尘世间的人,养不活无尘的爱情,逃不了一别的。便是才子佳人的大戏,也总要过了金榜题名这一关,方得洞房花烛的圆满。

所以,在尘土飞扬的俗世里,就请原谅那位小公主一个俗艳的转身,扑向王子华美的袍袖间。

暗恋到虚无
——读《安徒生童话·人鱼公主》

美人鱼爱上了落水的王子,自始至终,王子都不知道。爱,但他不在场,这应是一桩海水里泡开的暗恋事。

那天,美人鱼救起了王子,送昏迷的他到洁净的沙滩上,他日再来,便四处寻找王子。美人鱼为了做一回人,走进王子的世界里,宁愿兑换掉美丽的声音;为了见他,肯将美丽的鱼尾锯成丑陋的人腿;为了令他开心,强忍疼痛,在王子的婚礼上跳只有自己知道的滴血的舞蹈。这样的暗恋,代价太大了！她为什么不对王子说;我救了你,我爱你,我才是你该娶的新娘啊!

和西方人笔下的暗恋大不同,在中国,在同样适合儿童看的《西游记》里,《四探无底洞》里的那个小妖精藏在一丛枝叶后面,左眼瞧了马背上俊朗的唐僧,右眼接着瞧,竟然暗恋上了。最后终于把唐僧弄到了手,抛着媚眼还嫌不够,还要在他面前露胳膊露肩地招摇着,弄得唐僧把个“阿弥陀佛”念了千万遍,还是一头大汗。

而美人鱼,爱了,却不曾说,更是嫁不成,嫁不成就要变成泡沫,生命从此消失不见。她的五个姐姐给了这小美人鱼一把尖刀，说只要扎进王子的心脏，她就能重回快乐的海洋——也许全付出了，最后只有毁灭对方，才能实现自救吧。

没想到，美人鱼扔了那把尖刀，最后怀揣祝福和心愿，化成了一个透明的泡沫——暗恋到虚无。

我以为，西方人是极其自我，勇于追求自身幸福的，面对爱情，不会这样谦逊无语地悄然而退的，这样的情节只适合含蓄内敛的东方小脚女人。而事实是，无底洞里的那个小妖精恋了还要嫁，嫁不成，便要再次下手吃了唐僧。而乖巧的美人鱼，在安徒生笔下，她选择独自离去，独自消失。

有点不合情理，细想，大约是东西方的作家们都不约而同地做了一件事，那就是在文字里创造了我们生活里缺失的那一部分。西方人的感情太过血性，西方人的爱情舞台太过拥挤，需要一个安静的角色，需要一个人选择暗恋和隐忍，哪怕让她待在角落里兀自噙着泪。至于含蓄内敛的东方女人，就让她以妖精的形象招摇地爱一回吧，这有种大笔一挥的慷慨与豪气，而不是在阴暗幽深的宅院里暗恋成灰。

《人鱼公主》的结尾说，变成泡沫的美人鱼受到召唤，到了天空的女儿那里去了。只要尽心做善良的事，三百年后便可以获得一个不灭的灵魂——也许爱，还可以重新来过，虚无的尽头是永生。这样的结局换在中国文人笔下，台词大概是：嫁不成，我也要狠狠地暗恋你，直至生命虚无。然后主角拼尽最后一口气力，说：只消十八年后，我还是一美人，还来爱你！

· 半　旧

读红楼，喜欢里面一个词：半旧。

黛玉初进贾府，老嬷嬷领着她去见二舅母王夫人。在王夫人日常起居的东廊小正房里，黛玉看见炕上设着半旧的青缎靠背引枕，王夫人坐的是半旧的青缎靠背坐褥，黛玉坐的椅子上，搭的也是半旧的弹墨椅袱。每读到此处，总要内心一阵惊悸，叹作者笔力惊人，也叹贾府贵气逼人。这样一些色彩半旧的物品，看看那青缎的料子，分明彰显的是贾府的华贵与庄严，以及大户人家不轻易炫耀的底气和历史。想想穷门小户的人家，哪捧得出半旧的像样物品，多半是破烂货了。即便咬牙置几样新东西，也是很快从新艳沦落到破烂，中间这半旧的过程短。没有好的底料，禁不起日月来一趟趟地磨。至于暴发户的人家，家具器物一色全新，也无半旧。人家缺的是积淀，是根基。

而饰半旧的妆容，更是断断不易。宝玉探望生病的宝钗，掀帘进去，见宝钗一副半新不旧的打扮：蜜合色棉袄，玫瑰紫二色金银鼠比肩褂，葱黄绫棉裙，眉不画唇不点的，别有一番风韵。我想，一部红楼里，大约也只有宝钗敢挑战半旧的东西。肌肤胜雪，面若银盆，眼如水杏，这样无可挑剔的雍容之美在盛装里缺少对比反差,反而容易把人淹进衣服里。倒是半旧的素色衣服,越衬出楚楚可人的淡雅娴静之美来。

林黛玉就不适合穿半旧的衣服。人一病瘦,气色就差,加上走路摇摆的瘦削苗条身材,搭上半旧的衣饰打扮,容易显得晃荡荡的落魄。林黛玉着装宜新宜艳,艳色之下,风姿飘逸的味就出来了。而不是旧衣服里戳出一根根嶙峋的骨头。

对着地图看,点数大大小小城市,觉得上海最担得起半旧。在外滩,百年的洋房建筑依然那么雍容华贵,那么挺拔雄浑,仿佛一位半老绅士,叼着烟斗,拄着拐杖,闲看黄浦江流水,和隔岸的璀璨灯火。氤氲水气中,路灯亮起,提一只随身小包,自万国建筑博览群前经过,耳边犹响周璇的歌:浮云散,明月照人来……花好月圆,浓情如酒,百乐门的舞场掌声雷动,绿酒污红裙。到底是一座国际大都市,在奢华的现代喧嚣之下,还保留着一件半旧的里子,半旧的历史和文化遗迹,可供流连沉醉。

犹记少年时,在庭前看母亲晒霉。黄梅天后,天气晴热,衣箱搬出,一件件展开铺在荻席上晒。有隔年的棉衣,有母亲出嫁时陪嫁的鸳鸯枕头,还有我儿时穿的百家布缝就的花夹袄。邻居大妈站在旁边,拾起枕套看,白底子上绣了粉红的荷花,和金绿的鸳鸯,还隐约散发着旧年的洗衣粉残香。大妈家没有这些好看的半旧衣物,她父母早亡,做了童养媳,结婚时没有陪嫁。每每忆及母亲晒霉,恍惚中,二十多年前的阳光犹在,少年时的衣香犹在。我想,彼时的母亲在半旧的荷花鸳鸯枕头面前,在大妈羡慕的目光里,一定心怀甜蜜。是一副半旧的枕头,将一个乡下已婚女子的平淡时光撑得饱满而芳醇。

某日,读初中的儿子跟我说起《诗经》,他说喜欢“桃之夭夭,灼灼其华”那句。于是,我们说起桃花,说起桃花一样美的姑娘,说起那姑娘的出嫁。我暗想，他心里正懵懂喜欢的那个女同学，正是桃之夭夭的年纪。一念至此，觉得自己轰然老去。是啊，老了，旧了。桃花又是一年春，春天的主人换了。怎么办呢？低头做事吧！年华渐逝，容颜渐凋，也许，学识涵养阅历和情怀，会帮我撑一程，撑我做一回半旧的女子。

步步生莲

枕边的书上，遇见“步步生莲”这个词，不禁自惭形秽。

步步生莲，单是瞧这步态，端的是轻盈从容。我想，《牡丹亭》里的杜丽娘是当得起这“步步生莲”四个字的。身为官宦人家的独生女，平日里有小丫鬟陪着，做做女红，消磨着春笋一样一截截新鲜青嫩的时光。这缝啊绣啊弄出来的织品自然是不用赶早市拿到集上卖的，所以这做女红，更多是消磨光阴，有一针没一针的，看看天，看看日影子斜过秋千架去，想想心思之类的虚无高蹈的东西，没有柴米之累来催人手脚。

至于读书，那是老师请在家里，背背《诗经》，不要考试的，等于是上了个文学兴趣班，半为着玩儿半修修气韵。没有升学压力，自然偷偷懒也无甚关系，更不用考虑将来的就业。不揣文凭不挤公交上班，一样可以嫁个状元郎这样的高材生，稳稳做个端庄贤淑的全职家庭主妇。从此悠悠然，在阳台赏赏花草，听听音乐，裙子在地板上拖，风来摇曳，一根小腰在裙子的褶皱里悠悠荡出去，荡回来，步步生莲啊。

彼时我们这些小户人家的女儿在干啥子呢？怕只能是跟着姐妹们一道，日采桑叶夜纺纱，歪歪斜斜的田埂上，黄豆粒大的油灯光下，是她们疲惫单薄的忙碌身影，为柴为米为银两，累得垂头驼腰，灰心丧气。女人啊，再怎样的美貌和才情，一旦琐碎的日常往肩膀上扣下一个担子，多半是萎成了退守树根的一地枯叶，湿漉漉泡着秋雨，而不是立着脚尖子善旋的舞者。轻盈不了，也从容不了。

回头再看纸间“步步生莲”几个字，那是身着红裙翠袄，沉着气，缓步自垄上迤逦而过。走过，花都在脚底开了。蝴蝶也从花丛深处翩翩而来，在她小袄上敛了翅，别在衣襟上来陪衬佳人。所有的和风丽日，都是画屏一样充作了背景来成就她。人一从小生活的艰难里逃逸出来，蹲守在高处的闲适里，就有了招人拥抬的气场，就端雅大方起来。像《牡丹亭》里的杜丽娘，像民国时候的林徽因、冰心。

而我们啊，赶学业，找工作，养家糊口，像个蹩脚手生的舞者，提着气，提着裙子，在人生的舞台上借着懒洋洋的灯光慌着跟节拍，唯恐一步踏不上，一步没踩准，砸了台，一辈子完蛋。我们的那一点苍灰色的生命底子，那一点薄寒的家世背景，如何撑起在人前的风光来，像一朵朝日里盛开的莲啊？我们成不了风景。只有眼羡着杜丽娘那样的人儿脚底“生莲”，水袖抛甩，叹韶光正贱，如薄暮之下不胜凉风的莲花，人生处处都是风光照人——少年时候，拥有优越的成长环境，上午诗书，下午女红，偶然逛一回小花园，一园的春色衬得它像一朵五月的石榴花立在绿叶丛中。想起民国的林徽因，在那样穿长袍的古旧年代，饱读诗书之余，就已经随父亲出国见识大世界。安逸而不平凡的少年时光，其风采，胜过多少朵莲花。

凤冠霞帔，洞房花烛，《牡丹亭》里，杜丽娘的爱情是圆满的。民国的林徽因，三个男人爱她一生：写诗的徐志摩、弄哲学的金岳霖、搞建筑的老公梁思成。通常，对于女人，遭遇太多太浓的情爱，往往物极必反成灾难，但是这三个男人却并没把这个女人拉进泥沼里，令她在爱情里颠沛流离。她是轻盈地爱和被爱，不带走云彩，云彩依然在天。所以说，林家的留洋小姐，她的婚姻爱情更是修到了至境。旧话说红颜薄命，不，杜、林她们都从这个古老的咒语里突围出来，一生饱暖，平安富贵，花开并蒂，相陪相衬。圆满的爱情与婚姻，恐怕是她们裙袂底下生出的最鲜艳可人的一朵莲花吧。想想我们身在低处的大多数寻常女子，在贫贱婚姻里，百事生哀，熬成怨偶。我们偶尔不小心读读几首爱情诗，放下书，依然觉得爱情是好事者制造出来的笑话；或者像祖母桌子上白瓷花瓶里插的塑料花一样，姿势僵硬，积满灰尘。

身为女人，我在“步步生莲”这个词语面前，实在羡慕她们，杜丽娘，林徽因……我羡慕无忧无患闲适从容圆满安稳的那样一种人生。生命像一条从高山大谷悠悠走来的河流，悠长的河流，一路兜兜转转，转出一块块平坦开阔的沙洲来，上面柳碧桃红，田畴如缎。

而我们，通常是，选择有硬度地活着，偶尔做做看风景的人。

春如线

柳在唐人的诗句里多半是“如烟”的，烟都是浩渺的一片吧，视觉上应该是远观才有这样的效果。可见唐人赏柳大多是喜欢登了楼，登了城墙，或者隔了浩荡的江水。哪怕淡一点，淡如烟，要的是一种量上的层累所带来的壮阔之气象，有点像张某人的电影。

我想，柳在文人的视觉里近了，真切见形了，大约在明后吧。在明人的笔下，它是“线”了，那是一种小庭小院的小格局的美，值得玩味。虽然唐人也有写“柳线”的句子，但实在寥寥，不及明人那样堂皇地端上来。《牡丹亭》里，一处的句子是“袅晴丝吹来闲庭院，摇漾春如线。停半晌，整花钿。”另一处更直白了：“一丝丝垂杨线，一丢丢榆荚钱”。我就想，那一句“摇漾春如线”里，如线的更多是指柳吧。明人笔下的柳，小情小调，却另有一番风姿了。

我喜欢这“春如线”三个字，春色形象可感，是物质的，不抽象。一切细袅袅的，有新生之趣。

线是悠长，舒缓，绵软，兜兜转转，随心随意。人在如线春光里迈步子，那步子是慢的，心是软的，周身是浸出了几分仙气的，于是那日子过得再也不慌张和潦草。南门的护城河边也有六七棵老柳，雨水惊蛰之间，但见那柳条被敷上了一层薄薄的绿意，在微风里，对着盈盈的湖水，闲闲地摇着摆着，仿佛试穿新衣，要绾的要结的细带子是麻烦得多。那模样，竟也有了几分杜丽娘的“云髻罢梳还对镜，罗衣欲换更添香”。挽一把柳条在掌心，便又要惊叹起来，那分明真的是线啊，极细极软，枝底下在牵着捏着，枝梢子在抽！才发的柳叶像一朵细瓣的素色的花，被串在一根根赭绿色的软而凉的线上，谁在半空里穿针引线啊，沾了春阳，沾了飞雨，这样闲淡地绣着罗绮春色？于是想起从前的关于柳的比喻，词语一头钻进“裙子”“袖子”里，以为那才担得起柳的美，其实多么矫情而茫远，“线”才是最切近的。

在春天，如线的还有细雨，在老房子顶上，无声的，是斜的细线。或者在屋檐下滴的水，也是线，连上屋顶上的线，便是扯天扯地了。可是闭了眼，在心上伸手捞起的一把，还是那绣花丝线一样的柳条，雨侧身退到柳的后面去，它到底还是背景，是底子，柳线才是主角。春天如果有自己的姓氏，他首先应该是姓“柳”的。

九九歌里早就有：“五九六九，沿河看柳；七九河开，八九雁来；九九加一九，耕牛遍地走。”如果说，这几句九九歌正勾染出一幅春色渐浓的图画，那我相信，那一位宇宙的丹青手提了笔，蘸了墨，画的第一笔定然是线条。可不是？柳在软风里勾了千万条的线，然后是冰融河开，褐色的鸭子在水上扑腾，呼应着天空中的雁来，在水墨画里，这都是“点”了。至于遍地耕牛，在斜风细雨里，怕是要调墨来着染的吧。人勤春早，正是从柳始。

画家吴冠中有幅作品叫《春如线》，这幅画里，看不见春天里某一个具体的物象，没有欲燃的一坡桃花，没有斜着翅膀半撑的黑布伞一样的燕子……有的只是点、线、面的交织、构成、组合，很是耐人寻味。那些纷繁曲折的线条里，又以绿色线条居多，叫人想起的还是那河畔浪漫撩人的垂柳！长长短短，随风飘扬，偶尔纠缠，随即散开，除了垂柳，谁还敢大着胆子来将它指认作是自己？画家眼里的春天，也是如线的。

由此回溯，柳在中国人的水墨画里，大多是以线条的形象立在宣纸上的。中国人的春天，到了极处，便是桃红柳绿，桃红是点，是面，柳绿是线。这线到了画家笔下，又深远蕴藉起来。但到底还是“线”。

春如线啊！

火车远去

马修·连恩的《布列瑟侬》是一首伤感的歌。

一直以来，这首歌被认定是一首写狼的歌曲，而《布列瑟侬》也是马修·连恩的专辑《狼》中的一首，与加拿大的一场促进驯鹿繁衍而扑杀狼群的活动有关，音乐流露出离别的野狼那种英雄末路的忧伤。

钢琴，风笛，吉他，萨克斯，舒缓而稍显低沉的旋律，仿佛秋野上徘徊的脚步，晚风吹拂黑色的风衣，一种男性式的富于沧桑感的哀伤。后面的音域，有一点点高昂，带一点点力度，是疼痛的，仿佛原野之巅上的呼告。在《布列瑟侬》里，这几种乐器，它们联合营造出一幅凄美，悲凉，丝丝缕缕缠绕着忧伤与深情的情境。钟声之后，首先是钢琴弹奏出清亮而低徊的旋律，像宁静的黄昏，细细的小溪水清澈地流着，穿过低矮的灌木与幽深的树林，如同一把剪刀，将忧伤的幕布剪开。后面风笛与萨克斯跟上，将一种忧伤凄迷的情绪缓缓酝酿到浓稠与饱满，宛如暮霭一层层从山那边漫过来，蓝色的河流笼罩在蓝色的忧伤里……

可是，听这首音乐时，不管是宁静的午后还是暮霭初起的黄昏，总能感受到一种关于爱情的惆怅，这应该更是一首倾诉爱情忧伤的音乐。

音乐的前奏里别出心裁地响起钟声，是山坡下教堂的钟声吗？是离别的钟声？催别！催别！音乐结束处，又是极有创意地响起火车路过然后远去的铁轨上的咔嚓声，亲爱的人儿，随火车远到天边，泪水落下，思念起程。

马修·连恩曾经写给他的友人福利斯一封信，信里他讲述一段关于爱情关于音乐的故事。曾经，他疯狂爱上一个姑娘，他们在一个叫布列瑟侬的小镇里约会。小镇被一片美丽安详的乡村包围，他们手牵手一道去探索周围的乡村，听山谷里传响的教堂钟声，看白云像羊群一样翻过山头，尽情享受着爱情的甜蜜与相聚的欢欣。自古多情伤离别，分手时分终于到来，他满含泪水送她去附近的火车站，从此又是各自天涯。在去火车站的公共汽车上，他蒙眬入睡，隐约中似乎听到一段美妙的旋律与歌词——那是从他忧伤的心底传来的。下车后，他来到一家咖啡店，在一张餐巾纸上写下歌词与旋律——

我站在布列瑟侬的星空下，
而星星，也在天的另一边照着布列勒。
请你温柔的放手，因我必须远走。
虽然，火车将带走我的人，但我的心，却不会片刻相离。
哦，我的心不会片刻相离。
看着身边白云浮掠，日落月升。
我将星辰抛在身后，让他们点亮你的天空。

一段美丽又忧伤的爱情，终于以音乐的方式，记载，吟唱……永远怀念……

许多时候，我们留不住爱人，留不住那些欢娱的时光，我们只能，与她十指松开，看她踏上一趟火车，踏上与自己从此无关的一段长长的路程。想着她的前方，浮云白日，关山千里，而自己，再也不是窗外相伴的一路风景，自己只能成为她的往日，成为一帧底片。所以，此刻，只会这样无奈又执拗地，站在岔道口，看火车远去，拿目光追随，然后，拿心灵追忆。

而对于我们大多数人，人生岁月已经走了小半或大半，已经知晓长路峻险，年少那红杏一样的情怀打开，如今已经懂得慢慢收拢，此时此地，此情此景，再听《布列瑟侬》，却又是一种人生况味。

是的，在这个秋天，黄叶缀满枝头，当我坐在窗台边听着这首《布列瑟侬》时，看手边的茶水一寸寸浅去，一种时光流逝而去的忧伤在心头墨似的洇开。咔嚓咔嚓，咔嚓咔嚓，火车仿佛经过我的窗前，带着东方地平线上青草的气息，然后远去。此刻我恍惚站在岁月的梧桐树下，看见我经历过的那些时光也火车一样远去，远去，天涯茫茫不可见了，那上边有我念念不忘的旧事与旧人。

人生，原是这一场又一场的欢喜与别离。

寂寞胭脂红

妖娆的东西，往深里瞧，透着的，往往是一脉寂寞孤寒之气。

比如胭脂。

与胭脂的初遇，是在极远极淡的少年时候。那一年，远在江西的表姐出嫁，母亲去吃喜酒，带回来一块手帕子，还有包在手帕里的一盒胭脂。打开来，看去，仿佛一轮红月亮静静地被摁在天幕上，指尖子蘸蘸，指尖就羞红了。问母亲，母亲说那是胭脂，也是擦在脸上的。有点失望，当时，因为我急于想得到一瓶能把脸搽得白白的香香的宝贝儿。那块手帕一直被我宠着，叠成方方的一小块，揣在衣兜里。夏天的时候，在学校午睡醒来，掏出来，展开，走到学校前的那个小池塘边，蹲下身，用它沾着水洗脸，仿佛西施浣纱。相比手帕的隆重岁月，那盒胭脂可算是境遇冷清了——其实也没有扔，当然舍不得，只是放在抽屉里，但不用，就那么晾着，晾到盒面上生了尘。

少年时，我们不需要胭脂。

其实，不是不需要，而是，不懂得。

我们不懂得胭脂的好。挑一点胭脂在掌心，合了掌来轻轻搓一搓，研开了，再双手轻轻在双颊一按，红了，仿佛满园的花儿在晨曦里层层叠叠地开。颊是淡淡红，衬得整张小脸忽然就浮出了一片粉白的消息，对面走来，只觉得有莺啼花香的生动。可那时候，只以为，白了好，香了好；就不知道胭脂淡抹，双颊飞红云，人若杏花，这色彩上有了温度有了动感更好。就像日子，只以为能过得素淡，过得波澜不惊便算得工整，却不知道偶尔也要有“万绿丛中一点红”的亮眼与热闹。待懂得了胭脂的好，一回头，看窗外，已是春色阑珊，就快红销香断。想起少年时冷落过的那一盒胭脂，禁不住心下怅然。

于是安慰自己，胭脂，到底是寂寞的吧。香艳的东西，往往藏着的就是清寒的骨，它兴许就是这样命定的被辜负，被冷落，被你多年后遥遥地记起，再心疼着。

看《红楼梦》，隐隐约约看见一群小丫头们，欢欢喜喜地在园子里淘制胭脂膏子，只觉得有无边的香气从字间飘出来，在四下里漫溢着。淘制胭脂膏子，这是多么婉约、多么风雅的事！难怪贾宝玉放了诗书要掺乎其中。红楼里的青春是热闹而奢华的！可是，到底是寂寞的！到底逃不过花落人亡、盛筵散去的结局！回头看，原来那淘制胭脂膏子的浓艳之事，不过是衬托了后面那么多辽阔荒凉的无花岁月。青春在一盘盘胭脂膏子里虚晃了一回影子，像个狐媚的小妖精，把影子露半截在窗台上，待寻了去，已是冷风习习。那红楼里的胭脂，其实也是寂寞的啊，只是披上了一件华美的外衣。

那一天，我端坐镜子前，旋开我的胭脂盒，拿毛刷子沾了胭脂往两腮上刷。爱人站在旁边，半是欣赏半是疑惑地问：这一盒胭脂一般能刷多长时间？我怔住，心下茫然一片。我停下了化妆，端详着这个掌心一般大小的胭脂盒，忽然悲哀起来：一般情况下，我这辈子，几乎是刷不完这一盒胭脂的。是的，如果这盒胭脂没有什么中途丢掉，或者不小心掉地下撒掉的遭遇，我真的是用不完它的。一则，我并不天天刷胭脂。二则，刷腮颊上，实在只需那么一点点一点点，艳一分，都是弄巧成拙。胭脂是个浓情的东西，像酒斟在杯子里，满得几乎要溢出来，容易端不稳，所以，刷胭脂，宜淡。

我在想，当我老了，或者走了，我的爱人在日暮下的窗台边坐下，打开抽屉，翻出一盒旧胭脂，盒子里还有一半没用完，他会想起什么呢？是岁月完了，一颗胭脂的心还未完，叫人徒生惘然？人已千山万山地远，只徒留半盒胭脂在尘世间，彼时彼地，是真的寂寞了。

其实，不只胭脂没用完，还有多少青春、多少年华没有来得及上色就已经从指间漏掉了呀！这一世，总有几处最动人的细节，被辜负，被虚掷，有意或无意。明明刚从花枝底下过，一回头，已是山长水远，千树寂寞。

江南风日好

久雨之后的桃花天，去江南，觉得风和日都是新的。

江南有寺有塔。寻的是三圣古寺，登的是千年弥陀塔。

江风浩荡，带着惊蛰之后的江水软软的湿气，抚摸着白马山上的松树和石阶上的行人。那些松树之间散落的巨大石头，依然像一匹匹的白马，保持着千年不变的奔跑姿势：那石质的马鬃似乎在这江南的风里已经扬起，达达达，马蹄践绿，白马山上的小草和野生兰花都绿开了叶子。

去三圣古寺的山路上，看着石阶边这一尊尊苍老的石头，想着千百个春归时节，它们都笃定地在这里，迎候紫燕归来衔泥筑巢，而一拨拨、一代代的路人，不过是经过石头上的一片流云。何其须臾啊，人之一生！也许正因其短，这生命里的安乐与祥宁，便越发来得珍贵。所以，当我拖着蓝色长裙在千年弥陀塔里的木梯子上折转攀登时，每见一尊菩萨，我都愿意停下来，合掌，顶礼，膜拜……那一刻，尘世寂静。仰面与佛对视，俗世纷纭淡去，仿佛与另一个高处的自己对视，心下倏然清明，明白何该保留与坚持，何该放下与舍弃。

在塔顶，手扶栏杆，放眼望，江天辽阔，内心空阔。叮呤呤——呤吟，人在佛塔，听着这塔檐下的铜铃在风里摇响的清越之音，分外有一种警醒之感，仿佛面对大智大圣者的教诲。何谓大自在？春风荡胸，人在尘世，无忧，无愧，无争，无悲。自己在自己该在的位置。妥帖，自然。

如同，山寺和古塔，在江南。江南，在唐诗里；在唐诗里一路迤逦，像水一样迤逦到今。

别寺别塔下山来，在村舍与油菜花田之间车子略略一转，便看见一面汪汪春水，在春阳下泠泠澹澹地铺开。听人说，这水名叫“黑沙湖”，让我想起《西游记》里沙僧的出生地“流沙河”。莫不是，这水有妖气？四顾，哪有妖气啊！湖中蜿蜒一道长堤上，植有杨和柳，疏朗而整齐，俨然颇有家教的一排兄弟。湖对面，油菜花开得欢天喜地，在太阳下开着。湖边的人家，贴着红色春联的木门，半开不开，有人在廊檐下晒太阳，有人在水边洗菜，有人在修剪庭前果树，也有人在蹲身安静缝补渔网……一切在太阳下呈现安宁与和乐的状态。这就是江南，民风里的江南，唐诗插图里的江南。江南的芜湖，芜湖的火龙岗春日的乡村。

有人在湖边讲故事，讲黑沙湖的过去，讲湖边那一个穷人家的女儿因为一身癞疮不得父母的宠爱，到最后才知道她是当娘娘的命。也有人在铺展蓝图，讲黑沙湖的将来，要将这里打造成芜湖市生态休闲旅游目的地……回去，路过油菜花田，恰是正午时分，阳光蒸得油菜花香越发浓稠，蜜蜂们穿梭其间，一派建设者火热战斗的场景。

中午吃饭时，听同桌一位新友讲了一个发生在江南的故事。一日领导下基层，老远见群众围过来，大家以为是群众要上访，都疑惑着。结果是群众进言，希望政府在这个区给他们建一个澡堂子，建几个公共厕所。后来领导回去后，和大家认真筹划，很快选定地点。澡堂子有了，公共厕所也有了，老百姓拍手称欢。是啊，老百姓有时候并不是要求这个城市建了几个光辉的面子工程，也不是有多少家咖啡厅和高档会所，而是，他们在外面散步时，想方便时就能很快走进一间干净的公共厕所，大冷天能有一池子热水泡泡，顺带着和老友聊聊。我想，为政者，若能这样姿态向下，想民所想，为老百姓真正做几件实事，那就是尘世间的佛了。而一座即使普通的公共设施，它建了，它建在它该在的位置，它胜过一座庙宇。

我又想起那蓝图上的黑沙湖。相信那个绿色生态旅游业办起来之后，这里，农舍还在，油菜花田还在，碧水还在，淳朴自然还在……是的，一切在它该在的位置，就是大自在。就像惊蛰之后，阳光在林梢子上，桃花在枝头上，蜜蜂在油菜花上，古寺依然在庄严与吉祥里。

想起丰子恺有幅扇子画，画的是一家人提帚扫地备办茶点，画上题字曰："今朝风日好，或恐有人来。"是的，江南风日好，游人当如织。

梅　心

初识梅，是在画上。

童年住的逼仄老房子里，在粉了白石灰的堂屋墙上，挂着一幅寒梅图。是嶙峋的山石旁，立着一棵红梅，开了一树的花，一坨一坨的红啊，湿答答地堆着叠着，仿佛要从泛着淡黄色的纸上突兀出来，带着一团一团的喜气，浪似的溅到怀里来。

在未解人生苦寒的童年里，那眼里的梅是妖娆和热闹的，能映红那样一个纸灯笼大的少时岁月。虽然日子有一点贫薄的浅灰色，但心是欢喜的，那梅花开到我心里去，以至有蜂飞蝶绕的生动。我穿的小褂子上，有那样一朵一朵的红梅，把镜子里的那一张小脸也映得漂亮可人了。母亲为我一针一针纳成的绿布鞋上，也用红色的毛线绣了大朵的梅在鞋背上，像妈妈的笑脸，房前屋后地蹦跳，头一低，就能看见。甚至与我逗玩的那些堂姐们，她们的名字里，多半喜欢嵌着一个“梅”字，像粒花纽扣一样招眼。叫“梅”的堂姐们常常牵着我的手，穿过乡村的河堤，去田野捉萤扑蝶。

少时的岁月，每一个日子都是一朵才放的梅花，都是红艳艳的暖，叫人贪欢。少时的心，清清浅浅，盛满了生命里最初的点点碎碎的欢。

待识字读书，再看那书里的“梅”，分明是着染了一层爱情的薄凉与惆怅。可不是？旧式文人笔下的爱情，大多是牵扯着梅花的。《牡丹亭》里，杜家小姐因相思而死葬在梅花树下，柳家书生因为梦见了一位梅花树下的女子，于是给自己改了名字叫“梦梅”。十六七岁的年龄，看巴金的《家》，恋恋放不下的是一个叫“梅”的女子，她的无言低眉，她的泪水偷拭，道尽了爱情的凄婉苍凉吧。及至那一年坐在电视机前看电视剧《家》：觉新在梅树下捡了落下的梅花花瓣，在地上拼了一个“梅”字，深情得叫人心酸，一阵风吹来，吹走了地上的那个“梅”字……梅表姐走了，她坐了船，白的手帕子丢进风里，自风里又飘落在水上……大约从此泪水干了，用不了手帕子。电视机前的我，泪水在眼里含着，整个屋子朦胧在一片咸涩的泪光里。

那时候，我的心里也是在喜欢着一个男孩子啊！但，他不知道。和他偶尔碰面，只淡淡地笑，像无风的海面，而心里，盛的是一片浩瀚不安且咸涩的海。日日从他眼里过，却不敢跟他说，说了又有什么用，转眼之间，我和他，将要分开，各奔前程，谁能抓得住谁呢？暮霭沉沉楚天阔，从此以后，那些浩渺的岁月里，怕是再也看不见他的影子了吧。这场一个人的喜欢，是强忍在眼里的泪，没有掉。

那些阳光下的爱情是怒放的玫瑰，我的，是风里飘零的梅花，注定了在那样青葱的年华里无从把握。但是，花谢花飞飞满天，那喜欢和忧伤曾经那样塞满一个稚嫩的心，濡湿了一个季节。初恋的心，是梅的心，薄凉，无力，一片怅惘。

那一年，生活失意，信任了十几年的人忽然背叛自己，生活成了一团乱麻，死的心都有。朋友不在身边，父母不敢对他们说，怕他们担心，一个人默默扛着，湿淋淋地过着暗淡的日子，甚是落魄。为了排遣，为了自救，于是找一份事来做，结果，越做越好，事业有了起色。有一天，坐在安静明亮的办公室里，看见窗外的梅，忽然想起“梅花香自苦寒来”的句子，俯首沉思，算是有几分懂了。也许，人生里的有些暗淡正是为了成就后来的明媚吧，山环水绕，柳暗花明，咬牙再走走，便见无限风光又一村了。以为很多河过不去，但斩木为船，还是过去了；以为很多山翻不了，但披荆斩棘，也还是翻越了。是的，虽然辛苦，虽不从容，但都过去了，这一刻，才真正感觉自己是开在枝头的一簇明艳的梅花。不是四月阳光正当好才盛开的蔷薇，不是牡丹与芍药，是一路忐忑一路风霜走过来终于迎见朝阳的红梅。生命的风骨之美，真的是穿越风雨之后的那份沉着坚定与昂扬自信。也知道，此后的岁月一步步往深处走，将渐渐成落光了叶子的枝干，不甚明媚，有一点灰褐的暗淡，但心会是那傲寒的一朵红梅。

人近中年，婚姻和事业都已尘埃落定，牵着孩子的手，走在春天的阳光下，看见红梅零落，心竟不是那十分的忧伤，因为，又看见了迎春花开。走了小半生的路，终于懂得，那为春天引路，然后又为十万春色让出枝头的梅的心。“待到山花烂漫时，她在丛中笑。”牺牲，让位，谦逊，无言，这是梅的生命里最后一节华章。在广阔的生活大舞台上，大爱大美的心，不是争当主角，而是懂得幕后的价值——成全他人，成就事业。

墙角的梅，还是画里的梅，还是书里的梅，还是诗句里的梅，不同的是，我们有一棵不断成长着的心——越来越开阔，温厚，敞亮。

·美 人

春来雨潺潺，黄昏上街，过街口，无红灯，却见一轿车缓缓停住，摇下玻璃窗，一男子探头向外。顺他目光看去，一女子雨中过街，执杏黄大伞，着宝蓝长裙。不由也停步，细看去：穿得层层叠叠，姿态婆娑摇摆，好似一面花落，一面花开。

是美人。有闲情看，美人处处在。

美人的美，粗略划分，大抵可分两类，静态美和动态美。

具有动态美的美人，适宜亲眼目睹，不宜入画。朋友跟我聊天，她说她猜测王昭君出塞，可能不能怪上毛延寿。汉元帝是在昭君出塞那天才第一次见到她真身，想必那天的昭君盛装出行，一步一步出深宫，风吹裙袂，姿态袅娜。是那风神飘逸的姿和顾盼传情的态拨动了元帝的心。也许昭君的美，不好画，那神和态，只有动起来，才美得揪人心。若是这样，就不能责备是毛延寿故意将她画丑了。

林黛玉就是一个深具动态美的美人。越剧《红楼梦》里，《天上掉下个林妹妹》那个唱段，宝玉且喜且赞："行动好似风拂柳"，这唱的便是黛玉的动态美。读《红楼梦》，最喜把玩这一句："林黛玉已摇摇地走了进来。"瞧这"摇摇"二字,看客也被摇得心驰神往了,这就是黛玉的风流袅娜。所以大观园里的那一帮女孩子,我以为林黛玉走路的样子最耐看,撩人心,有模特范儿。看林黛玉要远看,不要画她。宝钗就不一样,穿家常衣服,半旧打扮,唇红腮粉的,坐在炕上做针线活,端庄贞静得如静物一般,就适宜画下来,画成一幅淡雅的仕女图。

某日喝茶,跟一漂亮的女友聊起女人的美,她慨叹,上天对每个女人都是公平的。她说她在澡堂子里见到一个半熟的女人,那女人平时看去,五官普通得要命,没想到站在莲蓬头下再看去,皮肤竟是那么白,线条竟是那么优美。说过, 作为女人, 朋友只叹她丈夫有艳福了。看来,有人美在面孔上,有人藏着美,只有最亲最爱的那个男人,才知道她的美。

活在男人思念中的那个女人,是他永远的美人。这样的美人,也不适合去见,不适合约到茶楼里,让她坐在自己对面。太近了,她就不是美人了,是菩萨的塑像斑驳,让人望不见神性,只望见了塑像里的草茎和黄泥。隔着时空,隔着疼痛和相思,美人隐约,只可长相忆。

《浮生六记》里的芸娘, 似乎是个美人, 因为好像每个男人都羡慕沈复,讨得那样的老婆。其实芸娘长相如何,今人如何见到! 男人喜欢她,是因为她的性情。温和贤淑,善解人意,又不失小女人的伶俐和情趣,难怪林语堂说她是"中国文学史上最可爱的女人"。性情之美,在情,在智,在趣。性情之美,也成就一个美人。兰花一样的美人。可养。

花木兰的故事里,如果只有关山度若飞,只有寒光照铁衣,那多苍白单调,还好,还有壮士十年归,回家著旧裳,对镜贴花黄。阳刚美和阴柔美的组合,让花木兰的形象格外明媚可人。看赵薇主演的电影《花木兰》,最难忘那一镜头:月色迷蒙,她脱了战袍,在月下沐浴,披着长发……自此,她成为魏国皇子文泰心中的美人,在他的心中,她跟他的江山并重。

这个世上的美人,大约是因为有了男人那双欣赏的眼睛,才格外光华难掩。而我想,若能穿过长长短短的男人行列,回头在女人这里再受追捧,便是美人做到又一重境界了。一念至此,想到多年的闺蜜们,打算从此改口称呼她们。不呼大名了,改呼:嗨,张美人!嗨,李美人……

那时喜欢你

那时喜欢你，倘若不去究竟后来，这喜欢，是一件精致的瓷器，在素手上捧玩，是万千个好了。或者，是未落尘埃的一袭锦绣，上面红花绿叶，彩蝶翩翩，是明朗喜人的欢啊。

张爱玲和胡兰成是注定有一场“喜欢”的。在旧上海，她人生锦年露锋芒，可想而知，年龄与阅历相仿的男子，她怎会轻易瞧上眼！写字的女子，一般多少都是有点早熟的，看人看事，难免通透。一般男子的那点动作，想必她一定是俯视作小儿戏罢了，甚是不屑的。直待遇见胡兰成，他的年龄、阅历、才识压一压，她的孤绝、骄傲、高处不胜寒的寂寞才作了罢。

至于胡兰成，只在纸上，便读出张爱玲的好来，这之后的喜欢就不消说了。那年，胡兰成在《天地》杂志上读到张爱玲的《封锁》，文章中的见识已令他惊奇，不久《天地》杂志上又登载了张爱玲的照片，胡兰成看了照片，这一次，已是感叹：世上但凡有一句话，一件事，是关于张爱玲的，便皆成为好。于胡，这纸上的一见，恰似旧时的王孙公子在朋友家的院子里，隔着镂空的花墙，看见一袭迤逦而去的俪影。虽未端详那黛眉桃腮，单是这曳地的红裙、这袅娜的腰身已叫人流连了。所以，民间的戏曲里，唐伯虎为进华府求秋香，不惜卖身为华府的家庭教师，都可以理解了。这厢，胡兰成的戏略作改动，他跑到杂志社要来张爱玲的地址，急匆匆求见，未成，往张的门缝里塞纸条。直到两个人终于握手言欢，终朝语不歇。那是怎样的喜欢啊！没有掺夹一般小民的烟火与琐碎，有的只是两个才子的高蹈与精致。他们谈文学，品瓷器。直至在那一个黄昏的阳台上，他忽然感慨说：时局要变，来日将会有大难……汉乐府里有，来日大难，口干舌燥，今日相乐，皆当喜欢。她说：你，你这个人呵，我恨不得把你包起，像个香袋儿，密密的针线缝缝好，放在衣箱里藏好。这样的喜欢！怎生是好！

但是，再好的瓷器，捧玩久了，也有情疏的时候。所以爱好收藏古董的人，常常要着一个尴尬的手法：当再遇一件新的瓷器或古画啊什么的，求而无法得时，便常拿着手里捧玩久了的藏品去换人家的古董。这换中，有心疼，有惊喜，但很快，喜悦便盖过了心疼。所以，后来，胡兰成在为汪伪政府服务的辗转中，认识了护士小周；再后来，汪伪政府垮台，胡兰成去温州乡下避难，身边新添的女人是秀美。爱玲，于他，想必只是“那时的喜欢”了，如今已经放手。

终于一件精致的瓷器半空里落下，青天白日里的一声响亮，铿然作玉碎声。张爱玲给胡兰成写信：我已经不喜欢你了，你是早已经不喜欢我的了……这就是后来。后来就是“不喜欢”。但是，毕竟，那时喜欢过，所以，随信她最后给他寄去一笔巨款。我想，不只是为他，更多是为了安慰自己的内心罢，是不想负了自己当初的一场喜欢。在女子，这动作，颇似京剧舞台上踩着锣鼓声的那最后一个回头亮相，有铿锵之美。

曾经，以为喜欢一个人，就是一辈子的喜欢，是无期的温柔的徒刑。

其实，并非如此。爱情像一个电磁场，在这磁场里，一个是获得磁性的磁铁，一个是不顾一切追随的小钉。但是，一旦电源断掉，铁是铁，钉是钉，之间的故事大约也只能停留在“那时喜欢你”这个点上了。

郑少秋和肥肥沈殿霞，当年，他们被人捧为女才郎貌，却也恩爱。只是，后来到底散了，肥肥一人抚养女儿。曾经在一个电视节目访谈里，主角是这当年红遍银幕的一对人，回首往昔风云，肥肥问秋官：究竟十几年前，你有没有真真正正爱过我？秋官答：有，我好中意你！肥肥感动，后来流下泪来。是啊，即便后来不爱，我们谁能否认，那时，喜欢过一个人呢？

因为那时喜欢你，所以即便后来，瓷器玉碎，锦绣蒙尘，张爱玲临末了还汇一笔巨款给胡兰成，郑少秋才会当着全国观众的面，毫不讳言自己当年对肥肥的喜欢。我想，不只是为对方，更多是给自己的心灵最后一个真诚的交代吧！

时光如箭，若能在将暮未暮的年龄里，在街角，得遇旧人；若还温柔得可以相对坐下，可以共享一壶茶的温暖，我会迎着袅袅升腾的水汽，望过去，说：那时喜欢你！是的，我那时真的真的，好喜欢你！

那些书和戏

七八岁时，在夏夜的竹床上，听奶奶讲《白蛇传》那些古老的戏，夜夜入迷。后来略略识得几个字，我喜欢看墙上的连环画，都是古老的戏。我沉迷其中，人世的悲喜，那么早就进驻到我的心里。这些，为我日后的文字渲染了忧伤和抒情的底色。

记得那时喜欢到处找字读。十岁左右，到外婆家拜年，近十里的路，我是一路读着人家的春联走完的。父亲喜欢黄梅戏，他从前在安庆那边做手艺，回家的时候竟然买唱词，我看上了，读得放不下，朗朗上口，极有韵味。那个年代，对于一个农村的女孩子，可以读的读物真是有限！

看到正经的书，是小学三年级吧。我征订了小学生作文选刊，我母亲给的钱。这在那个许多家长不舍得花钱送女孩子上学的年代，能给女儿这样的“零食”，我母亲算是开明了。小学阶段，我的作文从来都是当范文被语文老师读的。

童年的时候有过两个理想：成为黄梅戏演员；或者成为一个武艺高强的人，起码懂轻功。受父亲影响，我也喜欢黄梅戏。八十年代，马兰正红，那时生产队里有条牛，各家轮流着放，我牵着牛，在滚满露珠的田埂上，跟着大广播学唱黄梅戏。

那时候，小孩子爱看的闲书是那种黑白的连环画，手掌大小。看书里女英雄，提刀飞马，脊后张着大披风，羡慕得要命。有一本书上竟有练轻功的方法——就是在盛了粮食的那种圆的浅的篾箩沿上走路，然后一日日在腿上加重量，比如绑砖，且篾箩里的粮食也要一天天减去，时间久了，身子轻了，就能从树枝上走路。我练过，弄翻了篾箩里的粮食，招来奶奶的骂，很苦恼。只好回头看书找乐趣。

至今难忘一本书，叫《散文奥秘探寻》吧，我用入团的团费买的，团就没入了。一个乡镇的书店，简陋至极，卖的书基本是关于庄稼和家畜的，只有那么一本是关于文学的，没有人买。现在想，那本书怕就是为我而来到这个小镇的吧。人世间，需要多少机缘巧合来成就后来的另一种人生！在那本书上，我较早地读到了鲁迅，余光中，梁实秋，黄永玉等名家的作品，还有明清的小品文，自此文字里生出新气象。

时光之河迤逦淌去，如今溯流回望，觉得往昔所经历的一切都那么美好，都可以成为纸上的词语和句子，成为萦绕在文字里的悠悠清芬的气息。

青

诸种颜色里，恋上青了。

青是安静的，单薄的。

“花褪残红青杏小。燕子飞时，绿水人家绕。”是苏东坡的句子。这疏淡的笔墨里，就渗出了一点点的青来，是青杏。农历三四月的杏子，在碧色的枝叶底下，悄悄地生长，不招眼，不浮浪。一副青涩的外表，容易被遗忘。

这多像少年时光，属于乡下的少年时光，没有少年宫，没有钢琴与舞蹈。四月的沙洲上，外婆的小院里，洁净简拙。院子外的泡桐上蝉鸣未起，篱笆上的木槿还没打苞，外婆的小院罩在一片恬静的青色里，闲寂清美。我们在小院里，也像是一簇青色的叶子，微微摇曳在风日里。

翻开色谱来看，看青的位置。青应该是从绿里衍生出来的一种颜色，它包含于绿色大系里，却不等同于绿。二月的纤纤细雨里萌生的新草，是绿，嫩的新的绿，不是青。八九月间远山上的草木，在朝暮的烟霭里沉淀下来，那是黛色了罢，也不是青。青是未老的绿；青一老，就是黛。即使老得明媚些，也是蓝了吧。

四五月的草木是青的，是一种寂然的青。青立于仲春和仲夏之间，繁花已落，硕果还未登上枝头，两头的热闹都没赶上。

戏曲的舞台上，有一角色叫青衣。端雅大方，明丽成熟。她有花旦的美，但弃却了花旦的俏与媚；她有老旦的矜持庄重，却又添了几分绰约风姿。她莲步轻移，一身素洁的衣，粉色，白色，或蓝色，青色。水袖袅袅，分明有一种暗暗的寂寥。只是，这寂寥是那样隐约，那样轻盈，一个转身，就被端庄的她轻轻压下去了。青衣的女子在俗世里，一样安然淡然。她看待爱情，就好像坐赏春末阳台上新移栽的一株海棠——那枝枝节节上的花，要是开，已经开过了；要是不开，也已经不会再开了。她看着那些夭折的花蕾，伴同残红零落，内心无怨无艾；一抬头，轻愁烟散，天地平阔。这就是青的境界。

国画颜料里有石青。我从前临摹过一幅美人蕉图，五月的美人蕉，有茂盛的叶子。在宣纸上勾线完毕，一坨石青挤在调色盘里，兑了水化开，一笔笔涂染。一片片石青色的叶子，在画面里占去大半，却只是衬托，衬花。因为，那叶子丛里，一茎朱红欲燃的花朵，正高高顶在画面中央。这是青的命运。不甘也没有用。

青古朴而自重，不热烈，不张扬。再怎样山长水远地涂抹，永远只是底色。青是未能顶上红盖头入门的女子，就这样终身未嫁，静悄悄做了他一辈子的知己，与他隔街隔巷隔城隔生死，只能成为他浩瀚的想念了。赵雅芝版的《新白娘子传奇》里，有个女人叫小青，我一直疑心她也是偷偷喜欢许仙的。旧戏里，多的是这样的情节：书生娶了闺秀小姐后，慢慢将丫鬟也收进了房。想必这些一定少不了平日里眉来眼去的铺垫。有一回查资料，竟发现在清代演出的《白蛇传》里还有“双蛇斗”这一出戏，那时的青蛇还是一个男人，爱上了白素贞，白素贞没有接受他的爱，于是他将自己变成了一个女人，做了她的丫鬟和知己，陪她来红尘爱恨一场。原来是这样……无论爱的是谁，着青色衣服的那个女子，即使在浪漫传说里，也和我们一样，心在别处，化浓为淡，兀自寡欢。

青色算得上是颇有中国文化意味的一种颜色了，只是人们常记得的是喜气的大红与青花瓷器上的纯蓝。青是落寞的，在晴耕雨读的风雅古代，位卑的读书人着的是青衫，寻常人家的女子裹的是青裙。白居易的《琵琶行》里有一句；座中泣下谁最多，江州司马青衫湿。庙堂那么高那么远，只有他在偏远的江湖里寥落，月夜酒后听一首琵琶曲，一袭青衫全作了揾泪的方巾。山河有多辽阔，寂寞的心就有多辽阔。浔阳江头的那一件青衫，在深秋的月下，愈见萧萧清冷了。

青是这样纯粹而孤寂。是悬崖背后无法流走的一泓清泉，独自映着天空和残月。

少年读

回眸处，是一段葱绿葱绿的时光，潭水一样宁静，又青草一样蓬勃。那是一段悠长的少年时光，沉湎于阅读的时光。

唐诗，宋词。《红楼梦》《简·爱》。席慕蓉，三毛。是那些美妙的书香将我的少年岁月浸染，浸染得有了与众不同的意味。每每回忆，内心充满感激。感激岁月年华，感激文字。

犹记当年读宋词。读李清照，“花自飘零水自流，一种相思，两处闲愁。此情无计可消除，才下眉头，却上心头。”读得眼前水雾迷蒙，心儿无着无落的，一时间也惆怅不已。那一个少年的人呀，也化作了一片薄薄的素白的落花，在晚风里，在流水上，到了远方。后来又读苏轼，读到“大江东去，浪淘尽，千古风流人物。”再去看外婆家门前的浑浊江水，全然又是另一种景致。长江多老啊，那么多樯橹灰飞烟灭的往事，都在江水之上演绎。从此，我看到的长江，不再只是空间上的长江，更是承载着厚重历史的长江，是飘散着酒香墨香的长江。它苍茫，雄浑，深邃，风雅。

大雪天，读《红楼梦》，真的是拥炉夜读啊。记得老师曾偶然说过，中国人不读红楼梦，都算不得中国人。寒假一开始，就借了《红楼梦》回来。晚上，母亲早给准备了个手炉，是那种红陶的手炉，里面盛了碎碎的炭。手搭在手炉的拎手上，书也搁在上面，一夜夜地翻阅，连书也添了木炭火的香。就着那一炉温暖，一个寒假，读一本传说中的《红楼梦》。读到黛玉焚稿，然后病死，一时悲痛不已，手炉也不要了，只歪在枕边无声大哭，泪湿枕巾。窗外寒风萧萧，是深夜，只觉得满世界苍凉空旷孤独。再读不下去了。一部《红楼梦》，写到黛玉之死，就可以收尾了，再不必写了。那时这样以为。换夜再继续读，又读到宝玉出家，茫茫的大雪，雪影里一个人，在船头躬身拜别父亲。这一回，倒没落泪，可是心上却是闷闷沉痛好久。是岁末，窗外也是大雪，月光下，一白到天际。回头体味文字里弥漫的那种辽阔无涯的哀伤和空寂，仿佛没懂，又似乎懂得了。

后来，又抄席慕蓉的诗歌在小本子上，一首又一首。书依然是借来的，《七里香》《无怨的青春》，好几大本诗集，抄得满心欢喜又沉醉，哪里嫌累！然后，自己的枕头底下便多了个湖蓝封面的本子，那里面有我写的诗歌，席慕蓉体的诗歌。偶尔借给体己的女同学看，她也给我看她写的诗。我们像两只幸福的老鼠，偷偷分享各自的文学青果。在被窝里，打手电筒读三毛。撒哈拉沙漠在哪里呀？荷西是个大胡子的男人，真的很有魅力吗？长大后，我们一道也去远走天涯吧！那时，我们两只文学的小老鼠已在密谋大计。内心有小甜蜜，嘴巴上不好意思说，其实心里都想到那远走天涯的队伍里，一定会添加新成员，他是我们各自的荷西。他要不要也是大胡子呢？再想想，再瞧瞧……

如今，回头想这些读书的琐碎细节，深感文字的魅力有时是一个人在一本书里活了几辈子，大悲大恸大欢喜，小忧小愁小甜蜜。就这样长大了，内心丰富了。合上书页的那刻，沧海桑田；窗外阳光刺进来，啊，世上已千年。

是啊，世上已千年。每每看到现在的孩子有那么丰富的课外读物，我总禁不住心底苍老的一叹。当我在一所中学自编的校本教材《文海撷英》里，又看到了那些喜欢的文字时，忽然有一种血液倒流的激动，仿佛回到青涩年少。“唐诗四季”“魏晋风度”，豪放派词，婉约派词；《红楼梦》《简·爱》……看到这些自己曾经喜欢、一直喜欢的文字，仿佛在单调无聊的长路行走中，看到一处深谷碧潭，看到一丛篱下白菊，看到春水涣涣处云生，看到青草离离处鸟飞。

书下乘凉

我以为，人间美事是日日睡前枕边有本书。沐浴更衣后的人是香的，展开的书页是香的，静静白白的灯光里，夜也是香的了。

一册在手，午夜听时钟滴答，只觉是泉水泠泠淙淙自枕畔与台灯间流过，风光迤逦。人生至此，还有何遗憾！夏日读书，人在暑气里，一页页翻下去，仿佛字行之间有凉风习习，浓荫匝地。时光清美可人，心若一只素色的蝴蝶，低低翩飞在文字的绿荫下，妥帖安然。

不敢想象，没有阅读，这一路走来，生活会是什么样子。

至今犹记，少年时候买书读书的情景。那时，愁长憋闷的黄梅天刚过，天气高晴起来，家家晒霉。母亲早晨起床后在庭院里晒衣物，我无心帮忙，镜子前收拾妥当后就出门；心里揣着甜蜜的心思，却不是会人。坐一只小船荡过平阔江水，去江南；揣几块钱，去书店。书店外面的墙根下，晒了一地的半新不旧的书，连同墙根下的幽幽青苔也在陪着晒。书店前马路边有把杏黄色的大布伞在太阳下撑开，伞下是个老伯伯的书摊。抽出一本席慕蓉的诗集，问他多少钱，他接过书看看，用半文半白的方言沉吟道：个（这）一本哪，上好的上好的！赞美之后才给出价格。最美的事是挑得一本喜欢的书后，用零钱在桥边的阴下再买一杯冰镇的酸梅汤，凉凉喝下，喝过把杯子再还给人家。

回家挪一把竹椅到梧桐阴下，椅边备上一大杯微苦的凉茶，就那么天荒地老地读着。大人们在睡觉，母鸡在葱郁的桑树下刨出一个泥灰的坑，将身子伏进去歇凉，花猫也在椅子边呼呼打着呼噜，只有自己像鱼一样在字行里游弋，清凉自得。一本书翻到一小半，大人都下地干活去了，四隅在蝉鸣里愈显寂静。庭前的桑树，田头的莲塘，隔江的隐隐山冈，一切都有了远意，远到诗歌里。夕光灿灿，邻家的卡带式录音机里播放邓丽君的歌曲，甜美柔软的歌声飘过矮篱，在耳边缭绕。内心有清愁漾起，莫名的。“在哪里在哪里见过你/你的笑容这样熟悉/我一时想不起……”年少情怀，在书香和邓丽君的歌声里，仿佛一片月光下的湖面，又静又凉，渺渺澹澹。

如今，年少情怀已不再，旧友都已纷纷嫁人，旧恋的臂弯上也傍了别家的花朵，只有阅读的习惯还在，伴随自己至今。暑假里，喜欢躺在地板上看书，用唐诗词典作枕。一本随笔集，或者一本新到的杂志，闲闲淡淡地读下去，读到日头在阳台外也渐渐钝了它的焰。至黄昏，瞌睡来袭，就地侧身而卧，氤氲着油墨味的书页渐渐掩住了脸。书间睡去，灵魂清凉恬静，仿佛旧时在树荫下乘凉，听老人讲古老悠长的传说……

举目红尘，多少欢爱都散作了云烟，可寄深情的大约就是书和写了。是的，我在书下乘凉，听听别人说话，想想自己心事。就这样，与浮躁喧嚣保持点点远意，做个清凉的女子。

未识绮罗香

依稀是十六岁，骑着父亲的前面横有大杠的自行车，去江边的长街，只为了看一件白色的裙子。一路上，柳枝拂拂，蝉鸣如沸，也顾不得停下来歇息。到得长街，寻一处无人的街角，将一脸的汗水擦掉，理理衣衫，按一按怦怦的心跳。然后，故作平静而悠闲地逛街，装作不期而遇了那件白裙子。

那是一件白色半身裙，若上身，应该长及脚踝。我是一次和堂姐上街买学习用品，偶然看见，它挂在一家服装店的正面墙上，位置已经显示了它的不同寻常。白裙子像是用上等白丝纱做的，裙摆镶有一圈蕾丝，若能穿上，我想我顷刻间会变成一个幸福甜美的公主。我眼热心热，也不敢向卖衣服的人提出要拿下来试试，只怯怯问她多少钱。二十五块，最低也要二十二块，低于这价就不要问了！卖衣服的女人瞟了我一眼，看我是个孩子，想也是口袋空空，爱理不理地简单应付，大约与我还价的心都没有。我彼时只有十二三块，还差了一大截，不敢再问，目光被粘在裙子上，迟迟不舍得走。

心里想着回家好好攒钱，也许到下个星期，那裙子的价格会再跌下一截来。攒了六七天，私房钱没涨，再去看裙子，裙子也没跌价。日暮时分，一个人在人影稀稀的长街上，满怀怅惘地推车回家。我心里知道，那个夏天，我是买不起它了。她是为有钱人家的女儿准备的。那就看看吧，只要那件裙子还没被卖掉，我就可以来看它。跑过了好几趟，怕店家认出自己来，再去，我便推着高大笨重的老式自行车，从店前缓缓走过，转过头，看它高挂在店堂上方。来一趟，去一趟，我至少可以看两次。回家伏在桌子上看书，只觉得有一件白白的裙子在远方飘拂……一个夏天，就那么因为一件裙子而寂然薄凉起来。

有一次，听蔡琴的歌《未识绮罗香》，那种淡淡的忧伤、浅浅的委屈以及一种隐约的漂泊感，绵绵渺渺覆盖了我一个午后的光阴。歌声里，不觉想起这桩少年时候的事。这首歌曲出自唐诗《贫女》，作者是秦韬玉。

蓬门未识绮罗香，拟把良媒亦自伤。
谁爱风流高格调，共怜时世俭梳妆。
敢将十指夸针巧，懒把双眉斗画长。
苦恨年年压金线，为他人作嫁衣裳。

听着蔡琴的歌，读着古诗里贫女的幽怨心声，想着自己的少年时光，素淡单薄的未识绮罗香的时光。一时间，感慨万端。其实，何止绮罗香未识，还有钢琴未碰过，芭蕾舞未跳过，大剧院里的歌剧未现场欣赏过……人在时光的低处，在世界的低处。想起来，舌尖依然有微微的苦涩泛起。

有一次出门旅游，坐在身边的女友是城里长大的孩子，我们说起彼此的童年，说完，我忽然心底无限欢悦感动。我忽然庆幸自己有一个乡村长大的童年,感谢上苍安排一件在我少年时候出现却没有买得起的白裙子,感谢那些曾经的失落、苦涩、怅然……她在城里的少时岁月,有幼儿园,有大工厂,有《唐诗三百首》……我呢,未识绮罗香,却识得了草木香,识得花香泥也香。夏日里爬到桑树上摘桑葚吃,雨后在门前撒凤仙花的种子,花开时揉取花汁染指甲。踏着露水珠子在田埂上放鹅,鹅长得好快,心里沉沉揣满欢喜,因为卖掉鹅,开学的学费以及平时的零花都有了保障。清晨,田野上的大喇叭在播放黄梅戏,自己跟着哼唱,《谁料皇榜中状元》《到底人间欢乐多》……许多黄梅戏唱段都是那时学会的。

如今,我一个月的收入够买好几件绮罗的衣裳,家中衣橱里也挂满长长短短的白色裙子,回忆往事,苦涩之中,再咀嚼一番,竟有深深浅浅的芬芳和甜蜜。是啊,那时未识绮罗香,如今却从中体悟到了岁月长岁月香。

我想,人生的开场大抵有两种。一种是晴空丽日里开始就站在高处,端的是看尽风光,后面却是漫长的下山的路,越走越暗,越走越低。我们当然欣赏另一种,人生之初是山谷浓荫里一条涓涓清瘦的细流,道路蜿蜒险窄,但只要笃定地走,就能走出深林,走向平原与大河。人生越走越阔。

戏 台

杨振宁故里合肥三河镇，有个古朴雅致又庄重凛然的花戏楼，其实就是一座楼阁式的大戏台。

我去的时候，那戏台上正演《孟姜女哭长城》。身着湖蓝色戏服的演员，在薄暮的风里群袂飘飞，那唱词自喉咙里宛转流出，仿佛也落花似的被她缓缓抛洒在风里。一个前朝旧代女子的情之凄切与生之苍凉，都在那悠悠飘远的声音里了。

历史是沙滩上垒起的沙堡，一个又一个孩子在垒，又被一阵又一阵的海浪吞没。多少人和事，都已经烟消云逝，只有戏还在。唱本一代一代传，唱戏的最后也会化作一撮尘埃，只有戏台还在。难怪，在民间，戏台被称作“万年台”。

是万年台啊，台上，是千万年不变的吹拉弹唱，不变的悲欢离合。

去西塘古镇旅游，也见到一座戏台，是建在水上的戏台。盖了墨灰色小瓦的三间房子，正中间的一间延伸突出成戏台，上面飞檐翘起如孔雀开屏一样娴静美丽。戏台前两侧是两长串红色的灯笼，戏台的布景是白色底子上盛开一大簇红的粉的牡丹。

我站在戏台对面，隔水看它，想着这牡丹作背景的戏台上，曾经演过多少场浮华绮丽的才子佳人戏。是的，西塘的戏台上只适合演温柔缠绵，演才子佳人，对着戏台下缓缓流逝的流水，对着水上的看戏人，对着隔岸的行人……这里如此清幽僻静如同世外，哪里适合演烽火硝烟？演肝肠寸断的蒙冤死别与壮士暮老志未酬？

至于那两侧的厢房里，想必一间是演员们在那里拭粉换装，一盆盆还残留着胭脂香的洗妆水就那样被就势泼进台下的河水里，跟寻常女子的洗衣淘米水一道，流到远方去；而另一间厢房里，一对璧人正手捧唱本在那里对词，弄丝的在调弦，弄竹的在试音……

鲁迅在小说《社戏》里也写到看戏，是一群八九十来岁的乡下孩子伴一个城里来的小少爷，晚上划了船去看社戏。也是在水上看的，或站或坐在船头，咿咿呀呀看不懂，只看了一场热闹。鲁迅两次写了那戏台，一次是来时远望，一次是去时回望。来时戏台模糊在远处的月夜中，让人疑心是画上见过的仙境在这里出现了；去时戏台缥缈得像是仙山楼阁，满被红霞罩着了。在一个孩子眼里，戏台如此遥远神秘而美丽，它不属于人间，它是另一个世界里的神仙在灯光与乐声里悄悄掀动了一下裙子，让你看见，却看不真切。

有人一辈子在戏台上，不肯下来，不肯卸妆醒来。电影《霸王别姬》里，张国荣演的陈蝶衣爱着张丰毅演的段晓楼，陈蝶衣和段晓楼两个男人都是戏子，在台上，却一个是美人虞姬，一个是英雄霸王。戏完了，霸王还原成了段晓楼，他要娶青楼女子菊仙为妻，过实实在在的人间小男女都在过的日子。可是虞姬还没有妥帖地下来，他还活在戏台上，还是一个女人，还在爱着晓楼。只能是悲剧了。我们在台下，替戏子垂泪。

我们垂泪，以为自己是在看戏。看别人的戏。其实我们也在戏台上，尘世是你我的戏台。我们的唱本里，也许没有才子佳人，没有烽火硝烟，有的只是粗线条的生老病死，和缺少美感的细节。我们的戏台，没有灯光与乐声来撑开场面，它单薄幽暗得像一件陈年的旧手帕子，皱巴巴地被剥开来，上面污渍点染一朵褪色的红莲。是的，我们也在粗陋的戏台上，却不自知。

一个深秋的夜晚，出门散步，路过一个戏台，上面灯火通明，正在唱地方戏庐剧。一袭青衣的贤惠娘子刚被休，她立在戏台中央正一句一泪地唱，二胡的苍凉乐音低低压在女声里，戏台下，也是一片唏嘘，每一颗眸子底下似乎都漾着泪光……

人世处处，是戏台。

阳光千万里

收到朋友一好玩的短信，把它转发给我尊敬的一位老师，老师回信说他很开心，心情像窗外冬天的阳光一样好。看这话时，我办公室外的阳光正斜斜地穿过玻璃窗，捕捉着我正写着字的手指。

感谢阳光，不分贵贱，照了小草，也没忘了露珠。

许多个冬天的早晨，阳光穿过窗前的香樟，洗涤我碎花窗帘上残留的夜色。以至香樟里窝藏的那些鸟儿也开心了，叽叽喳喳地叫着。叫吧，阳光是温暖神奇的被子，啄不破的。再怎么闹腾，还在阳光的怀里，像未孵出的小鸡，赖在蛋壳里。

冬天里，先生做得最勤的事情就是晒被子，他会站在我的枕边，向一个赖在被窝里的女人催要着待晒的被子。我说：索性把我连同被子一块儿抱阳台外晒晒吧，太阳落山的时候，再把我连同被子一块儿抱回来。不吃不喝，不思不想，舒展四肢，摊开发丝，做一回阳光的小情人，做阳光温暖的指下最慵懒的女人。受潮的，霉变的，前前后后，里里外外，都晒个透，这样即使黑夜里，我的体香也是阳光的味道，真好！或者在阳光亿万根金色的丝线里，伸个懒腰翻个身，便缠住了，傍晚先生忘了收就让阳光拎回去，像一条欢快的鱼，暂存一夜，明早原路奉还，也很戏剧。

有一年，去江南看那些徽派老房子。在一座很老的桥头有一座很老的宅子，门口坐着个老太太，听说八十多了，居然还在做针线活儿。我问她这房子有多少年了，她说她十七岁嫁过来，来时房子早有了，她也不知道多少年了。说话时，阳春三月午后的阳光正厚厚地铺在老太太身边放针线的篮子里，宁静，温暖。忍不住想，是怎样的一个男人陪一个安详的女人在一座老宅里数着指间六十多年的岁月，给她播撒屋子里的另一片阳光；谁的手指像阳光一样，在枕边穿过了她的青丝，又穿过她的白发。我离开的时候，老太太依然在阳光下低头忙活着手中的针线，像个孩子专注着手中的玩具。蓦然回头，发现身后的画面竟有了几分禅意，那古桥，河水，老太太以及她的老宅正被阳光布施八方的手温暖地握着，紧紧的。岁月在指间穿行，老人在阳光里穿行。

想起以前学画时，老师反复强调要注意物体在光线作用下所出现的明暗变化，也慢慢懂得通过亮面，灰面，暗面去表现光线下的物体。光真是一个神奇的东西，因为它的存在，画面便有了明暗和虚实，形体便有了立体感，薄薄的一张纸便有了深度。

一直喜欢米勒的油画《拾穗者》，画面里，三个农妇正低头弯腰在麦子已经收割过的田野上，捡拾遗落的麦穗。那土地是沉静厚实的，那人物是顽强朴实的。可我更喜欢的却是画里的一片阳光，洒在农妇弯曲的脊背和劳动着的手臂上的阳光，洒在她们身后的那一片无垠田野上的阳光。画里原是有贫瘠与艰辛的，可因为了一片绵延千里的阳光，画面便获得了丰富细腻的暖调子，近处的人物和她们手里的麦穗，远处的草垛，田野和天空，都在一片暖色调里和谐融合，劳动成了最温暖亲切的生存方式。因为那片阳光,我感受到了一种深沉的爱,农民对平凡生活的爱,画家对农民和土地的爱。

因为阳光,大地如此妖娆多彩;因为爱,岁月如此温暖厚重。愿大地上的每个生灵都沐浴在爱的阳光里,从起点到终点。

一杯乱世茶

“我已经不喜欢你了！……”

那一年，才子胡兰成与才女张爱玲缔结婚约，珠联璧合的一段姻缘，形式有点草草。她提笔蘸墨写道：胡兰成张爱玲签订终身结为夫妇……他接笔补道：愿使岁月静好，现世安稳。

之后，他去了武汉，在那里认识了护士小周。黄昏，在汉江岸边，双双并肩散步，你侬我侬。再后来，他又去了温州，身边的女人是秀美，一个读书，一个刺绣，花好月圆的样子。而她，在上海，对他，无一日不思念。

她渡水辗转，去温州的乡下找他。人在渡上，看那有水有天，有桥有路的江南风光，她觉得欢喜而亲切，只因，这里有他的气息。短暂的搁留，辛酸多过欢喜。回去，是一个人，一把伞。江南二月的雨，兀自清冷地下着，回去的她是凄惶的，无须留下，也无意留下，不值！

是他太幼稚了，还是她太宠他了。他以为她爱他，就会爱他的一切，甚至包括他爱着别的女人。世间还有这般道理！而她以为，他应是最爱她的，让他做单项选择时，他应毫不犹豫地选才女的她。只是不料，他不选！他是妹妹好，姐姐也好。男人眼里，才女是虚衔。

叹！才女只懂舞弄文字，却不懂识人。

文人（不是全部）的情话好比戏子口里的唱词，绕梁三日的动听，但，不可信，更不可久信。这厢才说过细碎的软语，转身那厢又与人耳鬓厮磨了。怕凉了姐姐，又怕冷了妹妹，多情至于滥情，滥情至于无情。一时脑热，爱了也就罢了，怎可以轻易托身呢！她不懂。

四十年代那样的一个乱世，许多人谨慎封笔，韬光养晦。她却独树一帜，赶乱世成名了。因为文字，他拜访她，她认识他。她说：见了他，她变得很低很低，低到尘埃里，可她的心是欢喜的，从尘埃里开出花来。也是因为那个乱世，他躲到温州乡下，她去看他。江南冷雨里的那次分别，她说：我想过，我要是不得不离开你，我也不至于寻短见！我也不能爱别人！我就只能是萎谢了！乱世爱情，花开花落。

在他回沪的最后一次相见后，她搬家，并给他去了一信：我已经不喜欢你了。你是早已不喜欢我了。……你不要来寻我，即便你写信来，我也是不看的了！好个"我已经不喜欢你了"，像一夜花尽似的凄凉利落，无有半点拖泥带水。

可我看她，她的爱情，更像一杯茶。

她是爱茶的，以至笔下的人物，或悲或喜的爱情，都与茶有了那一点关联。《十八春》里，曼桢第一次和世钧在一起吃饭，跑堂的给他们斟上两杯茶，筷子脏得要命，曼桢说：就在茶杯里涮一涮吧，这茶我想你们也不见得要吃的。曼桢和世钧就在这茶水里洗筷子熟识了，一个含笑低眉，一个惴惴不安，洗出了悠悠半生的爱情。那是怎样的茶水，怎样的爱情啊！茶水无味，爱情凄惶。

《倾城之恋》里，范柳原第一次请白流苏上香港的上海馆子吃饭，饭毕，范柳原将玻璃杯里剩下的茶一饮而尽，然后迎着亮瞧杯底的一片残茶，竟像一片蓊郁的森林了。绿色的茶叶贴着玻璃壁，横斜有致，像翠生生的芭蕉。错杂在杯底的茶叶像没膝的蔓草与蓬蒿。迎着一片光亮，用心看，一片残渣中也见出美了。一对精明自私的庸俗男女，在一个兵荒马乱的年代，在一座倾覆的城里，竟也刹那间感受到了平凡夫妻的那一点真心。苍凉。像暗夜的一点星火，叫人看到了一点光色，却也更见出了暗夜的浓稠和幽深。

而她自己呢，这个爱茶写茶的女人？

乱世为壶，那个他是煮她的沸水。她在沸腾里舒展，生色，吐香。然后，人走，茶凉，香随晚风逝。

月 白

相思一老，都作了月白色。

是啊，是月白。比春暮晚风里的樱花还要淡的白，比雨中梨花还要凉的白。是被初涨潮的海水舔了一口的白月亮，寂寂走了一夜，落在沙洲上，从此脱不去那水润润的浅蓝，忧伤的浅蓝。

月白本是极清新的颜色，电视剧里民国的女学生常常上着月白斜襟小袄，下着齐膝黑色半身裙：电视剧外，一不小心就掀起民国风。但那月白色被《红楼梦》里的妙玉一穿，就全是一股寥落的仙气了。第109回里，贾母生病，妙玉来看望。那一天，妙玉身上穿一件月白素绸袄儿，外罩一件水田青缎镶边长背心，拴着秋香色的丝绦，腰下系一条淡墨画的白绫裙，风姿飘逸，很有出家人的范儿。回头看前文，无论是曹公，还是高鹗，都没有哪一次像这样工笔细描过妙玉的形貌风姿。我私下揣摩，妙玉此时的心境一定也大不如前了。那一次来看贾母时，宝玉已经成婚，她一颗芳心一定被尖尖冷冷地刺了一针。虽然，矫情自称是槛外人，但到底是脸红心跳地动过心的。现在，热热烫烫的心缓缓冷却下来，波平浪静的，于是一件月白的袄儿穿在身上显得格外贴切。

我常想,妙玉和黛玉就是一个人,同样的孤傲不群,同样的风神飘逸,是作者将一个人分开了写。黛玉因相思而死,死得幽幽寂寂,时光到此,便成为深无可测的黑洞。如果黛玉活着,大约就是像妙玉这样活着,耳热脸红之后,独自心跳之后,还要揣起隐痛,装着月白风清的样子,着一件月白的袄儿,来看视亲戚。

相思一场,有什么用!相思老在心里了,终于自己清了场。心里的这片山河就这样瘦了,寒月当天,白水东流,浅蓝色的水气朦胧中,孤舟远行。人生从此也是这月白色的了,冷冷澹澹的月白。

一本红楼里,月白色的袄儿,只见妙玉明明白白地穿过这一回。黛玉从扬州带来的贴身丫头雪雁,也有一件月白缎子袄儿,赵姨娘曾向雪雁借,要给自己的丫头穿了陪她回娘家去奔丧,雪雁没答应。雪雁的那件月白袄收在箱子里,想必不常穿,到底太素。宝玉大婚,雪雁被令去引新娘,从此做了宝玉房里的丫头,想必那件月白的袄儿更不常穿了,是啊,太冷清。旧物旧人和旧情,都暗暗敛进那一方月白色里了。

只是月白,还不是茫茫大地真干净的大白。宝玉别父时,贾政正在船中写家书,停笔凝神之间,看见微微雪影里面一个人,光头赤脚,身披斗篷,与他拜别。贾政起身问询,登岸追赶,转过山坡,人影已倏然不见,只剩茫茫空阔的一片雪野。在宝玉那里,那是彻底地走了,彻底地挥袖干净了。

但我们还在红尘中,只能轻轻放下,慢慢不想,独抱一份寂寥情怀,不与他人语。往事拢拢叠叠,与那人不电话,也不往来。即便咫尺之间,一转身,不想了,彼此即是天涯。从此,那时光便都作了月白色,淡淡的白,浅浅的蓝,微微的凉。

遥想在栊翠庵前的某个夜晚,月色入户,妙玉感慨不眠,一个人起床步月至庭前，无茶，无棋，无诗，无琴。栊翠庵外，月华茫茫覆下，山川静默不语如禅者。一个侍儿近前来，捧一件月白的袄儿，道："露水下来了！"

是啊，露水下来了，在石阶上晃着清冷的月光。妙玉替黛玉活在世上，老了相思，只剩天地一片月白，一片平凉。

只为那偶然的一遇

读《关雎》，私下里，总固执地以为，它描述的是一次极其美好的相遇。在对的时间，对的地点，不远不近地撞上中意的人。郎未娶，妾未嫁，人世良缘，就是那样开始的吧。

暮春，或者初夏，和风丽日，1978年以后的中国乡村题材电影中常见的背景画面。一条小河弯弯，河中小洲数点，绕洲的荇菜一片青碧，阳光在探出水面的一些荇菜叶上随风颤动，多么不安分。这个季节注定是一碗端不稳的醇酿，一不小心，就醉个满怀。雎鸠已经锁不住身体里的声音，双双对对，在温湿的小洲上对唱和鸣。着红袄绿裙的姑娘，像一枝雨后的柳，身子柔柔的，将一根小腰弯在水滨，于一河的雎鸣中采摘荇菜。

青春是一部藏了太多魔咒的奇书，念着念着，哗然，又是新奇陌生的一页。

岸上少年来。那一眼，是惊艳，是久久的徘徊不去。

一段情事就这样落墨了，来不及打底稿。那年，他看见她在一片碧绿的荇菜里，人如新月。再看她，左一把，右一把，十指翻飞，像一只舞动的蜻蜓。可是，却也就那么走过去了，他在路上，他在水上。起初，有点欢喜，有点想念。后来，欢喜和想念却在一夜的枕上铺陈开来。有多深的恋情就得担有多长的辗转反侧不眠夜，他一日日知晓。那么，她看见他了吗？看见水里的他的影子，以及，他的影子是怎样随微风波纹一点点地远去，淡去？他是揣了满怀的荇菜香走的，而她，就缠在那千丝万缕的香里。多想剔出来，展在手心里细细地端详。

只因为那偶然的一遇，从此，心心念念，谋着重逢，谋着走近。

可是，却也是怕！那姑娘还会来吗？小洲，荇菜，雎鸠，都还在，她呢？他还一如从前，那样原本无心地从河岸上走来，再那样不经意的一眼……她呢？

那时，他当然不知道唐朝诗人崔护的那场偶遇。清明踏春，半路口渴，崔诗人敲门讨水喝时，就撞见了一幅桃花容颜……翌年再去，人面不再，只有一树桃花依然风里盛开。人世间的偶遇，有多少可以较真出下文？有多少不是沦为只睹一面的绝本？何况崔的那一遇只跌落在中年以后的寂寥里，纵是再遇，想也翻不出什么花样的。

好在他那偶然的一遇，赶在少年时。他可以动用整个青春，安排想念，安排重逢，甚至安排迎娶。

露未冷，霜未落，秋还未至，百草还未凋。时光青葱如满河的荇菜，这多好！长的荇菜，那姑娘采了，可是短的又长起来，姑娘还会来的。不远不近，左右流之，左右采之，左右芼之。而他，就在岸上。

多少年后，音乐家王洛宾在草原上整理出一句：我愿做一只小羊，跟在她身旁，我愿她拿着细细的皮鞭，不断轻轻敲打在我身上。道尽相思焦渴。想必，那一整个夏天，岸上的少年在欲采那一位采荇菜的姑娘而不得时，大约也早恨不能是姑娘手里的荇菜，远一棵，近一棵，逗她。

那也好啊，多么美妙的重逢！爱情面前，谁的姿态不都低了三截？

都只为那偶然的一遇啊，琴瑟，钟鼓，都来赶赴这青春的盛宴！打定主意了，要做一世友的，要博佳人笑的。

纸日子

何时起,我的世界尽是书了!

起初,我还像一只勤奋的老鼠,一本一本,就着夜晚人静的时光,一口一口,不断地啃。后来,发现自己做不了老鼠,只能是蛀虫,在那么多的纸页间,东一口西一口,有的只是留下了几个泛黄的脚印子,就又换了地儿。书太多了。尽管食之草草,可外面的书依然不断运回家,不断地塞书橱,然后小书橱换大书橱。

不仅书橱,几乎所有的家具物什上都蹲守着或高或矮的书们。花凳上放吊兰,吊兰死后,就放了书。最上面一本杂志,几个月前带到楼下的屋檐下看,忘了带回来,后来淋了雨,纸页泛了黄,没舍得扔,到底带回来。像个早年抱养出去的孩子,中途落魄回来,依然不亲不疏地疼着,偶尔放在腿边翻翻。梳妆台上的书多半没翻完,指望着他日再翻,可他日一遇新书,就又忘记它们。新人不断地过堂来,哪还想起旧人旧盟!读书也有薄情的时候。再看只能靠遇了,某日不巧坐在这梳妆台边,离得近,抬抬手,书就过来了,重续旧缘。窗外的汽车喇叭声,人家乔迁新居炸响的鞭炮声,附近工地机器的操作声……一一在听觉里远去如豆。

床上的书是最多的，扔得横七竖八，简直像一群小羊羔无拘无束散布在辽阔的山坡上，低头默默啃着草。翻开褥子或席子底下，东西两头，也是书。某日夜里电脑边敲完小字，一头瞌睡爬上床，正想倒头就睡，却看见爱人和孩子的手边脖子边脚边也是书，醒目得仿佛是石头缝里窝着长出来的一丛茂盛的青草。我捡出书，把自己身子挤进去，半夜里朦胧间有书声，爱人模模糊糊说，他的腿弯处还睡着一本书。

在夏天，爱人喜欢直接躺在地板上睡觉，枕头嫌大，直接枕书。如果矮了，再伸手一摸，在我们家，一臂之内定然有书，垫上去，一马平川呼噜半下午。唐诗辞典和宋词辞典都是不错的枕头，厚度刚好，蜡光的封面也光滑清凉，叫人想起幼时在树阴下枕青石板睡那睡不着的午觉。我们母子二人追随户主风范，也贪上了在地板上枕书，然后看书或者睡觉。图翻身方便不担心会滑下脑袋，那要枕两三本文学杂志；时尚女刊从中间展开搭肚子上，是半床不错的薄被子，可以防受凉。半梦半醒，阳台处，日影子随梦一道渐渐伸长。

电视机上，厨房灶台边，床底下，沙发底下，鞋架上，椅子上，地板上……都是书。在有灰尘和没有灰尘的地方，目光总能与书相遇。也想过做个像样的主妇，把这些散兵游勇一样的书大一统到书橱里，可是几回收拾之后不敢看书，一看，局面依然。于是悟得：这天下的事情，原本就这样，分就必合，合就必分。那些回到书橱的书也只是暂时齐整，最终还是要回到民间割据来称兵称将的，继续占据着家具和地板之间的所有空余之处。那就随它们吧，各自安生，我也落得随处遇上它们，随遇随喜。

可是，卫生间里不放书。不只是对书有敬意。更觉得，书是这样与我肌肤相亲，怎么可以待在那样一个常常产生污秽的地方。在北京读书时，有一次和同学们一道出门旅游，火车上，同学要借我的书去看。我心里老大不情愿，不肯爽快答应，就说：可以啊，不过这么晚了，你还看什么书呀？她说她要去洗手间，带本书。我又惊又怒，明明白白回她说：那对不起，我不借了，我不喜欢我的书在那样的地方！之后这事在同学间传为笑柄，我解释说：我有四个不碰原则——我睡的床，我穿的衣，我爱的男人，还有我的书，我不愿别人碰。肌肤相亲的东西，我不愿意上面有另外的气息。某些时候，我顽固缺少与人共享精神。

人书相守，不离不弃，不轻不贱。工作之余，除了吃穿和享受天伦，应付琐事，我的日子，便离这一屋子的书是最近了。在喧嚣尘世的边缘，在薄薄几间陋室里，我和我的家人消磨着用书搭建的幽幽光阴。我们用纸间得来的平和、内敛和宁静，与外界的庸俗、喧哗和功利作一个小小的抗衡。这与书相融的日子，像最后一块还没有被侵略被践踏的绿色岛屿，我自己宝贝着，谓它是：纸日子。

琢　玉
——写在中国巢湖“凌家滩新石器时代聚落遗址”第五次发掘之时

去的时候，正是日落。安详的一张太阳的脸，于高处凝望这片诞生了“玉器文明”的厚土——凌家滩新石器时代聚落遗址。

热爱面前，时空是陷人的沼泽。踏上凌家滩的那片小山冈，走一步，陷个千年，来不及牵起裙裾，便和那落日一起陷进新石器时代。浑身，是远古的泥，只落一对清亮的眸子，来细细指认曾经抚摸过的山川河流，以及一双双凿玉琢玉的手。

那时，这里还是中亚热带温热潮湿的气候。长江很宽，离这儿不远，伸手可取一瓢长江水。常绿阔叶和落叶阔叶的混交林茂密，风起时，排山倒海的绿浪，猕猴在枝丫上翻腾跳跃，成了勇敢灵巧的鱼。亚洲象卷着黑黑的长鼻子，正举着它的孩子，沐浴着高处的阳光。犀牛们成群结队，赶往水边去洗澡。山冈下的低洼处，生长着水生植物和湿生草本，水里是荇菜，岸边是芦苇。不远处，孔雀的羽毛华丽，以水为镜，绿纱帐是最美的洞房。

只是,穿越时光,谁曾是这土地上最高大尊贵的主人?

劳动的号子自树林那边隐约传来,太湖山的石头背在了那些黝黑的脊背上。捧一捧凌家滩的黄土,时光的沙漏又新满如当年——五千年前,在长江之滨,我要做一回部落首领的女人。冥冥中,一定有一位万物的主吧,我要和我高大健壮的男人,去向他祈得圆满的智慧,来建一座远古的城市。

居址。作坊。墓地。祭坛。还有红陶的土块,我们要拿来建一座神圣庄严的标志性建筑,是什么?嘘——暂且要设一个五千年的悬念。热火朝天的地方是作坊。石器还在制作,那个年轻人手里的石钻已经完成了,对着一块地面旋转,就钻出一条隧道通往五千年后的日月,年轻人揩一把汗珠,笑了。另一个作坊里,女人们在以手和泥,制作陶器;男人们正大汗淋漓,算计着陶窑里火力的大小;谁的小孩,站在门外,手里捧着陶罐,盛的是清澈的江水,还是浓稠的羊汤?

那一夜,在新搭起的一个作坊里,一件光滑圆润的玉器从一双粗糙厚实的手掌里横空出世。劳动的人激动得忘记了暂时给它取名,只抬头把目光送向远方——东方,一缕曙光乍现,远古文明的曙光。那件玉器在部落里传看,抚摸,惊叹,最后要呈给我们的首领。在凌家滩,扶着一杆弱草,耳朵贴着土地,还能听见那场远古的欢呼。那一个黎明,劳动的先民们攀上了高高的山冈,前面,我的首领捧着那件玉器,我们要举行一个盛大的庆典,从此跨进长江流域人类古文明的门槛。

生活找到了一种最美好的呈现方式。除了养殖业,除了畜牧业,除了建布局整齐的房屋,除了去挖护城的壕沟,还可以在这样的作坊里,做一回琢玉的人。采石,琢磨。琢一把玉斧来记载我们的劳动,琢玉戈，玉钺来记载我们与外族之间曾经的流血和勇敢。

还有我们的信仰，也要找尊贵的美玉来表达。我们膜拜苍鹰，想它该是日月天庭的信使，我们的庄稼和牲畜愿得苍天的佑护——所以要琢一块玉鹰，供奉于祭祀的神坛上。我们同样崇拜猛虎，希望子民们能得他的力量和威猛，所以还要传下话去，琢一块玉虎。还要琢一块玉龙，献给尊贵的首领，高天厚土之间，他是我们要膜拜的另一个万能的神。再琢一块玉龟和玉版，愿这支部落繁衍壮大，永世吉祥。繁忙的玉器作坊里，有人埋头在琢一块玉人，在万物与神灵之间，还有一群劳动着的人们，也让他们在一块美玉里万世不朽吧，后人认定了，他们才是大地上的主角。

五千年前，我要做那位首领的女人，只为了要更真切地见证一个玉器的时代。五千年后，我已经知道，那一页光辉的玉器文明，其实写在琢玉人的手心。从黄河流域到长江流域，从长江流域到珠江流域，中华文明从来就诞生繁荣在创造者的手心。

斜阳尽头，春已暮了，凌家滩的晚风里飘着初夏的金银花细细袅袅的香，像迎面碎步走来的环佩叮当的女子。回去，捡一颗凌家滩的石头，放在心口，倘若能梦里再回一次远古，再回一次含山，我要拿它去叩开家门。这一次，我要说：我是琢玉者的后人！